KB041509

공부는 내게 희망의 끈이었다

공신 구본석이 청소년에게 보내는 응원과 위로

공 부 는   내 게   희 망 의   끈 이 었 다

공신 구본석이 청소년에게 보내는 응원과 위로

개정판 1쇄 발행 2022년 1월 15일 | 지은이 구본석 | 펴낸곳 문예춘추사 | 펴낸이 한승수 | 마케팅 박건원, 김지윤 | 디자인 오주희 | 등록번호 제300-1994-16 | 등록일자 1994년 1월 24일 | 주소 서울시 마포구 동교로27길 53(연남동) 지남빌딩 309호 | 전화 02-338-0084 | 팩스 02-338-0087 | 이메일 moonchusa@naver.com | ISBN 976-89-7604-500-3 43810

책값은 표지에 있습니다.

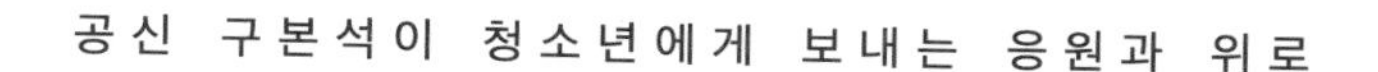

공신 구본석이 청소년에게 보내는 응원과 위로

공부는 내게 희망의 끈이었다

구본석 지음

문예춘추사

들어가면서

진정한 행복은 눈에 보이지 않는 다른 곳에 있었다

나는 재수에 실패하고 새 출발을 하기 위해 '공신'*에 글 한 편을 올렸다. "자극충전 100%. 이렇게 하면 필패한다." 과거의 실수를 반성하고, 후배들은 절대 그런 실수를 반복하지 않았으면 좋겠다는 마음에 무심결에 글을 올렸다. 그런데 그 글이 눈 깜짝할 사이 일파만파로 번졌다. 공신에 오른 모든 글을 제치고 최고 추천수, 최다 댓글 수를 기록했고, 각종 포털 사이트의 블로그로 스크랩되었다.

하지만 정작 그 글을 쓴 나는 불안에 사로잡혔다. 그것은 전국의 수험생들에게 던지는 출사표였기 때문이다. 나는 실패할 수밖에 없었던 원인을 낱낱이 분석했고, 내년엔 반드시 전국의 수험생들 앞에 성공적으로 나타나겠다고 맹세했다. 그렇게 단언했으니 만에 하나 실패했다가는 전국의 수험생들에게 고개조차 들지 못

* www.gongsin.com

할 판이었다.

믿지 않겠지만…… 감히 목숨을 걸었다. 3수를 하는 내내 매순간 목숨을 걸었다. 물론 엄청난 위기들이 있었지만 난 눈 하나 깜짝하지 않았다. 가진 것 없고 머리도 뛰어나지 않았지만 근성만은 그 누구에게도 지지 않을 자신이 있었으니까.

그리고 1년 후 내게 한 통의 전화가 걸려왔다. 공신이었다. 그들도 내 결과를 궁금해 했다. 결과는? 서울대 합격이었다. 돈도 없었고, 제대로 된 교육을 받을 기회도 없었던 내가 서울대에 합격했다. 전국의 수험생들 앞에 맹세했던 약속을 지킨 셈이다.

약속을 지킨 나는 다시 공신에 한 편의 글을 올렸다. "자극충전 100%. 이렇게 하면 필승한다." 실패 → 도전 → 약속 → 실천 → 성공의 이야기가 많은 수험생들에게 신선한 충격을 안겨주었던 것 같다. 자신의 처지를 비관하고 좌절과 절망에 빠져 있는 학생들에게 작은 경종을 울려주었던 모양이다. 힘든 상황에서도 꿈과 열정, 노력과 근성을 갖고 있다면 뭐든 해낼 수 있다는 믿음을 심어준 모양이다.

내가 작성한 두 개의 글, 〈필패〉와 〈필승〉*은 당시 공신 최고의 조회 수와 추천 수를 기록했다. 물론 이것은 내가 대단하거나 뛰어나서가 아니라고 본다. 아니, 나 나름의 힘든 시련과 역경을 극복하고 다시 일어서는 모습에 그분들이 작게나마 공감을 한 것으로 생각한다.

보잘것없고 부족하기 이를 데 없는 나는 운이 좋아 2009년 인터넷 공신으로 활동하기 시작하여 현재 2011년까지 2년여에 걸쳐서 공신 활동을 하고 있다. 공신으로 활동하면서 다른 곳에서는 얻을 수 없는 값진 경험들을 할 수 있었다. 그리고 그 경험은 내 인생을 180도 뒤바꾸었다.

나는 가난한 가정에 태어나 교육을 제대로 받을 수 없는 환경에서 자랐다. 그 가난의 고리를 끊기 위해 목숨을 걸고 공부에 매진했다. 드디어 서울대생이 된 나는 하루라도 빨리 출세하고자 노력했다. 그 일환으로 고시 공부도 시작했다. 그러나 나는 깨달았다. 눈에 보이는 돈과 권력, 명예는 한낱 껍데기에 불과하다는 사실을 말이다. 거기서 얻어지는 행복은 결코 오래가지 못한다. 진정한 행복은 눈에 보이지 않는 다른 곳에 있었다.

처음에는 아무 생각 없이 학생들에게 도움을 주었다. 그런데 내

* 부록 참조

게는 별것 아닌 행동이 그 학생들의 인생 전체를 바꾸어주는 결정적인 계기가 되었다. 새 삶을 찾아 새로운 희망을 가지고 출발하는 그들을 보면서 그렇게 행복했던 적이 없었다. 이런 삶이 나의 길임을 자각한 순간 나는 과감하게 고시 공부를 접었다. 스펙 경쟁에서 벗어났다.

세상을 바꾸고 싶다. 모든 이들이 꿈꿀 수 있는 세상, 서로가 다름을 받아들이고 포용하며 이해하고 사랑하는 세상, 모두가 행복하여 웃음이 끊이지 않는 세상. 나는 그런 세상을 만들고 싶다.

하지만 그런 세상의 변화는 혁명이나 쿠데타, 사회 전체적인 법과 시스템의 개혁으로부터 오지 않는다. 진정한 변화는 사람의 인식의 변화 속에서 일어난다. 그리고 변화는 위대하고 거대한 시도로부터 일어나지 않는다. 사람들의 사소한 행동 하나, 사소한 생각 하나에서 변화는 찾아온다. 나는 미력하지만 사람들의 생각과 행동의 변화를 가져오는 일을 할 것이다.

내가 평생 동안 두 사람의 인생을 바꾼다고 가정하자. 그럼 그 두 사람은 또 다시 네 사람의 인생을 바꿀 것이다. 넷은 여덟이 되고, 여덟은 열여섯이 된다. 시작은 미약하지만 기하급수적인 속도로 세상은 변화의 소용돌이 속에 휩쓸릴 것이다. 나의 매우 작은 날갯짓 하나가 나비효과가 되어 세상의 큰 변화를 가져올 것임을 믿는다.

나는 이처럼 고도화된 자본주의에서 멸종한 줄 알았던, 개천에서 용이 난 케이스다. 내가 지독한 가난에서 성공했다고 해서 모두가 가난을 딛고 성공할 수 있는 것은 아니다. 세상에는 아직도 가지지 못한 자들이 넘지 못하는 벽들이 무수히 많이 존재한다. 세상은 나 같은 사람을 신화화하고, 가난한 사람들에게 나를 비롯한 가난에서 성공한 사람들의 사례를 들이밀면서 세상이 잘못된 것이 아니라 너희들이 잘못되었다고 가르치고 있다.

나는 이 벽을 뚫기 위해서 미치는(狂) 길을 선택했다. 목숨을 걸어서 겨우 이 벽을 넘었다. 알려주고 싶었다. 우선은 자신의 현재를 받아들이고 미치는 길을 선택하자. 미치도록 노력해서 벽을 넘어선 다음, 그 벽을 무너뜨리는 일에 나와 함께 동참하자고. 세상을 바꾸어 보자고.

이 글도 작은 날갯짓의 시작이라고 볼 수 있다. 그러나 이 작은 날갯짓이 한 사람의 인생이라도 바꿀 수 있다면 나는 성공했다고 생각한다. 이 책을 읽고 조금이라도 삶의 변화를 이루어 낸 사람들이 내 뒤를 이어 더 많은 사람들의 사고방식을 바꾸어 줄 것이기 때문이다.

나는 다시 현실에 안주하지 않고 새로운 도전을 하기 위해 해병대로 떠난다. 더 강인해져 돌아와 세상을 더욱 아름답고 풍요롭게 만드는 일을 할 것이다.

이 책을 출판할 기회를 준 가장 아끼는 후배 가영 양(공신 6기)에게 감사의 말을 먼저 해주고 싶다. 출판에 대해 주저했던 내게 용기를 심어준 형일 형(공신 1기)에게도 감사의 말을 꼭 전하고 싶다. 책을 쓰는 데 지속적으로 격려를 아끼지 않은 승진 형(온라인

팀장)과 성태 형(공신 대표)께도 늘 감사하다고 전하고 싶다. 나를 이 자리에 있게 해주신 은사님이신 병매 샘, 향복 샘, 창우 샘에게도 평생 이 은혜 잊지 않고 살겠다고 전하고 싶다. 무엇보다도 나를 낳아주시고 길러주신 우리 어머니와 항상 사랑으로 보답해준 동생 진아와 진숙에게도 사랑한다고 말하고 싶다.

마지막으로 나를 지속적으로 응원해주고 관심을 아끼지 않았던 공신 회원 분들과 이 책을 읽어준 분들께 진심으로 감사하다는 말씀을 드리고 싶다.

이제 그분들에게 한 편의 드라마 같은, 아니 그 어떤 드라마보다도 생생한 나의 이야기를 솔직하게 건네려고 한다.

Cotents

Part 01

초, 중학교

초등학교에서 가정이
화목한 아이들을 보면
난 그들이 한없이 부러웠다

난

앞으로 평생

어머니의 손난로가 될 거야

ACT 1

가난한 어린 시절

사람들은 아버지를 난쟁이라고 불렀다. 사람들은 옳게 보았다. 아버지는 난쟁이였다. 불행하게도 사람들은 아버지를 보는 것 하나만 옳았다. 그 밖의 것들은 하나도 옳지 않았다. 나는 아버지, 어머니, 영호, 영희, 그리고 나를 포함한 다섯 식구의 모든 것을 걸고 그들이 옳지 않다는 것을 언제나 말할 수 있다. 나의 '모든 것'이라는 표현에는 '다섯 식구의 목숨'이 포함되어 있다. 천국에 사는 사람들은 지옥을 생각할 필요가 없다. 그러나 우리 다섯 식구들은 지옥에 살면서 천국을 생각했다. 단 하루라도 천국을 생각해 보지 않은 날이 없다. 하루하루의 생활이 지겨웠기 때문이다. 우리의 생활은 전쟁과 같았다. 우리는 그 전쟁에서 날마다 지기만 했다.

『난쏘공』

우리 집은 가난했다. 말 그대로 찢어지게 가난했다. 조세희가 『난쏘공』에서 묘사한 영호 가족의 비참한 실상은 곧 우리 집이었다. 아버지는 난쟁이였다. 물론 체구가 난쟁이처럼 작다는 의미가 아니라 나약하시고 무기력하셨다. 번번이 사회의 큰 벽에 부딪혀 항상 만신창이 상태로 집에 돌아오셨다. 아버지는 어렸을 때 부모님으로부터 버림받으셨다고 한다. 조부모님들의 이혼으로 어린 나이에 증조부모님 손에 맡겨졌다고 한다. 어쩌면 그때의 트라우마가 당신의 머릿속에 크게 자리 잡으신 모양이다. 당신은 사람들에게 버림받는 것을 무엇보다 두려워하셨다. 누구에게나 성심을 다하셨고 당신의 모든 것을 퍼주셨지만 그 사람들이 떠나면 큰 충격에 사로잡히셔서 내내 힘들어하셨다. 사랑을 많이 받지 못하신 탓에 타인에 대한 의존도 높으셨다. 그 때문인지 강인하기보다는 나약하셨고, 남들에게 많이 이용당하시고 사기도 자주 당하셨다. 몸도 많이 안 좋으셨다. 집에는 약으로 넘쳐났다. 그런 아버지의 모습을 보고 자란 나는 남들보다 빨리 아버지가 작은 사람이라는 것을 깨달았다. 처음에는 많이 원망했다. 나도 모르게 화가 치솟았고, 그런 모습을 보기 싫어 귀를 막고 눈을 감은 적도 많았다.

어머니는 아버지와 달리 생활력이 강하셨다. 두 분이 뜨거운 사랑으로 만나 얼떨결에 나를 갖게 되셨고, 곧 살림을 차리셨다고 한다. 힘든 가정을 꾸리시면서 어머니는 처녀 시절의 소녀티를 떨칠 수밖에 없었다고 한다. 책임감이 강하셔서 한층 억척스러워지셨고, 자신의 처지가 볼품없다고 해서 남들 앞에서 기죽으시는 법이 결코 없었다. 기세 하나만큼은 누구에게도 지지 않으셨다. 그러나 어려운 살림이 이어지면서 집안은 하루도 조용한 날이 없었다. 두 분은 자주 다투셨고, 그때마다 나와 내 동생은 서로 껴안고 울기만 했다. 이것은 내 콤플렉스로 자리 잡았다. 유치원에서나 초등학교에서 가정이 화목한 아이들을 보면 난 그들이 한없이 부러웠다. 그들과 어울리지 못했다. 주변을 맴돌았다.

"자신의 가정을 그려보세요"라고 선생님이 말하면 한숨부터 나왔다. 사실을 그리자니 창피했고, 친구들에게 놀림을 받을 것 같았다. 웃음 넘치는 가정의 모습, 내겐 너무 멀게만 느껴졌고, 그 때마다 난 울음을 참지 못했다. 친구들은 날 '울보'라고 불렀다. 친구들에게서 따돌림을 받았고, 나도 그들 틈에 들어가려고 하지 않았다.

집은 항상 퀴퀴한 냄새가 떠나지 않았다. 비좁은 단칸방이라 다리를 구부려 잠을 청해야 했다. 자다가 벽에 부딪혀 벽이 허물어졌고, 두 분의 다리에도 멍이 늘어만 갔다. 큰비가 오면 빗물이 떨어져 이불을 접어 따로 보관하고 빗물을 받았다. 아직도 잊을 수 없는 어머니의 모습이 있다. 집주인의 가정부로 일하셨던 어머니는 새벽에 일어나자마자 주인집 빨래를 해야 했다. 물이 꽝꽝 어는 엄동설한에 어머니는 아무 소리 못하고 손빨래를 했다. 혹 빨래가 얼었다고, 세탁을 잘못했다고 주인집 여자가 호통이라도 치면 어머니는 한 마디 대꾸도 못하고 퉁퉁 부르튼 손으로 싹싹 빌었다. 겨울철엔 동상을 달고 다녔고, 내 손이 따뜻해서 손난로 같다며 내 두 손을 꼭 잡을 때마다 그렇게 좋아할 수가 없었다. 그 미소를 보면서 내 어린 마음에도 '난 앞으로 평생 어머니의 손난로가 될 거야'라는 일종의 책임감을 가졌던 기억이 난다. 한 번은 내 손을 달구기 위해 전기밥솥 위에 두 손을 올려놓았다가 크게 화상을 입은 적도 있었으니까.

어린 시절 골목대장이었던 나는 야구를 좋아했고, 항상 아이들을 불러 모아 야구를 했다. 그러나 내게 야구공을 사줄 형편이 안 되었던 어머니는 솜뭉치를 가죽으로 둘러싸서 꿰맨 야구공 하나를 만들어주었다. 신이 난 나는 당장 골목으로 뛰어나가 엄지손가락을 치켜들고 "야구 놀이 할 사람 여기 붙어라"를 외치면서 애들을 불러 모았다. 날아갈 것 같은 기분으로 야구공을 힘껏 던졌고, 그 야구공은 주인집 마루의 창문을 박살냈다. 그날의 기억이 선명하다. 창문 값을 댈 형편이 안 된 어머니는 밤새 싹싹 빌며 눈물을 흘렸고, 용서를 빌었다……. 평생 잊을 수 없는 기억이다.

희한하게도 우리 집도 『난쏘공』의 영희네처럼 다섯 명이다. 여동생 둘이 있다. 초등학교 3학년 때 막내 여동생이 태어날 즈음 집이 생겨 이사를 할 수 있었다. 6평 남짓, 방 하나, 거실 하나, 화장실 하나. 정부 임대아파트. 지금 우리 집이다. 처음 이 집을 장만했을 때 우리는 천국에 온 듯한 느낌이었다. 난생 처음 집이 생겼으니까. 더 이상 주인집의 눈치를 안 받아도 되었다. 가장 기쁜 것은 내 독방이 생긴 것보다 어머니가 더 이상 엄동설한에 차가운 물로 손빨래를 안 해도 된다는 것이었다. 더 이상 동상에 걸릴 이유도 없었다. 마음놓고 따뜻한 물을 틀 수 있다는 것이 얼마나 대단하고 기분 좋은 일인지 아는 사람이 몇이나 될까. 또 하나 좋은 점은 더 이상 연탄을 갈 필요가 없다는 점이었다. 연탄불이 꺼지면 주인집이 호통을 쳤고, 우리도 추워서 잠을 잘 수 없었으니까. 작지만 소중한 행복, 남들에게는 너무 당연한 일들.

ACT 2

어머니는 내 첫 선생님

어렸을 때 제대로 된 교육을 받을 수 없었던 나는 어머니로부터 기초적인 공부를 배웠다. 어머니는 어릴 때 공부를 좋아해서 전교 1등과 각종 상을 다 휩쓸었단다. 언젠가 당신은 고고학자가 되는 것이 꿈이었다고 했다. 이집트 같은 곳에서 유적을 발견하는 꿈이 있었단다. 그러나 집안이 어려웠다. 외할머니 홀로 농사를 지으면서 2남 4녀를 먹여 살렸다고 한다. 초등학교를 끝으로 더 이상 학교 문턱을 넘지 못했다. 그때의 설움이 천추의 한이 되어 자식만은 무슨 일이 있어도 공부를 시키겠다는 각오를 하셨다. 당신의 꿈을 아들이 이루어주기를 바라는 세상 모든 어머니들의 바람이지만 더없이 강렬했던 것 같다. 그러나 어머니는 교육에 많은 돈이 필요하다는 것을 몰랐다. 어머니는 결국 당신이 직접 공부를 해서 아들을 교육시키는 길을 택했다. 내 인생의 처음이자 가장 훌륭하신 선생님은 바로 어머니였다.

한글을 익히자 동화책을 읽어주었고, 매일 받아쓰기를 해서 틀린 만큼 손바닥을 맞았다. 한글을 익히자 한문을 가르쳐주었다. 세 살 때부터 다짜고짜 천자문을 가르쳤다. 하루에 천자문 한 글자당 100번을 쓰게 했다. 나는 아무것도 모른 상태에서 한문을 배워 나갔다. 6살쯤 천자문을 떼었다. 동네에 방학 때마다 열렸던 충효에 교실에 나를 보냈다. 방학 때 무료로 아이들에게 명심보감을 가르쳐 주는 수업이었다. 형 누나들 틈에서 한자를 고래고래 소리치며 수업했던 기억이 난다. 1등은 항상 내 차지였다. 집에서 배운 스파르타식 교육의 결과였다.

지금 생각해보면 어린 나이에 한자를 배운 것은 멋진 교육이라는 생각이다. 그때부터 한자에 자신이 생겼고, 어휘력이 늘었고, 개념도 한자를 풀어서 이해함으로써 빠르게 이해할 수 있었다. 중학교 1학년 때 3급, 2학년 때 2급과 1급을 땄고, 1급은 전국 1등으로 한자 사범시험 자격이 주어졌다. 한자 사범을 중3 때 땄는데, 한자 사범 최연소 합격자였다. 결과적으로 어머니의 교육 방식은 성공이었다.

여기서 그치지 않았다. 수학도 직접 가르치셨다. 덧셈 뺄셈은 물론, 구구단, 곱셈, 나눗셈까지 빠짐없이 가르치셨다. 문제집을 살 여유가 없었던 어머니는 손수 문제를 만들었다. 하루에 100문제, 문제를 다 풀지 못하면 잠을 재우지 않았다. 어머니는 호랑이였다. 무슨 수를 써서라도 나 혼자 힘으로 풀어내야만 했다. 이때부터 내 근성이 생긴 것 같다. 끝까지 포기하지 않고 매달리는 것, 그래서 결국 해내는 것. 다 이때 배운 것 같다.

만족을 못하셨는지 위인전을 읽혔다. 다 읽지 않으면 밥을 굶겼다. 배고파서 울어 봤지만 어림없었다. 이때 읽은 위인전은 소중한 경험이었다. 심성도 좋아졌고, 책임감을 갖게 되었고, 야망과 포부를 가질 수도 있게 되었다. 그 위인들의 한 가지 공통점. 위기를 극복하는 과정을 통해 큰일을 이루어 낸다는 것. 내가 위기에 마주설 때마다 그것을 넘기게 한 귀중한 원동력이었다.

마지막으로 어머니는 없는 살림에 돈을 모아 내게 운동을 시켰다. 갓 2kg으로 태어난 나는 몸이 매우 허약했다. 1년 내내 감기를 달고 살았고, 온갖 소아 질병에 시달렸다. 어머니는 부업을 새로 시작했다. 밤을 설쳐 가면서 번 돈으로 나를 검도장에 보냈다. 초등학교 3학년 무렵부터 시작해서, 하루도 빠짐없이 해동검도를 배웠다. 어머니의 피와 땀이 서린 시간이었다. 더구나 나를 새벽반에 보냈다. 중학교를 마칠 때까지 검도를 했고, 그 결과 4단 자격증에 관장 자격증까지 딸 수 있었다. 체력은 물론 집중력도 향상되어 훗날 공부를 시작했을 때 큰 도움을 받을 수 있었다. 이렇게 강한 분이었다.

어머니의 교육방식의 특징은 자신이 손수 시범을 보이고 내가 그것을 자발적으로 따라하게 만드는 것이었다. 수학도 손수 문제를 내주었고, 위인전도 당신이 직접 다 읽고 난 후 내가 읽도록 했다.

이것은 이웃을 돕는 것을 가르칠 때에도 적용되었다. 우리 동네는 가난해서 독거노인들이나 장애우들이 많았다. 그래서 그분들과 접촉을 많이 할 수밖에 없었고, 어머니는 그런 분들을 볼 때마다 도와주는 데 앞장섰다. 나는 이것을 보고 배웠고, 이후 시간이 있을 때마다 복지관에 들러 할머니 할아버지들의 어깨를 주무르거나, 거리에 돌아다니는 장애우들을 집까지 바래다주는 일을 즐겼다. 남을 도와주는 일이 좋은 일임을 배운 소중한 경험이었다.

ACT 3

방황의 사춘기

어느덧 사춘기가 왔다. 초등학교 5학년 무렵이었다. 가난한 동네라서 어긋나는 아이들이 많았다. 나도 그들처럼 점점 삐뚤어지기 시작했다. 엄마 아빠가 미워지기 시작했다. 친구들의 성대한 생일 파티도 부러웠고, 친구들도 나를 초대하지 않았다. 내 옷차림은 변변치 못했고, 선물을 살 형편도 되지 못했다. 그때의 작은 상처들이 아직도 가시질 않는다. 그즈음 집단 따돌림을 당했는데 친구들은 대놓고 내 앞에서 "왕따", "거지", "병신"이라는 말을 서슴지 않았다. 난 이렇게 된 것이 다 부모님 때문이라고 생각했다. 부모님이 힘이 없고 나약하셔서 내가 이렇게 욕을 먹고 다닌다고 생각했다. 그러나 대놓고 부모님께 뭐라고 할 수는 없었다. 무언의 반항을 하고 싶었다. 그래서 불량아가 되기로 결심했다. 사춘기의 시작이었다.

'일진'이라는 그룹에 들어가고 싶었다. 최소한 왕따를 당하거나 무시당하지 않을 것이라고 생각했다. 아이들이 내 앞에서 위축되는 모습이 그려졌다. 그런데 나는 그곳에 들어갈 자격조차 안 되었다. 외모도, 싸움도, 특출한 재능도 없었고, 말재주도 없었다. 할 수 있는 것은 심부름뿐이었다. 그곳에 들어가기 위해 발버둥을 쳤다. 심부름이라도 다 할 테니 제발 일진에 넣어 달라고 빌었다.

시키는 것은 다하겠다고 맹세했다. 그런데 '일진' 친구들은 "찌질이 왕따"였던 나를 굳이 자기 그룹에 넣을 필요성을 못 느꼈다. 그러나 내겐 '일진'만이 유일한 돌파구였다. 우여곡절 끝에 겨우 일진이 될 수 있었다. 처음 한 일은 망보기였다. 도둑질을 하다 걸리면 내가 뒤집어썼다. 도둑질은 그래도 양반이었다. 그들은 내게 구걸도 시켰다. 그것마저 그들에게 고스란히 갖다 바쳤다. 그런 생활은 중학교 때까지 이어졌다. 암흑의 사춘기였다.

ACT 4

결심의 날

비행은 심해졌고, 집에 안 들어가는 일이 잦아졌다. 그들과 늘 어울려 다녔다. 어느 날 집에 들어왔는데 집안이 싸늘했다. 어머니의 우는 소리, 아버지의 신음소리가 들렸다. 아버지는 누운 채 고통스러워하셨고, 어머니는 그 모습을 지켜보며 눈물을 흘리고 있었다. 허리가 완전히 망가진 아버지가 쓰러지신 것이다. 병원에 갈 여유조차 없었던 당신이었다. 그렇게 6개월이 흘렀다. 아버지는 그동안 단 한 번도 일어나지 못하셨다.

가정 형편은 급격히 어려워지기 시작했다. 막막했다. 수입원을 찾을 방법이 없었다. 마침내 어머니가 직업 교육에 나갔다. 도배를 배웠다. 그랬다. 중3, 16살이라는 나이에 난 실질적인 가장이 되었다. 경제력 없는 어머니와 아버지, 아무것도 모르는 철부지 여동생 둘……. 어깨가 무거웠다. 처음에는 이 부담을 벗어나려고 발버둥을 쳤다. 가출을 결심했다. 어머니 지갑에서 돈을 훔쳐 집을 나왔다. 그리고 계속 걸었다. 앞만 보고 계속 달렸다. 다리가 아파왔다. 저녁 무렵, 어디가 어딘지 몰랐고 점점 무서워지기 시작했다. 다시 집으로 돌아왔다. 가출을 하고 싶어도 용기가 없었다. 부모님이 잘못하신 것은 하나도 없었다.

대오각성하자. 언제까지 이렇게 방황하고 있을 텐가? 이제 그만할 때도 되지 않았는가? 이제는 네가 갚을 차례다. 지금까지 피해만 입혔다면 이제는 그 은혜를 갚을 차례다. 정신을 차리자. 해낼 수 있다. 부모님은 너를 그렇게 가르치지 않으셨다. 어떤 상황에서도 굴하지 않고 이겨내라고 가르치셨다. 이겨낼 수 있다. 정신 차리고, 부모님께 효도 한 번 해드리자. 동생들한테 맛있는 것도 사주고, 예쁜 옷도 사줄 수 있는 그런 오빠가 되자. 모든 사람의 부러움을 한 몸에 받는 멋있는 아들, 오빠가 되자. 세상에서 가장 멋있는 아들, 오빠가 되는 거다. 내 인생을 걸고 우리 부모님과 내 동생들을 위해서 살도록 다짐하자. 부모님께 무릎을 꿇고 울며 사죄했다. 동생들한테도 고개 숙여 사과했다. 세상에게도 내 다짐과 맹세를 선포했다. 그리고 그들 '일진' 친구들과 결별을 선언했다. 그리고 마지막으로 나 자신과 작별을 고했다.

지금까지의 구본석이 舊본석이었다면 난 지금 이 순간부터 新본석으로 다시 태어나고 싶다. 그동안 암흑과 아황 속에 갇혀 살았다. 무엇이 중요한지, 무엇이 잘못되었는지도 분간 못하고 세상을 아무렇게나 막 살았다. 알에서 깨어나지 못하고 있었다. 이제 알을 깨고 나와 세상을 변화시킬 것이다. 그러기 위해서는 무엇을 가장 먼저 해야 하는가? 바로 공부다. 공부만이 살 길이다. 그것을 못하면 절대 내가 원하는 것을 할 수가 없다. 사회에서 무엇이 문제이고 무엇이 최적의 해결책인지를 명석하게 찾아내는 것은 공부를 통해서만 길러질 수 있다. 공부를 통해 안목을 기르고 집안도 일으키는 동시에 저 힘없고 불쌍한 이웃들의 목소리가 되어주겠다. 난 할 수 있고 해야만 한다.

ACT 5

전교 1등의 가방을 들어주다

다음날 나는 우리 학교에서 공부를 제일 잘하는 친구를 찾아갔다.

— 야! 우리나라에서 제일 좋은 대학교랑 제일 좋은 과가 뭐냐?

— 서울대 법대지.

— 서울대 법대라고? 알았어. 난 앞으로 서울대 법대를 위해 살겠다.

너무 큰소리로 했는지 여기저기서 키득키득 소리가 들려왔다. "미친놈", "정신 나간 거 아냐?"

그런데 막상 공부를 하려니 앞이 캄캄했다. 40명 중에 30등. 공부를 놓은 지 너무 오래되어 연필 잡는 방법조차 잊었는데……. 영어는 주어가 동사가 뭔지도 몰랐고, 듣기를 하면 잠을 청한 기억밖에는 없다. 영어는 외계인들이나 쓰는 언어라고 생각했다. "평생 대한민국 땅에서 한 발자국 안 떼고 살아갈 건데 영어는 무슨……."

수학. 그나마 수학은 기본 바탕이 있다고 생각했다. 어렸을 때 혹독하게 산수를 배웠기 때문에 초등학교 때까지는 문제가 없었다. 중학교는 차원이 달랐다. 방정식, 함수, 도형 등 기상천외한 것들을 다루고 있었다. 영어도 모자라 그리스 문자까지 쓰니 한숨밖에 안 나왔다.

1주일을 앉아 공부를 하는 척했다. 말이 공부지 책상에 앉아 시간을 때웠다. 딴 생각을 하고 있거나 엎드려 자고 있거나 나도 모르게 컴퓨터 게임을 하고 있었다. 한 시간을 버티고 앉아 있기가 이렇게 어려운 줄 상상도 못했다. 매일 탄식이었다. 정말 공부 잘하는 놈들은 사람도 아니다. 괴물임에 틀림없다. 그들은 돌연변이다. 어떻게 몇 시간을 앉아 이 어려운 것을 집중해서 할 수 있지? 하여튼 대단한 놈들이야…….

그렇게 시간이 흘러 시험이 다가왔다. 친구들이 문제집을 보고 있길래 기웃거렸지만 난 어림없었다. 뭘 알아야 문제를 풀지. 교과서도 그렇게 어려울 수 없었다. 경악이었다. 영어 교과서는 아예 외국 책이었다. 수학 교과서는 더 황당했다. "도대체 이놈의 x는 뭐고, y는 또 뭐고, α β θ는 또 무엇이야?" 한숨이 절로 나왔다. 작은 2가 큰 2 머리꼭지에 달라붙은 2^2 숫자는 또 무슨 괴상한 숫자? 교과서를 펴면 책을 팽개쳐 버렸다.

중3 2학기 중간고사는 완전 엉망이었다. 여기저기서 비웃음 소리가 들려왔고, 나는 완전 허풍쟁이가 되었다. 일진 애들이 나를 불렀다. 계단에서 나를 굴러 떨어뜨렸다. 그리고 무작정 때렸다.

— 그러면 그렇지.

— 두고 봐. 보여주겠어. 내가 얼마나 대단한 사람이라는 걸.

— 어이구 무서우셔라…….

부모님과 동생, 세상 앞에 한 맹세가 한순간에 날아가게 생겼으니 고개를 들 힘조차 없었다. 눈물이 맺혔다. 더 이상 혼자 어떻게 안 되었다. 멘토가 필요했다. 나를 인도해줄 멘토. 멘토의 도움을 받으면 어느 순간 손을 놓아도 스스로 공부를 잘할 수 있을 것 같았다. 그래서 생각해낸 것이 전교 1등이었다. 공부도 잘하는 사람한테 배워야 빨리 배운다고 생각했다. 탁월한 선택이었다. 전교 1등을 하는 그 친구를 다짜고짜 찾아갔다.

— 거래하자.

— 거래?

— 원하는 게 뭐냐?

— 원하긴 뭘 원해?

— 너 등하교 때 가방을 들어주마.

— 무슨 뚱딴지 같은 소리야?

— 대신 나 공부하는 방법 좀 알려주라. 과외까진 안 바라고, 어떻게 공부하는지만 알려주라.

— ??

그렇게 무심결에 황당한 거래를 해버리고 말았다.

TIP

첫째, 공부를 시작한다고 결심했을 때, 혼자 끙끙 앓고 있으면 문제가 해결되지 않는다. 공부를 시작할 때 잘못된 공부법을 익힐 수 있으므로 그것이 뿌리박히면 나중에 고치기 힘들어 방향을 선회하기 힘들다. 일례로 영어 단어를 어떻게 외울지 몰라 남들 하는 대로 빽빽이를 하면서 영어 단어를 암기했다. 그 방식은 단어 암기에는 상당히 비효율적이다. 한 단어만 100번~200번 쓰면서 암기하면 단어의 품사나 용례를 놓치기 쉽다. 이 방법이 잘못되었음을 알고 고치려고 상당히 고생했다.

둘째, 공부를 시작할 때 누구의 도움도 받지 않고 시작하면 뭐가 중요하고, 뭐가 덜 중요한지 모른다. 욕심에 이것저것 모두 똑같은 비중을 둔다. 굳이 공부할 필요가 없는 것들은 달달 암기하고, 반면 정말 짚고 넘어가야 할 부분은 한 번 읽고 넘긴다. 밑 빠진 독에 물 붓기다.

마지막으로, 공부에 대한 흥미를 쉽게 잃어버릴 수 있다. 공부를 해 보지 않은 상태에서 혼자 찾아낸 공부법은 대체로 비효율적일 가능성이 크다. 시간을 투자해도 성과가 오르지 않는다. 그러면 동기가 사라지고, 흥미를 잃어 공부를 포기하게 된다.

그래서 작심삼일이라고 한다. 그 과정에서 많은 학생들이 스스로를 원망하고 자괴감에 빠진다. 중요한 것은 문제의 소재가 개인에게 있지 않다는 것이다. 개인이 처한 각각의 상황, 공부를 위해 사용한 도구나 테크닉의 결함을 인식하지 못한다. 그러므로 다짜고짜 공부에 덤비지 말고 공부를 잘하는 사람에게 도움을 청해야 한다. 멘토를 구하는 것이 시급하다. 원래 성적이 안 좋았는데 시행착오 끝에 성적을 올린 사람일수록 멘토로서 적격이다. 그는 초심자의 마음을 잘 이해하고, 공부법에 대해 진지한 고민을 해본 사람이기 때문에 어떻게 가장 효과적으로 점수를 올릴 수 있는지에 대한 답을 알고 있다. 주변에 그런 멘토가 없다면 공신 닷컴을 이용하자. 공신 멘토만 200명이고, 그들 각각의 상황이 차별적이다. 그중에 분명 자신과 비슷한 상황에 처한 공신이 있을 수 있다. 공신 닷컴은 멘토링을 전문으로 하는 사이트이기 때문에 쉽게 도움을 청할 수 있다.

ACT 6

반 30등, 전교 1등 되다

피나는 시간이었다. 새벽같이 일어나 친구 집 앞에서 그가 나오기만을 기다렸다. 친구가 나오면 그의 가방을 들어주었다. 그리고 그에게 재미있을 이야기를 들려주었다. 전날 준비한 것들이었다. 이야기를 들려주면 친구는 무척 좋아했다. 별로 웃기지 않는 이야기에도 배꼽이 빠지도록 웃었다. 평소에 공부만 하던 친구라 웃을 일이 별로 없었고, 친구도 은근히 따돌림을 당했던지라 같이 떠들 친구가 없어서 나와 대화하는 것을 즐겼다. 그러면 친구는 자신의 이야기를 들려준다. 이야기 중 90%가 공부에 관한 에피소드였다. 그렇다. 난 공부에 관한 자연스러운 이야기를 끌어내기 위해 재미있는 이야기를 준비했다. 그럴 때마다 정말 유익한 내용들이 나왔다. 나는 재빨리 메모장을 꺼내 받아 적었다.

등교하자마자 전날 집에서 공부했던 것들 중에서 모르는 부분을 물어보았다. 분위기가 화기애애해서 그는 내게 정성껏 알려주었다. 개념을 잘 몰라 틀린 문제에는 관련된 것을 처음부터 끝까지 알려주고 문제도 같이 풀었다. 이 피드백은 아주 값진 것이었다. 모르는 것을 물어보는 것의 소중함을 깨달았고, 이후 선생님을 귀찮게 졸졸 쫓아다니는 버릇이 생겼다.

그것이 끝나면 공부법이나 공부 습관을 하나씩 배워나갔다. 그러나 친구가 떠주는 밥을 얻어먹고 싶은 생각은 추호도 없었다. 공부에 관한 전반적인 사항을 일일이 코치 받았다. 예습, 복습, 수업 태도, 필기법, 교과서 읽는 법, 오답 노트 만드는 법까지, 나 스스로 했으면 알기 어려웠을 것들을 친구를 통해 제대로 배울 수 있었다. 기억에 남는 것은 수학은 공식을 암기하는 것보다 공식을 유도하는 과정이 더 중요하다는 것이었다. 이 점을 배우지 못했으면 공식을 암기하는 데에 시간을 허비했을 것이다.

하루 종일 친구를 유심히 관찰했다. 스토커라는 소문이 퍼졌다. 중요한 것은 생활태도라고 생각했기 때문이다. 공부법이 아무리 좋아도 생활태도가 엉망이면 공부할 시간이 주어지지 않을 뿐더러 컨디션 조절에도 실패하면 롱런(Long Run)을 할 수 없을 것 같았다. 생활 패턴을 관찰한 것은 상당한 도움이 되었다. 공부를 잘할 수밖에 없는 이유가 있었다.

등교하면 먼저 그날 공부할 것을 플래너에 적고 공부를 시작한다. 공부가 끝날 때마다 플래너에 체크를 하고, %를 기록한다. 공부에 대한 만족도였다. 수업은 맨 앞자리에서 듣고 쉬는 시간에도 수업 중 들었던 것을 정리했다. 해당 부분의 교과서를 일독했다. 화장실에도 그냥 가는 법이 없었다. 자신이 만든 미니 단어장을 준비하고 화장실에 갔다. 밥은 최대한 빨리 먹었다. 시간을 아껴서 공부했다. 한 가지 버릇이 있었다. 틈만 나면 스트레칭을 했다. 스트레칭을 자주하면 몸에 무리가 안 오고 인내심 있게 공부에 집중할 수 있다고 했다. 항상 줄넘기를 가지고 다녔다. 땀을 흘릴 때까지 운동을 했다.

집에 돌아와 친구의 관찰기(觀察記)를 작성했다. 친구가 했던 행동이나 공부 습관 중 특이하거나 중요 사항이라고 생각되면 빠짐없이 적었고, 그것을 철저히 모방했다. 그것을 하루 빨리 내 것으로 만드는 데 심혈을 기울였다. 그것은 고등학교에서도 이어졌고, 흔들리지 않는 성적을 보장받았다.

관찰기를 작성하면서 그날 배운 수업을 그 친구가 알려준 대로 복습했다. 교과서를 읽고 선생님이 필기해준 것 중 강조 부분을 밑줄치고, 그것을 내 나름대로 다시 단권화해보았다. 복습이 끝났다고 생각하면 다음날 시간표를 보고 예습을 시작했다. 예습은 교과서를 읽는 것에서 시작했다. 이해가 잘 안 가는 부분은 질문 노트를 만들어 적어두었다. 이것은 한꺼번에 질문할 때 편리했고, 나중에 내가 무엇을 몰랐고 어떻게 알게 되었나를 한눈에 볼 수 있어 좋았다. 예습 복습을 마무리하면 친구가 내준 별도의 숙제를 했다. 그 숙제를 다 해가야 내일 친구 집에 마중 나갈 수 있었다. 숙제를 못하면 친구에게 도움을 받지 않겠다고 약속했다. 졸립고 힘들어도 필사적으로 숙제를 했다. 새벽 3시에 잠을 청하면 검도장에 가기 위해 5시에 일어나야 했고, 운동을 마치고 돌아와 친구 집에 가면 8시였다. 하루 2시간밖에 자지 않는 강행군이었다.

어느덧 이것이 일상이 되었고, 친구도 이제 마음을 열었는지 각 과목 과외를 해주기도 했다. 친구와 나는 절친이 되었다. 내 실력은 우리 우정만큼이나 쑥쑥 올라갔다. 3학년 2학기 기말고사 마지막 시험. 대부분의 아이들은 신경 쓰지 않는 시험이었다. 어차피 추첨이었고, 이미 인문계와 실업계가 확정이 되어 있었다. 특목고를 지원한 아이들도 하나둘 합격 소식이 들려왔고, 시험에 목숨을 건 사람은 나밖에 없었다. 자신과의 싸움이었고 세상과의 싸움이었다. 여기서 지면 더 이상 물러설 곳도 없었다. 낭떠러지다. 배수진이다. 여기에 내 목숨을 걸어야 한다. 나의 화려한 데뷔 무대가 될 수도 있고 아주 비참한 은퇴 무대로 끝날 수도 있다. 첫 스타트를 제대로 끊어야 했다. 긴장된 순간이었다. 처음으로(?) 시험문제를 제대로 풀어보았다.

'어 이럴 수가? 왜 이렇게 쉽지? 왜 이렇게 답이 금방금방 나오는 거야?' 답이 너무 쉽게 눈에 보이자 기쁨과 안도감보다는 불안감이 생겼다. '난 원래 그런 사람이 아닌데 뭔가 내가 잘못하고 있는 거 아닌가'라는 생각이 엄습했다. 에이 모르겠다. 결과를 받아들이자. 그동안 열심히 하지 않았는가? 최소한 부끄럽지는 않았다. 수고했다, 구본석! 잘했다, 구본석! 그렇게 시험이 끝났다.

— 시험 잘봤어? (전교 1등)

— 뭐 잘 모르겠어…….

—걱정 마. 이번 시험 다들 어려웠대. 너만 어려운 게 아니었을 거야.

— 난 오히려 너무 쉽게 느껴져서 불안한데…….

— 뭐, 다음 기회가 또 있겠지. 후회는 없잖아? 내가 봐도 넌 너무 열심히 했어.

다음날부터 하나둘씩 점수가 밝혀지기 시작했다.

친구들은 과목당 점수가 나왔을 때 100점을 받은 사람의 이름에 형광펜을 칠했다. 그때마다 항상 내가 있었다. 한두 과목만 운 좋게 그랬나 보다 했는데. 세 과목째, 네 과목째, 다섯 과목째가 되었는데도 여전히 내 이름에 형광펜이 칠해져 있었다. 친구들은 무엇인가 심상치 않음을 느꼈다. 웅성웅성. 난리가 났다.

무슨 일이지?

— 얘들아 대박이야, 초대박! 구본석이 영어 듣기 1점 빼놓고 전과목 만점을 맞았대. 평균 99.99야.

— 무슨 그런 말도 안 되는 소리야!!

솔직히 나도 믿기지 않았다. 내가 전교 1등을 하다니. 평균 99.99를 맞다니. 꿈이겠지 하고 볼을 꼬집어 봤다. 실감이 나지 않았다. 전교 1등도 해봤어야 그 맛을 알지, 항상 좌절하던 놈이 거의 만점에 근사하게 점수를 맞았으니 그걸 알 리가 있나. 이 점수는 내 점수가 아니라 남의 점수라는 생각마저 들었다.

친구를 보았다. 이제는 전교 2등이 되어버린 친구. 나를 기피했다. 상심이 컸나 보다. 물론 친구를 넘어서는 것이 목표였지만 이렇게 빨리 그 순간이 다가올 줄 몰랐다. 친구가 몇 년 동안 갈고 닦은 공부법과 생활 습관들을 공짜로 배운 감이 없지 않았다. 나는 그것을 빠르게 학습해 나갔고 그 방법을 조금 업그레이드했을 뿐이지만. 절친을 잃은 상실감이 있었다.

집은 난리가 났다. 1년 동안 누워 계셨던 아버지가 일어나셨다.

어머니는 환호성을 질렀고, 동생들은 눈물을 흘렸다. 그렇다. 가족들에게 우리도 더 이상 패배자가 아니라 할 수 있다는 것을 보여주었다. 절망과 무기력만이 지배하던 집안에 희망이라는 씨앗이 싹텄다. 아버지는 이 일을 계기로 직장을 찾았다. 어머니도 직업교육에 본격적으로 뛰어드셨다. 도배를 전문적으로 하는 영세민 저소득층 직업교육에 나갔다. 적극적인 사회인이 되기 위한 발판을 준비하고 있었다. 어려운 상황 속에서도 해낼 수 있다는 것을 보여준 결과였다. 아직도 그 순간을 잊지 못한다. 작은 희망 하나가 가족 전체를 바꿀 수 있다는 것을.

그리고 확신했다. 내가 앞으로 일으킬 일이 비록 사소하고 미약할지언정 나를 바꾸고 가족을 바꾸고 세상을 바꿀 수 있다는 것을. 변화는 결코 대단한 것에서부터 오는 것이 아니라 작은 것들이 모여 이루어지는 것이란 것을. 나는 세상을 향해 힘껏 외쳤다.

조금만 기다려라.
이것은 시작에 불과하다.
그 어떤 시련이 내 앞을 가로막아도 다 이겨낼 것이다.
지금처럼 환한 미소로 너희에게 보답해주리라.
세상의 온갖 부조리와 모순, 불평등과 소외가 없어지는 그 날까지
고군분투할 것이다.
아자 아자 파이팅!

ACT 7

그해 겨울, 공부에 맛을 들이다

한동안 구본석이라는 뉴페이스의 등장으로 시끌벅적했던 학교가 졸업 시즌에 접어들었다. 공부를 열심히 하는 부류가 있었고, 친구와 추억거리를 만들기 위해 놀러 다니는 부류가 있었다. 이제 전교 2등이 된 친구가 내게 손을 내밀었다.

— 내가 졌다, 깔끔하게. 그리고 미안하다. 옹졸하게 굴어서.

— 무슨 소리야? 미안한 건 오히려 나야.

— 미안하긴, 당연한 거지. 이번에는 졌지만 나중에 사회에서 만날 때는 이번처럼 호락호락하게 지지 않을 테니 바싹 긴장하고 있어라. ㅋㅋ

— 알았다. 꼭 서울대 법대 합격해서 네 앞에 나타나마. 선의의 경쟁을 해보자고. 우리 아직 베스트 프렌드 맞지?

— 당연하지. 난 한 번도 베스트 프렌드가 아닌 적이 없었는데? 내 중학교 생활 3년 동안 너와 함께 보낸 시간이 가장 행복했어. 처음에 네가 나한테 갑자기 거래하자고 했을 때 얼마나 당황했는지 몰라. 웬 미친놈일까 하고. 그런데 알고 보니 재밌는 놈이더라고. 오기도 있어 보였고. 열심히 하는 모습을 보니 가능성이 있다

싶었어. 물론 내가 너무 방심을 해서 너한테 밀리기는 했지만 기분이 그리 나쁘지는 않네? 청출어람이라는 말이 바로 이를 두고 한 말 아닐까? 하여튼 그때 네가 날 안 찾아왔으면 내 중학교 시절은 아무 추억도 없었을 거야.

— 진심으로 고맙다 친구야. 중학교 들어와서 제일 잘한 건 널 만난 거야.

진심이었다. 중학교에 들어와서 가장 잘한 일은 그 친구를 찾아간 것이었다. 친구가 없었다면 난 분명 이 자리에 올라오지 못했을 것이다. 공부를 해도 성적이 나오지 않았으니 '나는 역시 해도 안 되는 놈이구나'라는 탄식에 젖어 살았을 것이다. 친구는 생명의 은인이었다. 이후 항상 새로운 일을 시작할 때마다 그 친구가 떠올랐다.

나도 그런 사람이 되고 싶었다. 어떤 사람의 인생을 설계해주는 사람. 첫 걸음마를 내딛는 사람을 이끌어주는 사람. 곤경에 처한 사람을 진심으로 도와주는 사람. 힘이 들어 지쳐 쓰러진 사람의 어깨를 부축해주고 함께 달려주는 사람. 힘이 들 때마다 계속 생각나는 사람. 그때마다 활력을 불어 넣어주는 사람. 비타민 같은 사람……. 나는 그런 사람이 되고 싶었다.

이 경험은 내 인생에 큰 영향을 미쳤다. 이때의 경험이 훗날 공신 활동을 하게 만든 중요한 계기로 작용했던 것 같다.

본격적으로 고등학교 공부를 예습하기 시작했다. 막상 공부를 하려고 하니 앞이 캄캄했다. 내신과는 사뭇 다른 공부였다. 내신은 고차원적인 이해가 필요하지 않았다. 이해가 되지 않더라도 암기하면 만사형통이었다. 특히 내신은 공부 범위가 협소했다. 그 부분만 집중하면 큰 어려움이 없었다. 또 내신의 특징은 그 전의 것을 몰라도 어느 정도 커버가 가능하다는 점이다. 수학은 주어진 공식을 달랑 외운 뒤 숫자를 기계적으로 넣으면 정답이 나왔다. 영어도 주어 동사가 뭔지, 시제가 뭐고, 태가 뭔지 몰라도 본문만 죽어라고 외우면 그 안에서 다 해결되었다. 과학은 수학보다 더 쉬워서 기본적인 공식은 간단한 사칙연산의 변형 정도에 불과했고, 문제집 하나만 집중해서 풀면 시험 대비가 되었다. 사회는 암기 과목이 아니지만 중학교 사회는 암기 과목이다. 어려서부터 한자 공부를 많이 해서 그런지 암기는 자신이 있었고, 그 실력을 믿고 사회 교과서와 국사 교과서에 나오는 것을 몽땅 외웠더니 모르는 것이 없었다. 중학교 내신 위주의 공부는 암기로 모든 것이 해결되었다.

고등학교 공부는 차원이 달랐다. 이해가 선행되지 않으면 암기가 불가능했다. 오히려 암기에만 의존하는 학생들을 골탕 먹이려는 문제들이 수두룩했다. 그제야 친구의 공식이 중요한 것이 아니라 공식을 유도하는 과정이 중요하다는 말을 깨달았다. 이전의 것을 알지 못하면 이해가 불가능했다. 사상누각이었다. 가장 많이 본다는 『수학의 정석』을 펴보았다. 제일 먼저 집합이 나왔다. 개념 자체는 어렵지 않았다. 문제 모두가 중학교 수학을 기본으로 하고 물어보는 문제들이었다. 유리수와 무리수, 이차방정식과 판별식 등 중학교 수학을 알지 못하면 도저히 손을 대지 못하는 문제들이었다. 영어는 더 심각했다. 중학교 수준의 단어부터 막혔다. 문법을 모르니까 독해가 될 리 만무했고, 구문을 해석할 수 없었다. be 동사가 뭔지, 시제가 뭔지 모르는 수준에서 고등학교 영어 공부를 한다는 것은 볏짚을 들고 불구덩 속에 뛰어드는 격이었다. 방법은 하나밖에 없었다. 다시 시작하는 것이다. 처음부터 새로운 마음으로.

시절을 거슬러 올라가본다. 공부에 손을 놓았던 그때로. 초등학교 5학년 무렵. 그렇다, 거기서부터 다시 시작하는 거다. 초등학교 5학년 수학 문제집부터 풀기 시작했다. 영어는 친구들에게 부탁해서 초등학교 때 풀다 남은 학습지를 풀기 시작했다. 죽어라 공부했다.

기말고사가 끝난 뒤부터 고등학교에 올라간 2달 남짓 동안 하루 30분씩 잤다. 그 30분도 교통편에서 꼬박꼬박 존 졸음이었고 거의 잠을 자지 않았다. 체력만은 자신 있었다. 그런데 잠이 안 올 수가 없었다. 잠과의 싸움은 별짓을 다 했다. 그해 겨울은 유난히 혹한이었고, 엄청난 폭설에 가옥이 무너지는 등 자연재해가 심했다. 추위가 뼈에 사무쳤다. 나는 과감하게 창문을 활짝 열고 공부를 시작했다. 벌벌 떨면서 공부를 즐겼다. 나중에는 하도 잠이 와서 복도에 스탠드를 켜고 돗자리를 깔고 공부했다. 콧물이 고드름이 되는 경험을 맛보았다. 찬물로 샤워하면서 듣기 문제를 풀었고, 눈으로 세수하면서 잠을 깼다.

진도는 전광석화였다. 초등학교 5학년 수학에서 중3 수학까지 마치는 데 2주일이 걸렸다. 초등학교 수학은 수학 교과서와 수학 익힘 책이 있다. 수학 교과서로 개념을 빠르게 체크한 뒤 수학 익힘 책에 있는 문제들을 정복했다. 여러 번 볼 여유도 없었고, 틀렸던 것은 과감히 넘어가는 식이었다. 중학교 수학도 교과서로 했다. 전교 1등 친구의 책을 받았다. 중요한 부분에 밑줄이 잘 쳐져 있었고, 개념을 유도하는 과정에서 유념해야 할 부분에 별표가 되어 있었다. 예제와 유제를 빠르게 풀어나갔고, 연습문제도 친구가 중요하다고 표시한 문제들만 풀었다. 문제집을 볼 여유도 없었다.

고등학교 1학년 수학 10 가-나 『정석』을 한 번 보는 데 2주일이 걸렸다. 새 것을 사서 푸는 것보다 친구 것을 보는 것이 낫다고 생각했다. 꼭 봐야 할 부분에 알아보기 쉽게 표시가 되어 있었다. 친구의 조언에 따라 연습문제는 나중에 풀어보기로 했다. 어차피 고등학교에 올라가면 연습문제를 풀 기회가 많으니까 예제와 유제 수준만 빠르게 넘어가면 된다고 했다. 친구가 마지막 선물이라면서 예제와 유제 중에서도 꼭 풀어 보아야 할 문제만 별도의 체크를 해주었다. 그 덕에 더 빠른 시간 내에 수학을 정리할 수 있었다. 꼭 필요한 문제만 풀어가니 개념에만 집중할 수 있었고 전체적인 윤곽을 잡을 수 있었다. 친구의 적극적인 도움이 없었다면 1주일에 한 학기씩을 끝낸다는 것은 거의 불가능에 가까운 일이 아니었을까.

'수학1'을 한 번 보는 데에도 2주일이 걸렸다. 다만 '수학1'은 『정석』으로 공부하지 않았다. 수학 교과서가 아직 나오지 않았다고 해서 헌책방에 갔다. 새 것을 사기보다는 공부를 열심히 한 흔적이 담긴 책을 사는 것이 현명한 선택 같았다. 책들을 쭉 훑어보다가 중요한 개념에 밑줄이 그어진, 필요한 문제에 별표가 된 교과서가 눈에 들어왔다. 당장 그것을 구매해 풀기 시작했다. 선택은 현명했다. 학원이나 과외를 할 수 없었던 내게 공부 잘하는 사람들의 흔적이 담긴 책은 가뭄에 단비와도 같았다. 그래서 난 후배들에게 항상 공부를 처음 시작할 때에는 새 책을 사서 보지 말고 공부 잘하는 사람들의 흔적이 담긴 책으로 공부를 하라고 한다.

나머지 2주 동안은 가속도가 붙어 『정석』 수학10 가-나 진도를 3번씩 뗐다. 다시 풀 때는 전에 풀었던 유제와 예제를 제외하고 안 풀고 넘어간 문제 위주로 봤다. 그렇게 한 번, 문제를 풀지 않고 개념 정리 차원에서 두 번, 연습문제만 푸는 방식으로 총 세 번을 봤다. 나름 효과가 있었다. 수학10 나 끝부분인 삼각함수에 도달하면 대부분 수학1 첫 부분의 집합 단원을 잊게 된다. 그러나 이렇게 공부하면 한 번 진도를 나가는 데 오랜 시간이 걸리지 않으니까 큰 흐름을 놓치지 않아서 좋았다. 같은 시간에 4번이나 볼 수 있어 효율도 극대화시킬 수 있었다.

영어도 마찬가지였다. 친구에게 얻은 영어 눈높이 학습지부터 시작했다. 초등학교 과정에서 중학교 과정까지 끝내는 데 2주일이 걸렸다. 대부분 듣기나 말하기 위주인 탓에 아주 빠르게 나갈 수 있었다. 『성문 기본』을 마스터하는 데 2주일이 걸렸다. 처음에는 『성문 기본』에 있는 문법 사항을 다 외우려고 했지만 읽어도 무슨 소리인지 몰랐다. 그래서 예문 위주로 공부를 했다. 예문을 독해하다가 막히면 어떤 문법 구조로 되어 있는지 공부했다. 모르는 문법 부분은 '맨투맨 기본'이라는 곳에 자세히 나와 있었고, 사전을 보듯 체크해 나갔다. 문법 공부는 재미를 붙여야 할 수 있다. 자칫 잘못하면 금방 지루해질 수 있다. 특히 문법만 파고들어 공부를 하면 머릿속에 오래 남지도 않고 공부에 대한 흥미를 잃어버리기 십상이다. 문법을 공부했으면 문법이 어떻게 사용되었는지 예문을 확인했고, 그때 문법 사항을 체크하면 공부가 재미있어진다. 문법만 공부했을 때는 무슨 소리인지 몰랐는데 그것을 적용시키니까 영어가 수학처럼 딱딱 떨어져 해석이 되는 경험은 정말 놀라웠다. 그게 너무 재미있어서 화장실을 갈 때도 심부름을 할 때도 손에서 책을 놓지 않았다. 『성문 종합』을 마스터하는 데 2주일이 걸렸다.

물론 장문독해나 고전독해를 할 수 있는 수준이 되지 않아 그것은 과감히 넘기고 단문독해 위주로 했다. 욕심을 내면 제풀에 지칠 것 같았다. 종합 단문독해는 기본 단문독해보다 더 까다로웠다. 구문은 꼬여 있었고, 문법 사항이 복잡했다. 100% 해석하겠다는 욕심을 버리고, 독해를 하면서 문법까지 정리하겠다는 생각으로 공부하니 어느새 문법이 완성되어 있었고, 그 과정에서 '맨투맨 기본'도 다 볼 수 있게 되었다. 특히 『성문 종합』에 나와 있는 단문독해는 문법을 공부하는 데 최적화되어 있었다. 기본적이고 고전적인 문장인 덕에 수능시험과는 다소 거리가 있을지 모르지만 공부를 정석으로 하는 데에는 이해하기가 편했다.

나머지 2주일은 『해커스 토플 리딩』을 공부할 정도로 실력이 향상되었다. 그 책은 어려웠다. 예제 문제만 골라 풀었다. 완벽한 독해를 위해 번역을 하는 식으로 공부했다. 독해 지문을 번역하면서 우리말로 깔끔히 옮기는 방식이었다. 물론 좋지 못한 공부법이었다. 의역을 하는 버릇을 들이면 독해 속도가 상당히 더디어진다. 영어와 우리말이 1대 1 되는 것이 아니라서 완벽하게 떨어지지 않을 수 있는데, 그 경우에는 문장이 해석되지 않는다. 나중에 직독 직해를 훈련하는 데 장애 요소가 되기도 한다. 하지만 공부를 처음 하는 입장에서는 번역만큼 좋은 공부도 없었다. 영어가 익숙하지 않은 사람에게 직독 직해는 무리였다. 압박감이 생기면 부담감만 늘고 영어는 어려운 것이라는 생각이 자리 잡는다. 번역을 통해 문법을 따지게 되었고, 해석할 때 놓치는 부분이 없게 되었다. 번역을 통해 독해에 대한 감각을 익히는 데 남들보다 적은 시간이 소요되었다.

영어 공부에서 중요한 것은 단어이다. 단어를 모르면 문법, 독해, 듣기, 쓰기가 안 된다. 단어는 영어 공부의 초석이다. 단어 암기는 영어를 처음 배우는 사람에게만 중요한 공부가 아니다. 영어는 수능을 보는 날까지 해야 하는 공부이다. 처음부터 단어를 암기하려고 하면 막막하고 지루하기만 하다. 나는 재미있게 단어를 암기하기 위해 『초스피드 영어 단어 암기 비법』이라는 책을 샀다. 거기엔 단어를 쉽게 암기하도록 발음을 주변의 일상과 연상하게 만들었다. 그러면 공부할 때 잘 잊지 않게 되고 오래 기억할 수 있게 된다. 이것을 반복했다. 심지어 학습에 편리하도록 단어장을 60일로 나누었다. 첫날엔 1일째를 공부했다. 둘째 날엔 2일째를 본 다음 1일째를 반복했다. 셋째 날에는 3일째를 보고 2일째를 본 다음 다시 1일째를 보았다. 이런 식으로 n일째 날 = n일째 + (n-1)일째 + …… 3일째 + 2일째 + 1일째 공부를 하게 되고, 60일째 날에는 한 권을 통으로 다시 보게 되었다. 다시 61일째 되는 날부터 60일째, 또 62일째 되는 날엔 59일째 + 60일째, 63일째 날엔 58일째 + 59일째 + 60일째를 외웠다. 즉, (60 + n)일째 날 = (61 - n)일째 + (62 - n)일째 + …… + 60일째를 외웠다. 이렇게 공부를 하면 영어 단어를 절대 까먹지 않게 되었다.

그리고 이 시기부터 다시 독서를 하기 시작했다. 내 꿈은 공부 기계가 아니었다. 잘 먹고 잘 살고자 공부를 한 것도 아니었다. 비록 먹고 싶은 것이 있어도 먹지 못하고 집이 비좁기도 했지만 만족했다. 매일 어머니가 차려주는 세상에서 가장 맛있는 밥을 먹을 수 있었고, 다섯 식구가 다리를 쭉 펴고 자기에도 문제가 없었다. 권력, 명예? 물론 있으면 좋았다. 많은 사람들에게 인정받는 것은 행복한 일이 아닐 수 없다. 카리스마를 발휘해 어떤 조직에서 자신이 원하는 것을 추진하는 것도 멋있어 보였다. 하지만 단순히 그것 때문에 공부를 시작한 것은 아니었다. 남들이 인정해주지 않아도 자기 삶을 열심히 살고 남들을 도와줄 수 있다면 그것만으로 충분한 행복이다. 높은 자리에서 힘쓰는 사람이 아니라도 자기가 맡은 바에 최선을 다하는 삶이 더욱 멋있었다.

내가 진짜 공부를 시작한 이유는 세상을 바꾸기 위해서였다. 제도나 정권의 변화만으로는 내가 꿈꾸는 아름다운 세상이 이루어질 수 없었다. 사람들이 가지고 있는 생각을 변화시키는 것, 그것이 내가 꿈꾸는 세상을 만드는 유일한 길이었다. 남자와 여자, 흑인과 백인, 부자와 빈자…… 이런 식으로 서로가 서로를 나누고 쪼개고 분리시켜 나갔다. 그러면서 온갖 차별이 나타나고 그 속에서 온갖 폭력이 자행된다. 그 과정에서 소외되는 사회적 약자들은 사람 취급을 받지 못하고 살아간다. 그들은 사회 경제적인 구속에 갇혀 인간으로서 누려야 하는 당연한 권리를 행사하지도 못하고 자신의 꿈과 희망을 버리면서 살아간다. 사실 사람이 배불리 먹고 살지 못하더라도 꿈과 희망만 가지고 있으면 의미 있는 삶을 살 수 있다. 그것마저도 가질 수 없게 한 이 사회 구조와 그 사회 구조가 만들어 낸 사람들의 잘못된 생각, 그것을 바꾸고 싶었다.

내가 원하는 세상은 사랑 공동체(Love Community)이다. 사랑은 인간이 인간일 수 있는 최후 방어선이다. 사랑만큼 세상에서 값지고 아름다운 것은 없다. 인간이 그 오랜 전쟁과 살상을 벌여도 지금까지 이렇게 살아남을 수 있었던 이유는 아직까지 사랑이 살아 숨쉬기 때문이다. 사랑만 있다면 누가 서로가 서로를 분리하고 소외시키겠는가. 어떻게든 포용하려고 하고 공존하려고 하며 보듬어 안으려고 할 것이다. 인간 개개인에게 차이(difference)가 있음을 부정하지는 않는다. 그러나 그 차이를 가지고 차별(differentiation)을 하면 안 된다. 사랑이 있다면 그 차이를 존중해 줄 수 있게 된다. 사랑이 없기 때문에 자신과 다름을 인정 못하는 것이고 그 다름을 제거해버리려고 차별을 행하는 것이다. 사랑이 있다면 인류는 영원히 행복하게 살아갈 것이다. 세상은 아름답고 풍요로워질 것이다.

그러나 사랑은 쉬우면서도 어려운 말이다. 그런데 세상에는 점점 더 사랑이 설 곳이 없어져 간다. 왜 그럴까? 타인을 이해 못하기 때문이다. 나와 다른 것을 이해하지 못하기 때문에 공감하지 못하고 거리를 둔다. 그렇다면 내가 해야 할 것은? 그것은 내가 이해하지 못하는 다른 세계를 경험하는 것이다. 서로를 이해하지 못하기 때문에 충돌이 벌어진다. 그들을 이해하지 못한다면 결코 내가 원하는 세상을 만들 수가 없다. 그들을 이해할 수 있는 방법은 그들 입장에서 생각하는 것이다. 그들 입장에서 생각하는 방법은 그들을 많이 만나고 그들과 대화하는 것이다. 하지만 나와 다른 모든 사람과 대화하는 것은 불가능하다. 그것을 그나마 가능케 해주는 것이 독서이다. 독서는 타인과 대화하는 과정이다. 나와 다른 사람이 어떻게 사고하는지를 알 수 있다. 독서를 하면 그들의 생각을 알 수 있고, 그들이 원하는 것이 무엇인지를 알 수 있다.

수험 공부를 열심히 해서 사회 경제적 약자들의 목소리를 대변해주는 자리에 올라서는 것도 분명 중요한 일이다. 하지만 그보다 더욱 중요한 것은 대화를 통해 나와 다른 세계를 경험하고 이해하며 공감하는 것이다. 그래서 영어와 수학 문제를 푸는 것도 중요하지만 독서를 놓지는 않았다. 이런 생각이 든 후 아무리 바빠도 한 달에 1권을 읽었다. 여유가 되면 3일에 한 권 정도를 읽었다. 장르는 가리지 않았다. 인문, 사회, 과학, 기술, 예술 모든 분야에 걸쳐 책을 읽었다. 이 선택은 좋았다. 나는 지금 시간과 공간의 구속에 얽매여 좁은 세계를 살고 있다. 하지만 독서를 통해 내가 경험할 수 없었던 많은 세계를 경험했다. 중세 유럽의 여성이 어떻게 살았는지, 현재 라틴 아메리카 사람들은 무엇을 원하는지 조금이나마 알고 이해할 수 있었다. 삶이 풍요해져 감을 경험했다. 부차적으로 배경 지식이 쌓임으로써 수험 공부하는 데도 도움을 받을 수 있었고 논술 준비하는 데에도 수월했다. 대학에 와서도 고등학교 때 했던 독서의 힘을 느꼈다. 더욱 뜻 깊었던 것은 독서를 통해 인생의 가치관이 정립되었다는 점이다.

그해 겨울은 유난히 추웠다. 그러나 나만의 그해 겨울은 공부에 대한 열정으로 따뜻했다.

그해 겨울은 유난히 추웠다.
그러나 나만의 그해 겨울은
공부에 대한 열정으로 따뜻했다.

Part 02

고등학교

슬럼프는 무섭다

공부할 힘이 나질 않는다

자신의 공부에 문제가 있음을 깨닫는다

더 이상의 공부가 무의미함을 느낀다

부족하면

결코 부끄러워하지 않고

설사 기초적인 단계라도

되돌아가는 것이 가장 빠른 지름길

ACT 1

전교 1등

내 인생에서 가장 중요했던 그해 겨울도 막바지로 접어들었다. 파란만장했던 중학교 시절을 가슴속에 묻어둔 채, 고등학교에 배정되었고 반 배치고사가 다가오고 있었다. 시험장에 들어갔다. 문제지를 받았다. 이렇게 쉬울 수가? 이런 경험은 중3 2학기 기말고사 이후 두 번째였다. 이젠 불안하지 않았다. 다만 내가 너무 신기했고 대견스러웠다. 몇 개월 전만 해도 상상할 수 없을 정도로 실력이 상승해 있었다. 시험을 즐기다시피 하고 집으로 돌아온 나는 방학 동안 공부했던 것을 정리해보았다. 하, 진짜 많이 하긴 했구나. 다시 이렇게 할 수 있겠나 싶었다. 값진 순간들이었다. 이윽고 학교에 입학. 배치고사 전교 1등을 부른 순간이었다. '1학년 1반 3번 구본석 앞으로!' 교장 선생님의 말씀이 떨어졌다.

본격적으로 고등학교 공부에 몰두했다. 나중에 친구한테 듣기로는 사람들이 나를 보면서 엄청 의아해 했단다. 머리는 거의 삭발에 눈썹은 무서웠고, 두 눈은 찢어졌으며, 표정은 완전히 굳은 채로 누군가 당장이라도 잡아먹을 기세로 책을 보고 있었다고 한다. 나는 맨 앞자리 맨 끝에서 단 한 순간도 일어서지 않고 책만 뚫어져라 쳐다봤다. 그 상태로 돌이 되었다. 친구들은 나를 보고 "저 녀석은 돌이야. '생각하는 사람'이 아니라 '공부하는 사람……'"

이라고 했다.

그렇게 1주일이 지났고 3월 모의고사가 다가왔다. 첫 스타트를 끊는 의미심장한 시험이었다. 시작이 반이니까. 1교시 언어. 이런……, 방학 내내 영어와 수학만 공부했기에 국어 시험이 있는지도 몰랐다. 더욱이 문학, 비문학도 나오고, 이상하게 생긴 고전도 나왔다. 다행히 문제가 쉬워서 넘어가긴 했지만 이것이 언어와 나의 첫 대면이자 길고 긴 사투의 시작이었다.

2교시 수학. 중학 수학 3년 과정이 종합적으로 나왔다. 이때 깨달은 사실은 내게 무엇이 부족하면 결코 부끄러워하지 않고 기초적인 단계라도 되돌아가는 것이 가장 빠른 지름길이라는 것이었다. 급할수록 돌아가라는 말은 괜히 나온 말이 아니었다. 초등학교 5학년 수학부터 탄탄히 기초를 쌓은 나는 자신감에 충만했다.

3교시 영어. 너무 쉬워서 30분을 남기고 모두 풀었다. 두 달 전만 해도 be 동사도 모르고 과거형도 모르던 나였다. 4교시 사회 과탐. 사회와 과탐은 거의 답을 찍을 수밖에 없었다. 중학교 때 워낙 손에서 놓은 탓에 전혀 자신이 없었다.

결과는 언어 100, 수리 100, 영어 100, 사회 과탐 156, 총 456점이었다. 우리 학교가 다른 학교에 비해 그리 실력이 좋지 못한 학교이기도 했지만 어쨌든 전교 1등에 성공했다.

ACT 2

문제집을 훔치다

공부를 몰아치기로 시작할 무렵, 계산에 넣지 못한 것이 있었다. 공부에도 돈이 들어간다는 것. 나는 이것을 몰랐다. 공부만큼 돈 안 들이고 최대의 성과를 이루어 낼 수 있는 것은 없다고 믿었다. 그러나 웬만한 문제집 1권을 3일 안에 뚝딱 해치우던 내게 제일 먼저 다가온 시련은 문제집 값 마련이었다. 문제집 한 권당 1만 원. 일주일에 거의 3권 가량의 문제집을 사야 했던 내게 일주일에 약 4만 원이라는 돈은 큰 부담이었다. 4만 원쯤이야 라고 쉽게 생각할 수도 있지만 기초 생활 수급 대상인 우리 집으로서는 결코 만만치 않은 돈이었다.

항상 딜레마였다. 책은 더 필요한데 쪼들려 살고 있는 집에 부탁하기에는 너무 죄송스러웠다. 간혹 교무실에서 선생님이 준 문제집도 한계가 있었다. 대부분 교사용 문제집으로, 정답과 해설이 있었고, 지문에 분석까지 행해져 있었다. 줄곧 수성 사인펜으로 지우고 또 지워야 했다. 여간 힘든 작업이 아니었다. 하루를 몽땅 허비해야 했다. 문제집도 너덜너덜해져 풀 기분도 안 났다.

그러다가 어느 날 대훈서적이라는 곳에 갔다. 문제집을 뒤적이는데 가슴이 두근거렸다. 이게 내 거라면 정말 멋있게 풀었을 텐데……. 즐거운 상상을 하다가 몰래 한 권을 들고 나왔다. 이럴 수가. 아무 감시도 없었다. 그냥 내 것인 것처럼 들고 나왔고, 이제 내 것이 되었다. 그때 정말 나쁜 생각을 했던 것 같다. '이건 하늘이 주신 기회야. 내가 무엇을 원하는지 하늘이 내 목소리에 정말 귀를 기울인 거고, 그걸 해결할 방법을 내게 준 거야. 이건 나쁜 짓이 아니야. 하늘의 뜻이고 운명이야. 책 도둑은 도둑도 아니래.'

이후 한두 권씩 책이 필요할 때마다 그곳에서 들고 나왔다. 부모님이 의심하긴 했지만 거짓말로 둘러댔다. 어느 날이었다. 심판의 날이 왔다. 그날은 기분이 좋아 평소보다 더 두둑이 챙겼다. 그런데 갑자기 뒤에서 누가 내 목을 잡고 나를 끌고 갔다. 정신을 차려보니 사무실이었다. 몇 차례 뺨을 맞았다. 온갖 욕을 다 들었다. 너무 무서웠다. 이어 부모님 생각을 하니 차마 얼굴을 들 면목이 없었다. 이보다 더 큰 죄가 있을까. 연락을 받고 온 부모님은 싹싹 빌었다. 무릎을 꿇고, 손이 발이 되도록 싹싹 비셨다. 그렇게 펑펑 우신 부모님을 뵌 적이 없었다.

그들은 우리 집에 와서 모든 책을 수거해갔다. 변상이 시작되었다. 무려 50만 원어치였다. 원래 10배를 물어야 하는데 가정 형편을 감안한 직원분이 5배 변상으로 일을 무마했다. 어머니는 300만 원 가량의 배상금을 마련하기 위해 내집 마련 적금을 깨셨다. 그때 어머니의 피눈물을 아직도 잊을 수 없다. 아직도 생생하다.

결심했다. 아무리 힘들어도 부모님을 위해 이를 악물고 공부하겠노라고. 저 눈물을 기쁨과 환희의 눈물로 바꾸어 주겠노라고……. 1년 후에 다시 그 서점을 찾아갔다. 죄책감에 제대로 사과

하지 못했는데 고개 숙여 정중히 사과를 드렸다.

ACT 3

슬럼프

슬럼프는 무섭다. 수험생들에게 슬럼프는 악몽이요, 공포 그 자체다. 성적이 안 나온다. 공부할 힘이 나질 않는다. 자신의 공부에 문제가 있음을 깨닫는다. 더 이상의 공부가 무의미함을 느낀다. 그러나 공부를 중단할 수는 없다. 공부를 중단하면 성적이 그마저도 안 나올 것이라고 생각하기 때문이다.

슬럼프의 원인은 내적인 것과 외적인 것이 있다. 내적 요인은 공부법이나 공부하는 자세에 문제가 있고, 그 문제를 해결하지 못한 채 시간이 지나면서 점차 누적되는 것이다. 외적 요인은 심리적인 안정을 깨뜨리는 사건이 터져 그것이 트라우마로 자리 잡아 강박관념에 시달리면서 실력을 발휘하지 못하는 것이다. 보통 두 가지가 같이 나타난다.

중요한 것은 문제가 자신의 능력에 있기보다는 옳지 못한 공부법, 잘못된 공부하는 자세, 좋지 않은 외부적 상황에 있다는 것이다. 대부분의 수험생은 그것을 깨닫지 못하고 '나는 왜 이렇게 머리가 나쁜 걸까', '내 주제에 무슨', '난 저주받았어' 같은 생각에 휩싸여 자신의 능력에 화살을 돌리기 일쑤이다. 문제를 냉철하게 직시하고, 잘못이 있다면 철저히 반성하고 잘못된 것을 바로잡기 위해 과감한 결단을 내리는 것, 마지막으로 자신의 선택을 신뢰하면서 끝까지 달리는 것. 이것이 내가 오랜 수험 생활 끝에 얻은 슬럼프를 극복하는 비법이다.

내 성적은 중3 때 공부를 시작한 이후 계속 성장 곡선을 그려왔다. 자만감에 빠져 있었고, 매너리즘에 젖어들기 시작했다. 예전처럼 적극적으로 공부에 덤비지도 않았고, 점수를 유지하기 위한 공부에만 열중했다. 개념을 공부하기보다는 문제를 푸는 데만 열중했고, 진도를 하루 빨리 나가야 된다는 생각에 꼼꼼히 하지 않고 대충 넘어갔다. 결국 나 자신을 위한 공부가 아닌 남들에게 보여주기 위한 공부에 빠져 있었다.

7월 모의고사였다. 그때의 충격이 생생하다. 언어시험이었다. 평소 자신이 없던 과목이기도 했지만 그날따라 유난히 불안했다. 듣기가 시작되는데 듣기를 놓쳤다. 아뿔싸. 듣기를 놓치다니. 듣기를 놓치자 불안감이 엄습하여 나머지 듣기에도 집중할 수 없었다. 쓰기는 답이 잘 안 보여서 시간이 지체됐다. 시 지문에 다다랐다. 평소에 문학 자습서를 거의 외우다시피 했지만 생소한 시가 나오자 어쩔 줄 몰랐고, 결국 감으로 찍기 시작했다. 물론 아무 의미도 없는 시험이었다. 내신에 들어가는 것도 아니었고, 대학 전형에 반영되는 것도 아니었다. 교육청이 주관한 모의고사도 아니었고 평가원에서 출제한 문제는 더욱 아니었다. 사설 모의고사에 불과했다. 이것이 훗날 내 수험 생활 전반에 트라우마로 작용할 것이라는 것은 꿈에도 생각하지 못했다.

그날의 충격은 날 사로잡았다. 공부를 본격적으로 시작한 뒤 처음 겪는 실패였다. 완전히 무너져 내렸다. 선생님들도 충격을 금치 못했고, 온갖 얘기들이 떠돌았다. 그것에 신경이 쓰여서 공부도 되지 않았다. 부모님 얼굴을 볼 면목조차 없었다. 결국 고1 여름방학을 허송세월하게 되었다.

ACT 4

흔들리며 피는 꽃

그해 여름방학은 유난히 더웠다. 보충이 끝나고 10일간의 진짜 여름방학이 시작됐다. 그동안 배운 것을 혼자 정리하는 중요한 시간이었다. 담임선생님은 내가 안타까웠는지 한 마디 말씀을 해주셨다.

— 내가 보장한다. 넌 서울대 법대 100%간다.

— 그걸 어떻게 보장하세요. 보시다시피 400점도 못 넘는 수준인데 서울대 법대를 가려면 최소 490점은 맞아야 하잖아요. 100점을

올려야 하는데 말이 되나요?

— 난 처음 볼 때부터 널 알아봤다. 넌 서울대 법대생이 될 수밖에 없어. 지금의 실패는 영광의 상처다. 네가 실패를 거듭하면서도 물러서지 않고 이겨낸다면 대단하거나 멋지지는 않더라도 많은 사람들이 매력을 느낄 거야.

멋있었다. 바로 내가 듣고 싶은 말이었다. 내 목표는 수능 만점이 아니었다. 전국 1등이 아니었다. 내 꿈은 이웃들의 목소리를 대변해주는 인권 변호사가 되는 것이었다. 고난과 역경을 딛고 서울대에 들어간다면 많은 사람들에게 희망의 불빛이 되어줄 수가 있지 않을까.

흔들리지 않고 피는 꽃이 어디 있으랴
이 세상 그 어떤 아름다운 꽃들도
다 흔들리면서 피었나니
흔들리면서 줄기를 곧게 세웠나니
흔들리지 않고 사는 사랑이 어디 있으랴
젖지 않고 피는 꽃이 어디 있으랴
이 세상 그 어떤 빛나는 꽃들도
다 젖으며 젖으며 피었나니
바람과 비에 젖으며 꽃잎 따뜻하게 피웠나니
젖지 않고 가는 삶이 어디 있으랴

도종환의 「흔들리며 피는 꽃」이다. 그렇다. 흔들리지 않고 피는 꽃이 어디 있으며, 젖지 않고 피는 꽃이 어디 있는가. 세상 그 어떠한 빛나는 꽃들도 흔들리며 젖으며 꽃을 피웠다. 위대한 사람들조차 수많은 고난과 역경, 시련에 부닥쳤을 것이다. 그들이 모든 사람들의 등불이 될 수 있었던 이유는 굴하지 않고 꿋꿋이 자기 길을 걸어갔기 때문이다. 극한의 위기, 불구덩이 같은 상황에서 그들은 자신의 잠재력을 끌어낼 수 있었다. 그 속에서 한층 성장하고 강인해지면서 세상을 비추는 별이 된다. 세상을 아름답게 만들어주는 꽃을 피운다.

이 일을 겪고 나는 실패를 축복으로 받아들이는 버릇이 생겼다. 실패를 하면 나 자신이 꽃을 피울 때가 되었다는 신호로 여겼다. 실패하는 순간 하늘이 노래지고 충격에 빠지는 것은 어쩔 수 없었다. 하지만 좌절하지 않았다. 실패는 끝이 아니었다. 실패는 새로운 시작이었다. 실패 속에서 자기 내면에 숨겨져 있던 잠재력을 끌어내는 법을 배웠다. 실패를 성공을 위한 발판으로 삼는 법을 배웠다. 이 경험은 너무 소중했고, 살아가면서 나를 지탱해 주는 힘이 되었다. 이런 생각이 들자 나는 더 이상 이렇게 허우적댈 여유가 없었다. 나를 이렇게 믿어주시는 선생님이 계신데 내가 어떻게 빛나갈 수 있다는 말인가.

현실을 직시했다. 언어 시험을 망쳤을 때를 상기했다. 시험을 볼 당시 두 가지 감정이 교차되고 있었다. 먼저 언어에 대한 자신감 부족이었다. 다른 하나는 전교 1등을 놓치면 안 된다는 강박관념이었다. 이 두 가지 감정이 얽히자 긴장감은 평소보다 커졌고,

실수가 유발되었다. 실수가 늘어날수록 자신감이 저하되면서 강박관념이 커졌고, 이것이 더 심한 불안을 낳아 또 다른 실수를 낳았다.

그렇다면 해결 방안은? 전체적으로 봤을 때 언어 시험의 부진이 다른 영역에 큰 타격을 가했으므로 그것을 끌어올리면 자신감이 올라 전반적인 성적 상승이 기대되었다. 먼저 언어영역에만 집중하기로 했다. 그리고 언어영역에 자신감이 없었던 이유는 문학 작품이 어려워서였다. 문학 작품이 왜 난해했고, 그에 대한 나의 대처 방식은 무엇이었나. 알고 있는 작품들은 분석 내용을 암기하고 있었기 때문에 무슨 말인지 쉬웠다. 그러나 처음 보는 것들은 공부한 적이 없기 때문에 무엇을 말하려는지 알기가 어려웠다. 이를 해결하기 위해 나는 18종의 문학 자습서를 구입하여 최대한 많은 작품을 공부하고 그 주제를 암기하기에 몰두했다. 하지만 시험은 반드시 내가 공부한 작품이 나오지만은 않는 법. 그래서 처음 본 작품이거나 주제를 암기하지 않았더라도 주제를 알 수 있는 공부법이 필요했다.

답이 나오자 국어 선생님들을 찾아다니면서 작품의 주제를 파악하는 방법을 알려달라고 질문했고, 선생님들마다 문학 작품 감상법을 알려주셨다. 이것을 모두 그대로 수용하기보다는 내게 맞는 것을 취하고 맞지 않는 것을 과감히 버리면서 자신의 감상법을 완성해 나갔고, 18종의 자습서를 오히려 정반대의 목적으로 이용하기로 했다. 그것은 그곳에 실린 모든 작품들의 주제를 스스로 파악해보고, 그것이 맞는지 안 맞는지를 설명을 읽어보며 피드백하는 것이었다.

여기서 잠깐 내가 슬럼프를 해결해 나간 방법을 다시 정리하면,

- 전체 상황 파악(언어 점수 하락 → 전 영역 점수 동반 하락)
- 문제와 직접 관련된 부분에 집중(언어에 집중)
- 심리상태 파악(자신감 부족, 완벽에 대한 강박관념)
- 그런 심리상태를 유발한 직접적인 계기 파악
  (문학 작품에 대한 자신감 부족)
- 그 계기를 구체화시키기 위한 범위 파악
  (이미 공부했던 작품, 처음 본 작품)
- 스스로 주제를 파악하는 훈련 강화

원인을 파악하니 방법은 의외로 간단했다. 열흘 동안 언어 공부법을 내 것으로 익히는 데 열을 올렸다. 책상에는 항상 문학 참고서와 나만의 분석 노트가 펼쳐져 있었다. 새벽에 일어나자마자 반사적으로 책상에 앉았다. 잠결에서 깨어나 정신을 차리면 어느새 나도 모르게 연필을 쥐고 있었다. 수불석필(手不釋筆), 이 네 글자가 열흘간의 여름방학을 가장 잘 표현하는 말이 아닐까 한다.

2학기에 접어들었고 9월 모의고사를 쳤다. 언어영역. 문학만이라도 점수를 올리자는 마음으로 시험에 임했다. 그 목표만 성공한다면 여름방학은 결코 헛되지 않기 때문이다. 시험이 그저 테스트에 불과하다는 생각을 했고, 한 문제씩 풀어나갈 수 있었다. 생소

한 시가 나왔다. 잠시 호흡을 고르고 내가 연습했던 대로 분석에 들어갔다. 100% 이해되진 않았지만 감을 잡았고, 놀랍게도 답이 보이는 것이 아닌가. 처음으로 시를 다 맞았다고 생각을 하니 신이 났고 다른 문제를 풀 때도 침착하고 정확하게 문제를 풀어나갈 수 있었다.

언어를 잘 보았다고 생각하자 수학, 영어도 실력 이상이 발휘되었다. 채점을 해보니 언어 90점. 문학은 다 맞았다. 수리 외국어는 만점을 기록했고, 그렇게 해서 총 450점, 2달 만에 점수를 70점이나 끌어올렸다. 언어만 놓고 보면 8월 말쯤 공부법을 변화시켰고, 시험은 9월 중반이었으니 대략 보름의 기간 동안 30점이 오른 셈이다. 나는 다시 전교 1등이 되었다.

ACT 5

토끼와 거북이

중3 겨울방학에 우연히 알게 된 친구가 있었다. 그는 붙임성이 좋아 내게 먼저 말을 걸어주곤 했다. 더욱이 중학교 때 공부를 잘하기로 유명해서 내가 해결할 수 없는 것을 그에게 물어보곤 했는데 그는 귀찮은 내색 없이 선뜻 알려주곤 했다. 나중에 알게 된 것이지만 그는 대전에서 소문난 킹카였다. 키는 185센티미터가 넘었고, 얼굴도 아주 미남이었다. 게다가 운동도 잘해서 농구부 주장이었고, 여러 농구대회를 다 휩쓸었다. 놀라운 것은 머리까지 좋다는 점이다. 아이큐는 150이 넘어 멘사 회원이었고, 토플 점수는 거의 만점이었고, 중학교 내신도 거의 올백이었다. 머리가 좋아 공부를 열심히 안 해도 성적이 잘 나와서 사람들의 질투를 한 몸에 받았다. 마지막으로, 상상할 수도 없는 좋은 집안의 자제였다. 어머니는 고위 공무원, 아버지는 잘나가는 로펌의 변호사, 집안은 대대로 의사 집안이었다. 처음에는 부러움과 동경의 대상이었다. 감히 오르지도 못할 높은 그 무엇이었다. 실제로 내 책상에 '○○○의 반만 되자'라고 적어놓을 정도였으니까…….

그런데 공부에 가속도를 내는 동안 그 친구는 공부에서 손을 놓기 시작했다. 당시에는 잘 몰랐지만 들려오는 소식은 그가 점점 안 좋은 쪽으로 방황하고 있다는 것뿐이었다. 충격이었다. '어떻게 그가 그럴 수 있을까!', '에이, 설마 동명이인이겠지. 내가 알던 ○○○는 절대 그럴 리가 없어'라고 생각하고 믿지 않았다. 나는 정말 바쁜 나날을 보내고 있었다. 매일 전쟁의 연속이었고, 앞만 보고 달려가기에도 정신이 없었다. 9월 모의고사에서 성적을 가까스로 올린 나는 부러울 것이 없었다. 기쁨과 성취감은 이루 말할 수 없었다. 절망의 나락에서 기사회생한 느낌이었다. 성적 상승만이 문제가 아니었다. 거의 다시 태어난 느낌이었다. 그러던 어느 날 충격적인 소식을 접했다.

"○○○가 전국 1등을 했대."

어! 어떻게 그럴 수 있단 말인가. 그놈이 대단한 놈인 줄은 알았지만 이 정도일 줄이야. 실제로 그는 전체에서 딱 하나 틀려 전국 1등을 했단다. 그 소식을 듣자 그에 대한 기억이 되돌아오기 시작했다.

'그럼 그렇지. 그 소문들은 다 모함이었던 거야.'

이렇게 생각하면서도 마음 한 편이 씁쓸했다. 왜 그런지 명확히 설명할 수 없었다. 그런데 더욱 놀라운 소식이 들려왔다.

"근데 걔 정말 희한해. 가출한 지 벌써 한 달이 넘었대. 그런데 어떻게 전국 1등을 할 수 있지? 역시 유전자는 타고나는 거 같아. 누구는 밤새서 공부를 해서 점수 겨우 몇 점 오른 거 가지고 저렇게 신나 하는데 누구는 하루에 공부 한 시간도 안 하는 건 물론이고 저렇게 펑펑 노는데 전국 1등이라니. 쯧쯧. 불쌍해서 어떡한대니."

순간 끓어오르는 화를 주체할 수 없었다. 분명 나를 겨냥한 말이라고 생각하고 그에게 주먹을 날렸다. 과격한 실랑이가 오고 갔다. 실은 그 친구에게 화가 난 것이 아니었다. 정말 화가 난 것은 나 자신이었다. 내게 진심으로 호의를 베푼 친구를 시기하고 있었던 것이다.

'제논의 역설'이라는 것이 있다. 그리스 신화에서 가장 빠르다는 아킬레스와 엉금엉금 기어가는 거북이가 있었다. 둘이 달리기 시합을 하는데 조건은 거북이가 아킬레스보다 앞선 지점에서 출발하는 것이다. 결과는? 상식적으로는 당연히 아킬레스가 거북이를 곧 따라잡게 된다. 그러나 제논은 그렇지 않다고 했다. 아킬레스는 절대 거북이를 따라잡을 수 없다는 것이다. 아킬레스가 거북이를 따라잡은 만큼 거북이는 그 시간 동안 얼마만큼 앞으로 기어간다. 아킬레스가 다시 그 거북이를 따라잡는 동안 거북이는 다시 앞으로 기어간다. 이것이 계속되어 아킬레스는 결국 거북이를 좇는 신세만 될 뿐 절대 거북이를 따라잡을 수 없다는 것이다.

후세에 들어와 그것이 틀렸음이 증명되었지만 그것은 단지 수학적인 측면에서만 틀렸을 뿐이고 현실에서는 전혀 틀리지 않았다. 나는 아킬레스였고 그 친구는 거북이였다. 그러다가 우연히 그 친구에게 연락이 왔고 그를 다시 볼 수 있었다. 그는 잔뜩 멋에 취해 있었다. 자기 자랑을 크게 늘어놓았고, 자기만큼 이 세상에 대단한 사람은 없다고 말했다. 그리고 내게 이렇게 비아냥거렸다.

— 너 많이 컸네. 세상 오래 살고 볼 일이야, 그치? 네 주제에 전교 1등을 하다니. 너 처음 봤을 때 얼마나 불쌍했는지 알아……?

이게 무슨 청천벽력인가. 세상이 무너지는 충격에 다리에 힘이 풀렸다. 쓰러졌다. 창피했다. 일어서지를 못했다. 그는 한때 내게 신이나 다름없었는데……. 그는 더 이상 내게 신이 아니었다. 온화한 미소는 가면이었고, 그 뒤에는 칼날보다 차가운 미소로 무장하고 있었다. 순간 정신이 바짝 들었다. 다시 심장이 요동치고 있었다. 좋다. 너를 뛰어넘어 더 높은 세계로 훨훨 날아가마. 다른 사람들의 본보기가 되겠다. 기다려라. 내가 간다. 그리고 생각했다. 이 경주가 아킬레스와 거북이의 경주가 아니라 토끼와 거북이의 경주였음을. 내 친구는 빠르다. 나보다 좋은 조건을 가지고 있다. 그러나 내게는 거북이의 근성이 있다. 포기하지 않고 달린다. 나는 결승점에서 그를 따라잡을 것이다. 그러자 도전 의식이 용솟음쳐 가슴이 뜨거워졌다. 열등감은 어느새 나를 움직이게 하는 원동력이 되었다.

ACT 6

과유불급
過猶不及

고등학교 1학년 2학기, 삶의 활력을 되찾았다. 무서울 정도로 공부했다. 조금만 딴짓을 하다가도 친구가 지금 공부하고 있겠다는 생각에 정신이 번쩍 들었다. 이 모든 감정들이 내 한 학기를 지탱해주는 힘이었다. 성적은 멈추지 않고 올랐다. 방황하는 모습에 내심 불안했던 담임선생님도 흐뭇해했다. 겨울방학이 다가왔다. 나는 겨울방학 보충을 안 하기로 마음먹었다. 방학 중에 정규 수업을 따라가는 것만으로는 그를 따라잡기에 역부족이라는 생각이었다.

먼저 평소에 많이 불안했던 언어를 정복하기 위해 고전을 읽기로 했다. 서울대 선정 필독도서 100권. 대학생이 된 지금도 이해하기 어려운 그 책들을 완전히 내 것으로 만들겠다는 허황된 생각을 했다. 집에서 가까운 구립 도서관을 잡았다. 아침 일찍 일어나 도서관으로 향했다. 100권을 차례로 정복하기로 했다. 책을 대출하고 읽는 것이 일과의 시작이었다. 압박감은 조급함으로 다가왔다. 제대로 이해되지 않았다. 특히 철학이 그랬다. 도대체 무엇을 하고 있는지 허무할 때가 많았다. 근성은 있었지만 길을 잘못 들어섰다고 생각했으면 처음부터 다시 시작했어야 했는데 그렇지 못했다. 일주일이 넘자 미칠 것만 같았다. 실력 향상을 위한 독서는 커녕 말 그대로 독서를 위한 독서였다. 기껏해야 오늘 읽은 페이지를 계산했을 뿐이었다. 답답했다. 책을 펴고 앉아 있으면 어느새 잠을 청했고, 다시 책을 펴면 또 자기 시작했다. 일어나면 저녁이었다.

수학은 다른 사람이 하지 않는 색다른 공부를 하고 싶었다. 대부분 『수학의 정석』을 참고서로 삼는다. 그런데 그 책의 대부분이 일본 수학을 들여왔다고 들었다. 그렇다면 아예 일본 책으로 공부하는 것이 낫겠다고 생각하고 인터넷에서 책을 주문했다. 그걸 공부할 시간은 애초에 없었다. 지금 생각해보면 허황되기 그지없는 일이다. 일본어를 알아야 공부를 하지……. 그냥 남들이 하지 않는 공부를 한다는 짜릿함뿐이었다.

영어는 기초가 전혀 다져지지 않았는데 토플 준비를 하기로 했다. 상황은 비슷했다. 도움도 없이 공부를 하다 보니 듣기보다 단어나 문법 공부만 하게 되었다. 실력이 오르는 것이 눈에 보였지만 듣기는 혼자 공부하면 중요성을 모른다. 중3 때에도 듣기는 제대로 한 적이 없었다. 기껏해야 인터넷 사이트에서 몇 마디 들은 것뿐이었다. 시간을 집중 투자하면 실력이 오를 줄 알았는데 그렇지 않았다. 듣기는 습관이다. 조금씩 매일 듣는 것이 중요하다는 것을 몰랐다. 그래서 허황되게 듣기의 고수들이 한다는 CNN에 도전했다. 속도가 너무 빨랐다. 전혀 알아듣지 못했다. 한숨이 끊이지 않았고 하루 이틀 미루기 시작했다.

토플 독해도 마찬가지였다. 독해 실력은 수능 수준을, 아니 고1 수준을 벗어나지 못했다. 단어나 문법은 문제없었지만 뜻이 전달

되지 않았다. 직독 직해가 되지 않았고, 영어를 한국어로 변환해서 이해하는 과정을 반복했기 때문에 시간이 많이 걸렸다. 힘이 들어 급격한 체력 소모도 뒤따랐다. 당시 내게 필요한 공부는 직독 직해를 내 것으로 만드는 것이었다. 그럼에도 잘못된 공부법을 바로잡기보다는 어려운 지문만을 상대했으니 잘못 짚어도 한참 잘못 짚었다.

공부에 대한 흥미가 급속도로 떨어졌다. 재미있었던 공부에서 손을 놓게 되었다. 학교에 나갔으면 울며 겨자 먹기 식으로라도 했을 텐데 그렇지 못했다. 그렇게 고등학교 첫 겨울방학은 절망과 허무, 그리고 나태로 얼룩지고 있었다.

기억하자. 보충학습에 빠짐없이 참여하기 바란다. 공부는 학교에서 하는 것이다.

ACT 7

고2, 매너리즘에 빠지다

고2가 되었다. 겨울방학을 허송세월한 나로서는 두려울 수밖에 없었다. 결과를 감수할 작정으로 마음을 비웠다. 그런데 문과를 선택한 친구들은 대부분 중하위권이었고, 시험 결과 문과 2등을 현저히 앞질러 버렸다. 자만심과 나태가 뿌리내리기 시작했다. 오만감이 하늘을 찔렀다. 성적은 더 떨어졌지만 등수를 유지하는 최소한의 공부만 했다. 자만심은 무섭다. 성장을 방해한다. 자만심은 자신의 부족함을 보지 못하게 하고, 자신의 장점만을 보게 만든다. 나르시시즘에 빠지게 한다. 부족한 점에 대한 반성이 이루어질 수 없다. 틀렸다면 과감하게 부족한 점을 체크하고 오답 노트도 작성하면서 내 것으로 만들어야 했다. 점점 수업에 흥미를 잃기 시작했다.

1학년 때는 성실함의 대명사였다. 겸손했던 학생이 이제는 선생님을 평가하기에 이르렀다. 간혹 선생님 중에는 교과서를 거의 그대로 읽는 분이 계셨는데 그 수업 중에는 대놓고 다른 공부를 했다. 이어폰을 귀에 꽂고 딴짓을 했으니 오죽했으랴. 그 결과 내가 듣는 수업은 몇 되지 않았고, 수업에 대한 흥미는 더욱 식어갔다. 지각을 밥 먹듯 했고, 별도의 보충학습에는 대놓고 빠졌다. 2학년에 처음 접한 인터넷 강의는 내 이런 태도를 더욱 부추겼다.

티치미라는 사이트를 처음으로 접했다. 지금은 유료화되었지만 당시는 교육 불평등을 해소하겠다는 생각에 만들어진 무료 인터넷 강의였다. 강남 애들만 듣는다는 그 수준 높은 강의를 집에서 들을 수 있다는 것은 축복이 아닐 수 없었다. 실제로 그 강의는 수능 개념과 핵심은 물론 전혀 알 수 없었던 출제 의도를 간단명료하게 설명해주었다. 내겐 천지개벽이었다. 학교 선생님들의 수업이 귀에 들어올 리 없었다.

남들에게 보여주는 공부를 하기 시작했다. 먼저 기본기를 무시했다. 그걸 다룬 교과서는 이미 팽개쳐 버린 지 오래였다. 수능 수석들이 의례적으로 말하는 '교과서에 충실했어요'라는 말은 수험생을 농락하는 사기극이자 언론 플레이라고 생각했다. 돈 있는 사람들 사이에선 분명 수능을 잘 보는 비법이 있다고 생각했고, 난 그것을 전수받을 기회가 봉쇄되어 있지만 어떻게 해서든 그것을 찾아내고 말리라고 결심했다. '그런 내가 너희들이 원하는 대로 교과서를 볼 수 없지'라고 생각했다.

그래서…… 시중에서 가장 난이도 높은 것으로 소문난 문제집들만 골라서 공부했다. 기본적인 예제나 유제는 과감히 넘어갔고, 심층 문제들만 골라 풀었다. 나중에는 아예 4점짜리 문제들만 모아놓은 문제집이나 고난이도 문제들만 수록한 것들을 구매해서 풀기 시작했고, 고3 수능 대비용인 8절지 파이널 문제집들을 보았다. EBS 고득점, EBS 파이널, EBS 만점 마무리는 내가 즐겼던 문제집들이었다. 또 고난이도 문제집들은 시중에 많이 나오지도 않았고, 종로학원, 대성학원 같은 유명한 재수 학원에서 보는 구하기 힘든 문제집들을 필사적으로 구해 풀었다. 마치 성공으로 가는 기차에 탄 듯한 안도감과 우월감에 사로잡힌 시절이었다.

결과적으로 돌이킬 수 없이 잘못된 선택이었다. 수능은 철저하게 기본 개념을 물어보는 시험이었고, 그것을 제대로 알고 있으면 아무리 어렵게 변형되어 출제되더라도 쉽게 문제에 접근할 수 있는 시험이었다. 수능 범위를 벗어난 학습은 결코 유리하지 않다는 것을 그때는 몰랐다. 이때의 잘못된 공부법으로 나는 두 가지 큰 함정에 빠졌고, 훗날 성적 부진과 슬럼프를 겪게 되었다.

먼저, 기본 개념을 부실하게 공부한 탓에 응용력이 떨어져갔다. 어려운 문제들일수록 기본 개념이 더없이 중요하다. 어려운 문제들만 푸는 것은 밑 빠진 독에 물을 붓는 것과 같다. 개념을 바로잡지 못하면 어느 문제를 풀더라도 의미가 없다. 왜 그런가. 문제를 푸는 것은 실력을 확인하는 행위이다. 공부에는 실력을 쌓는 공부가 있고, 실력을 확인하는 공부가 있다. 기본을 공부하고 원리를 파악하는 공부는 실력을 쌓는 공부이다. 그것이 완성되면 문제를 푸는 단계로 넘어가는데, 그것은 실력을 확인하는 공부이다. 개념을 제대로 이해했는지, 원리를 명확하게 오류 없이 파악하는 데 성공했는지를 알아보는 것은 바로 문제를 푸는 단계에서 이루어진다. 실력을 쌓지 않고 실력을 확인하려는 공부만 하고 있었으니 '언 발에 오줌 누는 격'에 불과했던 것이다.

다른 하나는 어려운 문제를 풀려면 필수적으로 교과 과정의 범위를 뛰어넘는 공부를 해야 했다. 사설 문제집은 교과 과정에서 다루지 않는 난이도 높은 문제들을 다뤄 학생들을 곤란에 빠뜨린다. 문제를 풀 때 큰 어려움을 겪지만 그 과정에서 새로운 개념을 터득하기도 하기 때문에 오만한 허상 속에 빠지게 된다. 특히 어려운 문제들만 수록한 문제집들은 수준 이상의 불필요한 개념들을 잔뜩 다루고 있고, 그것이 중요하다는 잘못된 인식에 빠진다.

예를 들면 행렬에서 케일리-헤밀턴 정리는 교과서에서는 나오지 않거나 나오더라도 단순히 행렬 원소의 연산을 연습하는 수준에서 잠깐 다루기 마련인데, 고난이도의 문제집에서는 케일리-헤밀턴 정리를 집중적으로 다루어 교과 과정에서는 절대 알 수 없는 수준의 문제들을 출제한다. 예컨대 ‘$A^n = 0$이면 $A \neq 0$이고, $A^2 = A^3 = A^3 = \cdots\cdots = 0$이다’는 명제는 고교 수학을 뛰어넘는 것이다. 피보나치 수열이나 그것을 응용한 $\alpha^{a_{n+2}} = \beta^{a_{n+1}} + \gamma^{a_n}$,(단, $\alpha \neq \beta + \gamma$)꼴의 점화식은 고교생들이 알 수도 없고 알 필요도 없는 것들인데 이런 문제들이 빈번히 출제되어 있다. 알아도 유리하지 않을 뿐더러 오히려 독이 되어 수험생들의 숨통을 죄는 것이다.

자만심은 수많은 오류와 실수의 구렁텅이로 나를 몰아넣었다.

ACT 8

첫사랑

여름방학이었다. 학교는 모의고사에서 400점 이상을 받은 학생들에게 별도의 자습실을 만들어 주었다. 자리를 배정받고 복도에 나와 잠시 휴식을 취했다. 그러다가 우연히 어떤 여학생을 보게 되었다. 사랑에 빠졌을 때 귓가에 종이 울린다는 말은 거짓이 아니었다. 그녀의 얼굴이 빛을 반사하고 있었다. 이후 내 정신은 마비되었다. 온종일 그녀 생각에 머리가 어지러웠다. 아침에 일어날 때 제일 먼저 떠오른 것도 그녀였다. 세수를 할 때, 아침을 먹을 때도 마찬가지였다. 학교에 와서도 칠판을 보면 그녀의 얼굴이 떠올라 미칠 것만 같았다. 하루 종일 저녁이 오기만을 기다렸다. 야간 자율학습이 시작되면 학습실에서 그녀의 얼굴을 다시 볼 수 있었기 때문이다.

어느 날 나의 이런 모습을 자각하게 되었고 난 그녀를 보지 않겠다고 결심했다. 감정을 예측할 수는 없지만 어쨌든 당분간 그녀를 잊기로 했다. 정말 힘든 시간이었다. 감정을 억누르는 것은 고통스럽고 힘든 일이었다. 고뇌와 번민, 그리고 인내……. 이 세 글자가 내 고2 여름방학의 요약이라고 할 수 있었다.

우여곡절 끝에 여름방학을 마치고 2학기를 맞이했다. 시험 성적이 많이 떨어졌다. 특히 언어는 다시 빈틈이 보이기 시작했고, 수학과 영어도 평소보다 5~10점이 하락했다. 이제 더 이상 안이하게 시간을 낭비할 틈이 없었다. 2학기 중간고사가 끝나고 학습실에서 공부하고 있던 어느 날이었다. 책상에 메모가 붙어 있었다. '자습 끝나고 꼼짝하지 말고 여기 이 자리에서 기다리고 있을 것 ㅋㅋ(해피 빼빼로데이~♡)' 어떤 사람인지 궁금했다. 설렘 반 기대 반 상상의 나래를 폈다. 결국 자습시간에 아무것도 못했고, 마침내 시간이 다가왔다. 심장이 쿵쾅거리고 등에 식은땀이 줄줄 흘러나왔다. 애들이 하나둘씩 학습실을 떠나 집으로 향하고 있었다. 그리고 마지막에 남는 사람은……바로 그녀였다. 나 혼자 그녀를 짝사랑하고 있는 줄 알았는데 그녀 역시 내게 마음이 있었나 보다. 그녀도 수줍었는지 내게 선물을 주고 부리나케 자리를 빠져나갔다.

11월 12일. 해가 뜨자 정신이 번쩍 들었다. 이게 뭐하는 짓인가. 결국 이러자고 공부를 시작했던가. 고생하시는 부모님이 보였다.

새벽같이 일 나가시고 하루 종일 온몸이 부서지도록 일하시고 돌아오는 부모님들. 한 마디 불평도 없는 어머니. 너를 위해 허리를 부서뜨려가며 일한 아버지, 그리고 지금 다시 밤늦게 대리운전을 하시는 아버지가 보였다. 내면에서 부끄러운 나의 모습에 대한 비탄의 목소리가 들렸다. 맞는 말이었다.

학습실에 갔다. 그녀를 쳐다볼 수 없었다. 그녀는 계속 무언의 눈빛을 보냈다. 난 그 시선을 거부할 수밖에 없었다. 너무 미안했다. 그녀의 마음을 받아줄 수 없었다. 그러기에는 나 자신이 너무 모자란 사람이었다. 본의 아니게 상처를 준 것 같아 미칠 것만 같았다. 그리고 몸이 아프다는 핑계로 조퇴를 하고 집으로 돌아갔다.

시험 기간이 다가왔다. 공부가 될 리 만무했고, 그나마 억지로 겨우겨우 시험 범위까지 맞추는 데 성공했다. 예상은 적중했다. 점수는 폭락했다. 담임선생님이 나를 불렀다. 그러나 차마 아무 말도 할 수 없었다. 어머니는 떨어진 성적을 보고도 별 말씀을 안 하셨다. 그렇게 아무 진전이 없는 상태가 지속되었고, 마침내 겨울방학에 접어들었다.

고등학교 2학년 2학기를 맛으로 표현하자면 달콤 쌉싸름한 초콜릿이 적당할 것 같다. 첫사랑에 대한 달콤함과 그 뒤에 전해왔던 씁쓸함.

수험생 시절 이성을 사귀는 것에 대해 수많은 질문을 받는다. 그러면 나는 어김없이 내 일화를 들려준다. 이성 교제 단계까지는 나가지 않았지만 난 한 학기 이상을 통으로 날려버렸다. 수험이라는 압박감에 몰린 수험생들은 어떻게 해서든 정신적, 육체적 스트레스에서 벗어나고 싶어 한다. 이성에 관심을 가지기 시작하는 사춘기다. 정신적 쾌락은 아주 커서 공부할 동기를 잃게 된다. 잘못되면 정신적 타격이 크다. 공부는 심한 스트레스를 수반하기 때문에 도피 욕구와 결합되면 감정이 증폭되어 이성을 잃기도 쉽다.

이성 친구가 있으면 신경을 쓸 것이 너무 많아진다. 수험 공부를 하다보면 감정 상태가 많이 예민해진다. 그래서 사소한 것을 일일이 신경 쓰게 되고, 그 과정에서 많은 부분 충돌하기도 한다. 그래서 집중력 있게 공부에 전념할 수 없게 된다. 두 번째로 이성 친구를 만들면 많이 나약해진다. 조금만 힘들어도 이성 친구에 의존하게 된다. 해결이 아닌 도피일 뿐이다. 이성 친구에 의존한다고 해도 달라질 것은 없고, 스스로 난관을 헤쳐 나가는 힘을 잃어버리게 된다. 이성 교제를 하려는 후배들에게 당부하고 싶다. 정말 잡고 싶은 이성이 있다면 수험 생활을 끝내고 성취한 후에 잡으라고. 그 전에는 이성에게 일절 눈길 하나 주지 말라고. 그래야만 두 마리 토끼를 잡을 수 있다고.

스스로 해결하지 못하는 고민거리가 있다면 주저 없이 도움을 청하도록 하자. 혼자 끙끙 앓아봤자 좋은 해결책이 나올 리 없다. 상태만 더욱 악화될 뿐이다. 다른 사람에게 자신의 고민거리를 말하는 것은 여러 모로 도움이 된다. 먼저 감정이 많이 풀리게 된다. 감정은 억눌려 있으면 깊어지기 마련인데 표출하는 과정에서 억눌린 감정이 상당 부분 풀릴 수 있게 된다. 예를 들어 누구와 사이가 틀어져 그 사람을 미워하고 있다면 증오의 감정이 들끓어 오르기 전에 그 문제를 혼자 담아두지 말고 타인과 솔직히 공유하도록 하자. 그러면 어느새 기분이 많이 나아지고 증오심도 사라지는 것을 경험한다. 그 과정에서 상황이 정리되거나 고민이 절로 해결되기도 한다. 정답은 자기 안에 있다. 그것을 침착하게 받아들이지 않아 문제가 꼬였던 것이다. 자신의 고민거리를 누군가에게 털어놓다가 무릎을 탁 치면서 '바로 그거야'를 외치는 경험을 하게 된다. 타인은 문제를 객관적으로 바라볼 수 있기 때문이다.

고민은 타인에게 털어놓는 것이 최선의 방법이다. 그렇게 하지 못하는 이유는 용기가 부족하기 때문이다. 잠깐의 용기로 많은 시간과 정력을 절약할 수 있다. 정 용기가 나지 않는다면 '공신'을 이용할 것을 적극 추천한다. 익명이 보장되기 때문에 자신에 대해 더 솔직해지고 더 많은 용기를 낼 수 있다. 그들은 수험 생활을 겪은 지 얼마 안 되었고, 수험생들이 겪을 수 있는 모든 고민에 익숙하다. 지체하지 말고 '공신'에 질문을 올리도록 하자.

ACT 9

형설지공
螢雪之功

겨울방학이 되었다. '진짜 고3이구나'라는 실감이 났다. 말할 수 없는 긴장감이 교실에 감돌았다. 공부를 하지 않던 학생들도 위기의식을 느꼈고, 열심히 하던 학생들도 평소의 2~3배로 공부에 전념했다. 입학 이후 모두 이렇게 열심히 공부하는 광경은 처음이었다. 인생의 갈림길이라는 생각에 온갖 감정이 교차했고, 급박한 상황을 온몸으로 느끼고 공부에 매달리고 있었다.

지난 한 학기 동안 집중력 있게 공부한 시간은 하루 채 2~3시간이 안 되었다. 나머지는 온통 잡생각에 빠져 정신을 못 차렸었다. 이성 문제 때문에 머리가 복잡했어도 조퇴 한 번 안 했던 내가 조퇴도 밥 먹듯 했다. 겨울방학이 되면서 학교에서 처음으로 도입한 보충수업 시스템이 있었다. 대학 수강 신청처럼 자신이 원하는 수업을 신청해서 듣는 것이었다. 그동안 공부에 손을 놓아서 여러 과목을 잡아야 했으나 일단 2학년 이후 한 번도 90점 이상을 받지 못한 언어에 집중하기로 했다. 그런데 아뿔싸! 수업에 들어갔는데 그녀가 있는 것이 아닌가. 심란해서 미칠 것 같았다. 그동안 그녀도 많이 상처를 받았던 모양이다. 성적이 많이 떨어진 듯해보였다. 나도 온갖 잡념에 시달렸다.

이제…… 허물을 벗을 때가 되었다. 얄궂은 운명과 작별을 고하고 싶었다. 앞날을 향해 나아가야 하지 않겠는가. 운명! 정 네가 나를 이기고 싶다면 근사하고 짜릿하게 준비해라. 안 그러면 상대도 안 해주겠다. 덤벼라. 내가 보기 좋게 이겨줄 테니. 그렇게 결심한 날, 방을 도배했다. 벽지를 새로 바른 것이 아니었다. 결심을 표현하기 위해 천장에 야광 테이프를 붙였다. '네가 자고 있는 동안 적들의 책장은 넘어가고 있다'라는 문구였다. 섬뜩했다. 컴퓨터 모니터와 본체에는 '서울대 법대'라는 글씨를 빼곡하게 채웠다. 책상 앞에는 고승덕 씨가 쓴 '포기하지 않으면 실패는 없다'라는 문구를 출력하여 빨간 글씨로 붙였고, 그 위에는 '이 글을 보는 즉시 고개를 숙이고 책을 읽는다'라는 문구를 붙였다. 책상에는 영어 단어를 모조리 옮겨 적어 더덕더덕 붙였다. 동생들은 무당집 같다고 했다. 피부에 더 와 닿을 글이 필요했다. 입학 경쟁률을 표시했다.

— 서울대 법대 정시 정원 144명, 전국 수험생 100만 명, 합격 가능성 0.000144%, 약 6,944명 중 1명.

— 대전 지역 한 학교당 평균 400명 정도의 인원, 약 100개의 학교를 감안하면 대전에서 한 명 이하.

— 전국 시도를 서울·경기·인천, 충남·대전, 충북, 전남·광주, 전북, 경남·부산, 경북·대구, 강원, 제주로 나눈다고 하고, 인구 비율은 수도권을 제외하고 나머지는 다 동등하다고 간주한다. 수도권은 다른 시도에 비해 인구가 10배 많다고 한다면 총 수도권 10유닛, 나

머지 8개 시도 각각 1유닛, 총 18유닛. 대전·충남에서는 144명/18유닛 = 8. 즉, 8명이 서울대 법대에 갈 수 있다. 그러므로 나는 최소 대전·충남에서 8등 안에 들어야 하며, 그러기 위한 조건이 전교 1등임은 말할 필요도 없다.

지체할 여유가 없었다. 방황했던 지난날들이 후회스러웠다. 이제 앞을 향해 달려갈 날밖에 없었다. 서울대 법대에서 배울 커리큘럼을 일목요연하게 정리해서 옮겼다. 감정이 북받쳤다. 헌법 책을 들고 수업을 듣는 장면이 떠올라 당장 공부하고 싶은 의지가 솟았다.

중요한 문제에 직면하기로 했다. 선생님께 수업을 바꾸어달라고 사정했다. 차마 사실대로는 말 못하겠고 이 핑계 저 핑계를 들먹여 그녀와 함께 듣는 수업을 없앴다.

이내 시급한 문제들이 보이기 시작했다. 언어영역이 너무 처졌다. 2학년 최고 점수는 86점. 거의 2~3등급 수준이었다. 빨리 따라잡을 필요가 있었다. 안정적인 1등급으로 만들지 못하면 서울대 법대는 한낱 객기로 끝나버릴 수 있었다. 문제점을 살펴보았다. 독해를 해도 머릿속에 기억나는 것이 없었다. 읽다 보면 '내가 도대체 뭘 읽었지' 하는 고민만 쌓일 뿐이었다. 당시 구조 독해라는 것이 유행이었다. 친구들이 비타에듀의 구조 독해를 듣길래 나도 편승하기로 했다. 교재 복사비는 내가 부담하기로 하고 강의비는 1~2만 원을 내고 아이디를 공유하기로 했다. 친구들이 강의를 듣는 시간을 최대한 피해야 했다. 아이디가 중복되면 승인이 거부되기 때문이다. 새벽에 언어 강의를 들었고, 학교에서 그것을 내 것으로 만드는 작업을 진행했다.

구조 독해는 확실히 어려웠다. 문장은 추상적 문장과 구체적 문장으로 나뉜다. 구체적 문장은 추상적 문장을 뒷받침하는 구조를 가지고 있다는 것이 핵심이었다. 그리고 추상적 문장들끼리 논리 구조를 정리하다 보면 글이 유기적으로 보인다는 것이었다. 처음 접한 것이라 매우 어려웠지만 지푸라기를 잡는 심정으로 빠짐없이 받아 적었고, 학교에서는 그 내용을 100번씩 반복해서 보았다. 100번을 채우기 위해 엑셀로 100개의 칸이 그려진 표를 놓고 복습할 때마다 체크했다. 복습이 끝나면 그날 배운 것을 적용하는 연습을 했다. EBS 고득점 언어영역 200제를 놓고 연습을 반복했다. 그렇게 인터넷 강의를 내 것으로 만드는 데만 4시간 정도 소요되었던 것 같다.

수학은 그동안 너무 겉멋이 들어 어려운 것만 풀었는데 그 한계를 자각하기 시작했다. 그것이 수능의 본질이 아님을 깨닫고 기본기에 충실하기로 했다. 고등학교 1학년 때 배운 수학10 가와 나를 빠르게 정리할 필요성을 느꼈다. 출제 범위는 아니지만 간접적으로 출제된다는 것을 무시할 수 없었다. 『수학의 정석』을 보기에는 시간이 없었다. 수학 교과서로만 공부하기로 했다. 이것으로 개념을 빠르게 정리했고, 연습문제 정도만 풀고 넘어가는 정도로 가와 나를 정리했다. 1주일간 수학10 가, 그 뒤 1주일간 수학10 나를 독파하고 본격적으로 수학1 기본 개념을 탄탄히 하기로 했다. 수학10을 정리한 상태에서 수학1을 다시 보니까 예전에 안 보인 것들이 보이기 시작했다. 기본 개념은 먼저 교과서로 충분히 학습한 후 『수학의 정석』 기본편으로 실력을 다졌고, 『수학의 정석』 실력에 나온 연습문제 위주로 풀었다. 기본 개념이 중요함을 새삼 느꼈다. 방학 동안 교과서 → 『수학의 정석』 기본 → 『수학의 정석』 실력만 공부하기로 했다.

문제는 영어. 지금까지는 성적이 꽤 잘 나오는 과목이었다. 문법과 독해는 거의 틀리지 않았고, 듣기가 문제였다. 듣기를 잡아야 고득점으로 나아갈 수 있었다. 다른 것보다 더 신경을 썼지만 생각대로 성적이 오르지 않았다. 문제를 점검하는 시간을 가졌다. 크게 두 가지 문제가 있었다. 먼저, 듣기가 부족하다고 느끼니까 하나만 하지 않고 여러 개를 동시에 했다. 모두 손을 대다 보니 하나도 제대로 하는 것이 없었다. 끝까지 다 푼 교재가 없었다. 욕심이 많아서 토익 듣기, 텝스 듣기도 했는데 다 무의미했다. 하나만 정복하는 것, 그것이 정답이었다. 있는 책 다 정리하고 듣기 교재 하나만 1년 내내 보자고 약속했다. 이후 한 테이프당 최소 150번을 반복적으로 들었다. 두 번째로, 받아쓰기였다. 듣기에는 받아쓰기가 정답이라고 널리 알려졌다. 나도 받아쓰기를 시작했다. 확실히 효과는 있었다. 받아쓰기가 될 정도면 안 들리는 영어가 없다고 생각한다. 그러나 생각을 뒤집어 보자. 국어 듣기를 받아쓰기 한다고 생각해보면 영어 받아쓰기가 얼마나 힘든 작업인지 알 수 있을 것이다. 우리말도 받아쓰기 힘든데 외국어를 받아쓰면서 공부한다? 그것도 모르고 받아쓰기에만 열중했다. 한 문장을 받아쓰려고 하면 어느새 다음 문장이 지나가고, 대화가 끝나버린다. 한 번에 겨우 문장 하나 받아 적는 식이었다. 무의미했다. 받아쓰기에만 신경을 집중하다보니 듣기에 소홀하게 되는 본말이 전도된 공부였다. 해결책은? 다음날 공부할 대본을 다 외워버렸다. 그리고 다음날 그날 분량을 정리했다. 80%정도 알아들었으면 따라 읽는다. 발음도 최대한 원어민과 비슷하게 읽는다. 읽다 보면 영어에 대한 감이 생긴다. 말할 수 있는 것은 거의 알아듣게 된다. 그리고 발음 과정에서 잘못 알았던 발음을 알아낼 수 있고, 연음, 묵음, 억양, 강세 등에도 익숙해지게 된다. 마지막으로 역시 다음날을 위해 대본을 외워둔다. 한 번 나오는 표현이나 멘트는 언제든 반복되기 때문이다. 영어도 언어이고, 언어는 패턴이다. 패턴을 익히기 위해 자주 나오는 표현을 다 외워버렸다.

독해도 안일하게 생각할 수준이 아니었다. 고2 막바지에 해석이 매끄럽지 않은 부분이 계속 나왔고, 한두 개씩 찍기 시작했다. 고3 수능 기출문제를 훑어봤는데 많이 막혀서 당황스러웠다. 3가지 대처법을 마련했다.

첫째, 직독 직해 훈련이다. 직독 직해가 되지 않으면 시간 내에 문제를 다 풀지 못한다. 직독 직해를 하면 우리말로 바꾸는 과정을 거치지 않고 자연스럽게 의미를 받아들이기 때문에 명쾌하게 잘 이해된다. 겨울방학 목표는 직독 직해에 대한 감을 잡는 것으로 삼았다. 교재는 선생님의 추천을 받아 『영어 순해』로 정했다. 많은 도움이 되었고 그 교재를 반복하기로 했다. 주어, 동사, 목적어를 찾으면서 문법 틀에 맞추어 독해하는 방법을 지양하고, 주어진 정보를 정리해 영미식 사고에 익숙해지는 방법을 택했다. 처음에는 시간이 오래 걸리고 실력이 올라가는 기미도 안 보였지만 하나둘씩 되기 시작하니 신기하게 재미가 붙었다.

둘째, 구조 독해이다. 구조 독해를 언어 공부에만 쏟기에는 시간이 부족했다. 영어 공부에서도 구조를 파악할 수 있다면 시간을 두 배 확보할 수 있다고 생각했다. 추상과 구체의 원리를 통해 영어 문장 간의 유기적 연결 관계를 찾는 연습을 했다. 우선은 직독직해에 중점을 두었기 때문에 이 연습은 강도 있게 하지 않았지만 꾸준히 해줌으로써 영문에 대한 감각을 익히는 데 성공했다.

셋째, 어려운 구문에 익숙해지는 공부이다. 단어도 알고, 문법도 알겠는데 독해가 되지 않는 기이한 현상이 속출했다. 답답해서 선생님께 여쭈었더니 구문에 대한 공부를 권유하셨다. 구문 공부가 부족해서 매끄럽게 해석되지 않는다는 것이었다. 어려운 구문에 익숙해지기 위해 『성문 종합』을 샀다. 문법 사항은 별로 볼 필요가 없었다. 단문 독해와 장문 독해를 중점적으로 보았다. 직독직해를 완성하는 것이 중요했기 때문에 구문 공부는 욕심을 내지 않았고, 조금씩 해나갔다.

단어를 안 외운 지도 오래되었다. 그해 고3 수능에서는 이전에 안 나왔던 새 단어들이 나와서 수험생들이 적잖이 당황했다. 어근과 어미 위주로 구성된 VOCA 22000을 구해서 보았다. 크고 두꺼워서 부담스러웠지만 등하교시에 틈틈이 보았다.

본격적으로 사회탐구 공부를 시작해야 했다. 지금까지는 언어, 수리, 외국어 공부만으로 충분했지만 고3에서는 사회탐구도 중요했다. 법대 진학을 목표로 했기에 법과 사회를 선택했다. 그리고 평소 매우 흥미를 지녔던 경제를 선택했고, 서울대 필수 과목인 국사를 선택했다. 마지막으로 역사 경시대회에 출전하면서 역사에 대한 관심을 가졌기 때문에 한국 근현대사를 선택했다. 혼자 시작하기에는 부담스러웠다. 그러나 사교육을 받을 형편은 되지 않았다. 학원이나 과외는 꿈도 못 꾸고 남들이 흔히 듣는 인터넷 강의도 부담스러워서 선뜻 신청할 수 없었다. 과목당 족히 10만원에, 4과목이 필요했다. 특별한 사탐 전략이 있었던 것은 아니었다. 그나마 전략이라고 한다면 사탐 강의를 듣기 전에 반드시 그 부분을 교과서로 예습해 놓는 것이었다. 예습을 하지 않았으면 절대 강의를 듣지 않았다. 교과서에서 이해되지 않는 부분은 반드시 체크하였고, 그에 해당하는 교재 부분에 붙여 놓았다. 예습은 큰 효과가 있었다. 예습을 하면 큰 흐름이 그려졌고, 강의를 들으면서 그 흐름에 살을 붙여 나가는 식으로 강의를 정리할 수 있었다. 학습 목표를 미리 체크해두기 때문에 뭐가 중요한 내용이고 뭐가 덜 중요한 내용인지를 쉽게 식별할 수 있었다. 마지막으로 이해되지 않는 부분에 미리 의문을 제기해놓았기 때문에 해답을 찾기 위해 수업에 열중하게 되고, 답을 찾다 보면 어느새 수업이 끝남을 알 수 있다. 예습은 부족한 시간에 효과를 배가시킬 수 있는 최적의 전략이었다.

그에 못지않게 중요한 것은 복습이었다. 내겐 '3배 법칙'이 있었다. 강의가 1시간이었을 경우 복습은 무조건 3시간을 투자했다. 보통은 강의를 들은 뒤 복습하지 않거나, 복습을 하더라도 몰아서 하는 경향이 있다. 훑어보는 정도에서 복습을 끝내는 학생들이 많았다. 그러나 강의를 듣는 것보다 중요한 것은 강의를 내 것으로 만드는 것이었다. 실력 차이는 강의 내용을 내 것으로 얼마나 잘 소화하느냐에 달려 있다. 이를 위해 필기 내용을 모두 암기했다. 새 공책에 암기 내용을 정리하면서 선생님이 가르친 논리를 어느 정도 정리했다. 집에 돌아오면 강의를 내용이 기억나는 대로 재현해보았다. 그러면서 강의를 완전히 내 것으로 만들려고 노력했다. 여유가 생기면 친구들을 모아 내가 이해한 바대로 강의해보았다. 꽤 인기가 좋아 자기한테 수업을 해달라고 부탁한 애들도 생겼다.

집에 돌아오면 보통 10시쯤 되었다. 잠은 11시에 청했다. 나는 밤늦게까지 버티는 것을 잘하지 못한다. 어렸을 때부터 새벽 기상이 몸에 익어 있었다. 문제는 새벽에 일어나는 것이었는데 식구들은 1시경 잠을 잤다. 그러면 나를 깨워줄 사람이 없었다. 알람도 소용없었다. 답은 하나였다. 식구들이 자기 직전에 나를 깨워주고 잠을 자면 되는 것이다. 그때가 바로 새벽 1시. 그렇다. 하루에 두 시간을 잤다. 물론 고통스러운 일이었다. 하지만 그때 일어나지 않으면 많은 공부를 소화해낼 수 없었다. 한 학기를 허송한 상태라 탈출구도 없었다. 가히 극단적인 방안을 생각했다.

일어나자마자 샤워를 했다. 찬물로 샤워를 했다. 몸을 대충 말리고 줄넘기를 들고 밖으로 나갔다. 수능 500점을 기원하기 위해 500회의 줄넘기를 했다. 다시 방에 들어와 샤워를 했다. 역시 찬물이었다. 다 씻고 완전무장했다. 속옷 두 겹, 내복 두 겹, 겉옷 두 겹, 그 위에 점퍼. 손은 비닐장갑 여러 겹, 양말은 최소 3개를 신었다. 털모자는 기본이다. 채비가 완성되면 돗자리와 책가방, 상을 들고 나가 집 앞의 남선 중학교로 달려갔다. 운동장은 새까만 어둠에 둘러싸여 있다. 그 한가운데에 돗자리를 펼친다. 그해는 유난히 눈이 많았다. 눈밭 위에 돗자리를 깔고 상을 폈다. 무슨 짓을 하려는지 알겠는가? 그렇다. 새벽에 운동장 한가운데에서 공부를 하겠다는 생각이었다. 미쳤다고? 그렇다. 미쳤다. 나는 공부에 미쳐 있었다. 운동장 한가운데에서 상을 펴고 공부했다. 조명은 손전등으로 대신했다. 의외로 무한한 행복과 감상에 젖었다. 푸스름한 눈빛, 그 황홀함은 이루 말할 수 없었다. 그 흥취에 취하면 우화등선(羽化登仙)을 하는 신선처럼 등이 간지러웠다. 세상 어느 감정보다 경이로웠다. 이윽고 날이 새고 푸르스름한 빛이 반사되어 책을 비추었을 때의 그 맛이란……. 새벽 햇살에 비친 눈 빛은 사랑이었다. 춥지 않았다. 오히려 뜨거웠다. 자연과 내가 하나가 되는 느낌이었다. 내 열정은 뜨겁게 타고 있었다. 열심(熱心)! 그렇다. 마음을 태워야 무엇이든 이룰 수 있다. 실제로 내 주위의 눈들은 열기로 다 녹아버렸다.

그때 생각했다. 형설지공의 설화에는 뭔가 숨겨진 다른 뜻이 있다고. 등불을 살 기름이 없어 공부를 하기 위해 반딧불을 모아 공부를 했다고 하지만 단순히 그것 때문에 그런 수고를 감수하지는 않았을 것이다. 그들도 형설지공을 통해 대자연의 신비를 느끼고 자신 속에 침잠했을 것이며 자연과 자신과 공부가 하나가 되는 경지를 느꼈을 것이다. 그리고 그 황홀감에 도취되어 형설지공을 계속했을 것이다. 그러고는 후세에는 알맹이만 다 빼고 전달했으리라. 자기 자신만 그 기쁨을 누리기 위해. 나는 감히 현대판 형설지공을 재현했다. 반딧불은 손전등으로, 눈 빛은 말 그대로 손전등과 새벽 햇살에 반사된 눈 빛으로 바뀌었을 뿐 본질은 달라지지 않은 채로.

내가 잠을 두 시간밖에 안 잔 것에 대해 많은 학생들이 오해하는 부분이 있다. 구본석 공신도 잠을 2시간밖에 안 잤는데 자기는 더 적게 자야 하는 것 아닌가라고 많은 분들이 생각한다. 확실히 말하지만 잠은 충분히 자는 것이 좋다. 당시 내가 어려서 잠을 조금 자야 한다고 생각했고, 무리하게 잠을 줄이면서까지 공부했던 것이다. 잠을 충분히 자는 대신 깨어 있을 때 딴짓하지 않고 공부에만 최선을 다하는 것, 그것이 진짜 성공의 비결이다. 실제로 우리 공신 멤버들 중 90% 정도가 잠을 충분히 잤고 나머지 시간 동안 집중력을 발휘한 경우이다. 내 취침 시간을 따라하지 않았으면 하는 바람이다.

ACT 10

공부를 즐기다

고3 겨울방학의 열기는 청춘이기에 할 수 있는 경험이었다. 아니, 웬만한 사람은 엄두도 내지 못하는 청춘의 로망이었다. 나는 그런 나 자신이 자랑스럽고 대견스러웠다. 비록 2학년을 제대로 잘 보내지 못해 아쉽기는 했지만 마지막을 이렇게 뜻깊게 보내니 다 보상받은 것처럼 마음이 가벼웠다.

겨울방학에 세워 놓은 계획을 다 지켰다고 하면 아마 거짓말일 게다. 계획을 온전히 다 지키지는 못했다. 하지만 애초에 의도했던 바는 이루었다. 우선 취약 과목이었던 언어에서 구조 독해를 어느 정도 능수능란하게 할 수 있게 되었다. 정말 피나게 노력했다. 인터넷 강의에서 선생님이 분석한 제시문을 반복했다. 강의를 들으면 최소한 3일을 붙잡고 복습에 복습을 다했다. 얼마나 많이 보았는지 지문을 토씨 하나 빼먹지 않고 통으로 다 외워버릴 정도였다. 같이 공부했던 친구들은 강의가 어려웠는지 하나둘씩 포기했고, 나만 계속하고 있었다. 강의를 듣게 해 준 친구들이 낙오되는 것이 안타까워 그들을 모아 놓고 매일 언어영역 강의를 해주었다. 맨투맨으로 그 친구가 어디가 안 되고, 어떤 부분이 취약한지 일일이 검사해서 코치해주었다. 효과가 있었는지 많은 애들이 몰렸고, 나중에는 아예 교실을 통으로 빌려 칠판을 놓고 강의를 하기까지 했다. 놀라웠던 것은 친구들을 가르치면서 내 실력이 몇 배 껑충 뛰었다는 것이다. 설명을 하다 보면 최대한 쉽게 풀어주어야 했다. 그래야 듣는 사람 입장에서 알아들을 수 있었다. 내가 이해했다고 생각해도 타인이 이해하지 못한 부분이 있기 때문이다. 그래서 새로운 것을 배울 때 남들을 가르쳐야 한다는 생각으로 공부를 했고, 그러다보니 더욱 명쾌하고 간명하게 이해할 때까지 숙고하는 과정을 되풀이했다. 한편 친구들의 질문 중에는 예리하고 날카로운 것들이 종종 있었다. 그 질문은 내가 미처 생각하지 못한 부분이었다. 그 속에서 빼먹은 부분을 놓치지 않고 더 깊이 생각할 수 있었다. 배웠던 것을 단순히 반복하는 차원에서 끝내지 않았다. 새로운 지문을 보고 계속 적용하고 훈련하는 과정을 반복했다. 얼마나 그게 몸에 배었는지 꿈을 꿀 때도 지문을 분석하는 꿈을 꾸었다. 그래서 웬만한 지문에도 굴복하지 않을 정도로 자신이 있었다.

수학은 기본 개념을 확실히 하는 데 집중했다. 초심으로 돌아갔다. 중3 당시의 마음가짐을 떠올리며 하나라도 대충 넘어간 개념이 없는지 체크했다. 돌다리도 두들기는 심정이었다. 선택은 탁월했다. 대충 넘어가거나 빠뜨린 부분이 꽤 많은 것을 발견했고, 그것을 간과해서 앞으로 큰 낭패를 당했을 것을 생각하니 가슴이 뜨끔했다.

솔직히 주변 친구들이 공부하는 모양을 보면 내심 불안했다. 공부를 잘하는 친구들은 최소 1주일에 한 권씩 문제집을 풀고 있었다. 다 푼 수학 문제집을 탑처럼 쌓아 놓고 자신이 공부한 양을 자랑하는 친구들도 있었다. 심지어 어떤 친구는 시중에 나온 문제집을 다 풀어서 이제는 풀 것이 없다고 허세를 부리는 애도 있었다. 그러나 나는 한 권을 반복해서 풀었다. 겨울방학 동안 풀었던 문제집은 3권 정도밖에 되지 않았다. 풀리지 않은 문제는 별 표시를 하고 그냥 넘겼다. 채점을 하다가 틀린 문제도 곧장 해결하지 않고 똑같이 했다. 2회 차에는 체크한 문제들만 풀었다. 그러면 대략 50%의 문제는 해결된다. 여기서도 해결되지 않는 문제는 별표를 하나 더 추가했다. 그리고 3회 차에는 별표가 2개 표시된 문제만 풀었고, 계속 그런 식으로 문제를 해결했다. 별표가 3개가 되어도 해결되지 않으면 선생님께 질문을 했다. 나는 이게 최선이라고 확신했다. 나도 문제집 쌓기식의 공부를 해보았지만 그것은 남들에게 보여주려는 공부이고 수박 겉핥기식 공부였다.

영어는 이제 어느 정도 직독 직해가 완성되었다. 문장을 보면 앞으로 되돌아가거나 뒤에 목적어를 찾으러 다닐 필요가 없었다. 듣기와 말하기를 병행했더니 웬만한 것들은 다 들리기 시작했다. 말하면서 잘못 알고 있던 발음을 파악하기도 했다. 예를 들어, mountain이라는 단어를 읽을 때 나는 의심의 여지없이 '마운틴'이라고 읽었는데, 따라 말하다 보니 그런 발음이 들리지 않았다. 잘 들어보니 't' 음이 사라져 '마운:은'이라고 발음되는 것이 아닌가! 20년 가까이 '마운틴'이라고 했던 모습이 우스웠다.

단어도 어근/어미/접사로 공부하니까 처음 보는 단어들도 그것을 분해하면서 뜻을 유추할 수 있게 되었다. '왜 진작 이런 공부를 하지 못했을까' 하는 후회가 들었다. 예를 들어, '선행하다, 앞서 나가다, 추월하다'의 뜻을 가진 precede라는 단어가 있다. 나는 예전에 이 단어를 외울 때 다짜고짜 외웠지만 볼 때마다 잊었다. 그래서 언젠가는 연상법을 개발했다. '프리시드'라는 발음에서 '프리미어리그'(영국 프로축구 리그)에서 시드를 가진 선수는 다른 어떤 선수보다 앞서 나가 있다 라는 식으로 외웠다. 그렇게 공부를 하니 연상을 해야 되는 단어들이 늘어갔고, 연상이 잘 되지 않는 단어들도 생기기 시작했다. 그러나 이 단어는 굳이 외울 필요조차 없는 단어였다. precede는 pre와 cede가 결합된 것으로, pre는 '앞'이라는 뜻의 접두사이고, cede는 '가다'(go)의 뜻을 지닌 접미사였다. 이렇게 과학적으로 간명하게 공부를 할 수 있게 되자 공부하는 데 재미가 생겼고, 단어를 외우는 데 부담을 느끼지 않았다. 이 방법은 어휘력을 급격히 올려주었다.

사탐은 수업을 열심히 듣고 교과서 단권화 작업에 들어갔다. 당시 '단권화 열풍'이 불어서 시도해봤는데 정말 효과가 있었다. 단권화는 그 과정에서 꼭 필요한 부분만을 교과서에 수록해야 하기 때문에 핵심 내용이 무엇인지 쉽게 알 수 있었다. 교과서 한쪽에 깊은 내용을 적어 놓아 사고를 심화시킬 수 있었고, 따로 참고서를 찾을 필요가 없어지자 시간도 절약되었다. 옆에 그림이나 표, 그래프를 그리면 한눈에 확실히 이해할 수 있어 기억이 잘 되었다.

준비는 끝났다. 시험을 보고 싶어 몸이 근질근질했다. 3월 모의고사 철이 다가왔다. 그 시험이 수능 성적이라는 얘기가 들렸다. 고3 수험생들은 바짝 긴장했다. 모두들 수능을 본다는 생각으로 덤볐다. 3월 모의고사 점수를 토대로 진로 지도를 해줄 것이라는 학교 방침까지 나오자 긴장감이 역력했다. 그러나 지금 생각해보면 절반은 맞고 절반은 틀린 얘기이다. 확률적으로 3월 모의고사 점수가 수능 점수로 이어지는 경우가 많았다. 학생들이 공부를 그렇게 많이 하지 않는다는 반증이다. 또는 공부가 단기간에 잘 오르지 않는다는 말이기도 하다.

내 생각에 이것은 두 가지 요인이 빚어낸 결과이다. 첫째로 마인드이다. 대부분의 수험생은 '3월 성적 = 수능 성적'이라는 속설을 믿는다. 그래서 더 할 수 있고 가능성이 충분함에도 불구하고 스스로 한계를 정한 뒤 거기서 공부를 멈춘다. 많은 학생들이 범하는 실수이다. 그러나 그것을 믿지 않는 고집 센 학생들이 있는데 그들은 자기 성적이 오를 것이라는 확신을 갖고 공부에 덤빈다. 그 과정에서 자신의 한계를 넘어버린다. 자신의 잠재력을 끌어낸다. 자신의 잠재력이 무궁무진하다는 것을 깨달은 그들은 더욱 신이 나서 공부에 덤비게 되고 믿을 수 없는 성적 상승을 이루어낸다.

또 하나는 공부법의 차이이다. 대다수의 학생들은 고3 초까지 자신이 해왔던 공부법을 고수한다. 그것이 몸에 밴 것이다. 각각의 공부법에는 개선해야 할 부분들이 있다. 그러나 필요성을 못 느껴 관성에 따라 수능 때까지 자신의 방식을 이어간다. 성적이 오르기는 하지만 미미한 수준에서 멈추는 것도 그 때문이다. 그러나 부족한 것이 무엇이고 자신의 공부법에 잘못된 것이 무엇인지 인식한 학생들은 이것을 과감하게 수정한다. 용기가 필요한 일이다. 1년밖에 안 남은 시점에서 지금까지 자기가 해왔던 것을 뜯어고치는 것은 리스크가 크기 때문이다. 하지만 그것에 성공한 학생들은 결국 수능 대박을 이끌어낸다.

시험. 1교시 언어영역. 그동안 강도 높게 공부한 것이 무의미할 정도로 지문의 난이도가 쉬웠다. 단 한 지문도 막히지 않았다. 언어에서 이렇게 처음부터 끝까지 제대로 문제를 푼 적은 한 번도 없었다. 더욱 놀라운 것은 지문 분석이 완벽하면 문제는 자동적으로 풀린다는 것이다. 그동안 지문 공부와 문제 공부를 따로 했는데 지문과 문제가 하나라는 사실을 알았다. 문제 유형마다 공략법을 준비했던 나 자신이 부끄러웠다. 느낌이 좋았다. 그 기세를 몰아 수리영역을 풀었다. 기본 개념을 단단히 한 덕에 예상 밖으로 2~3점 문제에서 빛이 났다. 어려운 문제만 푸는 공부를 했을 때는 도리어 쉬운 문제들에서 막히는 경우가 많았다. 그러나 기본 개념이 잘 되어 있자 계산도 깔끔했고 시간도 많이 절약할 수 있었다. 시간을 많이 확보해 놓으니까 어려운 문제를 만났을 때 고민할 수 있는 여유가 생겼다. 어려운 문제일수록 그 출제 의도가 기본 개념을 다루는 문제가 많았다는 사실을 알았다. 어려운 문제는 어려운 개념을 물어보기 때문이 아니라 기본 개념을 쉽게 알아차리지 못하게 숨겨 두었기 때문이라는 사실을 알게 되었다.

외국어영역. 시작부터 개운했다. 듣기가 우리말처럼 쏙쏙 귀에 박혔다. 얼마나 잘 들렸는지 성우가 말하는 내용을 따라 읽어서 선생님께 경고를 받기도 했다. 듣기가 끝나고 지문을 보는데 어휘력의 중요성을 다시금 절감했다. 아는 단어가 많아지고 기존에 알고 있던 단어도 의미를 정확하게 알게 되자 지문이 깔끔하게 머릿속에 들어왔다. 그동안 혹독하게 훈련했던 직독 직해 솜씨를 뽐냈다. 순식간에 지문을 독파했다. 구문 공부도 효과를 보았다. 구조독해까지 준비했으니 정답이 눈에 보였다.

사탐은 모의고사여서인지 1~2단원 정도 범위에서 문제가 출제되었다. 중요한 개념들을 파악한 덕에 오류가 별로 없었다. 깜짝 놀란 것이 있었다. 개념을 명확하게 하기 위해 단권화를 할 때 그림, 표, 그래프를 그리는 작업을 했는데 내가 했던 것과 똑같은 문제가 한 문제도 아니고 페이지를 넘길 때마다 나오는 것이 아닌가. 채점을 해보니 전 과목에서 거의 만점에 가까운 결과를 얻었다. 학교에서는 경사가 났다. 점수는 대전에서 다섯 손가락 안에 꼽히는 점수였다. 전교 2등과도 현저한 점수 차이가 벌어졌다. 난 다시 독보적인 자리로 올라섰다. 나는 형설지공의 노력이 결코 헛되지 않음을 느꼈다. 공자의 말이 떠올랐다.

知之者 不如好之者　원래 아는 자는 좋아하는 자만 같지 못하고
好之者 不如樂之者　좋아하는 자는 즐기는 자만 같지 못하니라

이를 나름대로 풀이하자면 '천재는 노력하는 자를 이기지 못하

고, 노력하는 자는 즐기는 자를 이기지 못한다'가 될 것이다. 그렇다. 대전에서 나보다 머리가 좋은 사람은 넘칠 것이다. 그러나 노력 면에서 난 그 누구에게도 뒤지지 않았다. 더욱 좋은 것은 내가 이제 공부를 재미로 하고 있음을 느끼고 있다는 것이다. 공부하는 것이 즐거웠고, 공부하는 순간이 행복했다.

ACT 11

허세

나는 그릇이 작다. 조금만 잘나가면 하늘 높은 줄 모른다. 사람이 가벼워서 그런지 쉽게 자만하고 쉽게 건방을 떤다. 그러다가 한 번 날개가 꺾이면 일순간에 땅바닥에 곤두박질친다. 그제야 비로소 정신을 차리고 지난날을 후회하며 몸을 추스른다. 이러한 과정이 끊임없이 반복된다. 반성하고 환골탈태(換骨奪胎)하여 몸을 털고 다시 일어서면 어느 순간 다시 정상에 올라선다. 그 자리에 서면 자기가 마냥 최고인 줄 알고 다시 초심을 잃어버린다.

고질병이 다시 도지기 시작했다. 성적이 오를 때일수록 방심하지 말고 조심해야 했다. 성적은 단순히 운 탓일 수도 있었다. 성적은 올리는 것보다 유지하는 것이 더 힘들다. 조금만 방심하면 모든 것이 무산될 수 있다. 그것을 모르지 않았다. 이미 고교 3년 동안 많이 겪었던 일이다. 그래도 그것을 무시하는 우를 계속 범하고 있었다.

학교에서는 평판을 좋게 유지해야 한다는 생각에 많은 애들에게 호의를 베풀었다. 사소한 부탁도 들어주었고, 친구들 공부를 도와주는 데 주력했다. 더 많은 친구들이 몰려왔고, 내 공부를 할 수 있는 시간은 점점 줄었다. 심각성을 느끼기 시작했다. 4월 중순이 넘어가면서 자습 시간에 공부를 도와주다가 내 공부는 하나도 못하는 날이 많아졌다. 그 맛에 도취되어 있었다. 물론 시간을 허비한 것은 아니었다고 생각한다. 남을 도와주는 것은 분명 좋은 행동이고, 그것이야말로 내가 진정 가고 싶은 길이었다. 하지만 도를 넘어선 것이 문제였다. 고3이었다. 고3이면 자기 공부를 관리해야 했다. 아무리 성적이 높다지만 하루도 공부를 관리하지 못하는 것은 도를 넘는 행동이었다. 고3으로서는 상상할 수 없는 행동이었다. 그리고 순수한 의도로 남을 도와주지 않았던 것도 문제였다. 속셈이 없지 않았다. 남학생들한테는 진정한 1등으로 인정받기 위해, 여학생들한테는 더 많은 인기를 누리기 위해, 선생님들에게는 공부도 잘하고 마음씨도 착하다는 인상을 심어주기 위해 그들에게 접근했다. 제 꾀에 제가 넘어간 것이다. 상황이 이렇다 보니 눈 깜짝할 사이에 4월 모의고사가 다가왔다. 솔직히 자신이 없었다. 원래 자신이 없을수록 겉으로 허세를 부리기 마련이다. 그렇게라도 위장해야 위안이 되기 때문이다. 빈 수레가 요란하다는 말이 있지 않은가. 나도 마찬가지였다. 자신이 없으니까 이번에는 전국에서 다섯 손가락 안에 들겠다고 떠벌리고 다녔다. 많은 사람들의 지지를 받았다. 모의고사 일이 4월 19일이었는데 내가 4·19혁명을 재현하겠다는 허풍까지 부렸다.

시험. 언어였다. 듣기가 나왔다. 듣기를 놓쳤다. 망한 경험이 있어서 긴장감이 올라갔다. 불안에 손이 부들부들 떨렸다. 쓰기 한 문제에만 5분을 허탕했다. 감이 떨어졌다. 접근법이 전혀 떠오르지 않았다. 고등학교 1학년 시절로 돌아가 엉망진창으로 문제를 찍기 시작했다. 비문학 지문이 나오고 지문마다 한 문제씩 찍어버렸다. 과학 지문은 내용조차 이해가 되지 않았다. 지문이 안 읽히자 읽기를 반복하다가 포기했다. "5분 남았습니다"라고 감독관이 외쳤다. 남은 지문이 4지문이나 더 있었다. 풀지도 못한 채 마킹을 시작했고, 나머지는 대충 막 찍어버렸다.

패닉이었다. 답이 없었다. 망친 결과가 훤히 보였다. 설사 운이 좋더라도 내 점수가 아니었다. 제대로 푼 문제는 절반도 되지 않았다. 창피해서 죽을 것 같았다. 경박하게 군 나 자신이 더없이 창피했다. 다음 시험을 잘 볼 리 없었다. 막판에는 시험을 포기해버렸다. 잘될 거라는 기대를 버렸다.

채점을 해보았다. 언어는 말도 안 되는 결과였다. 56점. 하늘이 무너지는 듯했다. 땅이 꺼지는 듯했다. 방심의 결과는 처참했다. 죽고 싶었다. 다른 과목을 채점할 이유가 없었다. 종례도 마치지 않고 집으로 도망갔다. 방문을 잠그고 처박혔다. 어쩔 줄 몰랐다. 방에 있는 물건들을 다 엎어버렸다. 방을 도배했던 단어장과 각오와 문구들을 찢어버렸다. 어머니께 말씀드렸다. 나 재수 시켜달라고. 올해는 승산이 없다고. 어머니께서 따귀를 때리셨다.

— 이런 못난 놈! 내가 널 이렇게밖에 안 키웠니? 넌 내 아들 될 자격도 없다. 당장 짐부터 싸라. 그리고 당장 집에서 나가라. 난 너 같은 아들을 둔 적이 없다.

망치로 뒤통수를 맞은 느낌이었다. 어렸을 때 이후 어머니께 맞아본 적이 없었다. 근 10년 만이었다. 더 충격을 받은 이유는 어머니의 말씀이 정곡을 찔렀기 때문이었다. 급소를 맞은 사람처럼 온몸이 마비되었다. 맞는 말이었다. 무슨 일을 하더라도 포기하지 말고 덤비라는 것이 어머니의 신조였다. 실패해도 좋으니 죽을힘을 다해 마지막 순간까지 손을 놓지 말라는 것도 당신의 신조였다. 20년 가까이 그렇게 교육을 받아왔다. 언어 시험을 망칠 수도 있었다. 성적이 오를 때가 있으면 떨어지는 때도 있는 법이었다. 문제는 언어에서 망했다고 다른 과목을 모두 놓아버렸다는 것이다. 무엇보다 당신이 내게 화를 낸 이유는 내 입에서 재수 얘기가 나왔기 때문이다. 4월이었다. 앞으로 7개월이라는 긴 시간이 있었다. 7개월 동안 아무것도 하지 않고 벌써 포기하겠다고? 지금 생각해도 어이없는 행동이었다. 어리석었다.

단어장을 복구하고 깔끔하게 정리하면서 각오를 다졌다. 새로 시작하기로 했다. 초심으로 돌아가 하나하나 반성했다. 모의고사 문제지를 펴고 처음부터 다시 풀었다. 잘못된 공부법이나 생활 태도 등을 빠짐없이 적었다. 하나씩 수정하기로 했다. 계획을 다시

짜고 새 출발했다.

쉽지는 않아보였다. 그러나 끝까지 포기하지 않겠다고 다짐했다. 내가 보여줄 수 있는 투혼을 다시 보여주자고 결심했다. 그날 밤 나 자신에게 고백했다. '이제는 물러설 곳도 없다. 앞으로 나아갈 곳만 있을 뿐이다. 새로운 혁명을 위해 혼신을 다하는 거다!'

ACT 12

와신상담
臥薪嘗膽

중국 춘추전국시대, 오(吳)나라와 월(越)나라가 있었다. 양국은 서로 사이가 안 좋았다. 월나라 군주였던 구천(句踐)은 오나라를 쳤다. 그 와중에 오나라 임금이 전사했다. 아들 부차(夫差)가 아버지의 뒤를 이어 오나라의 왕이 되었다. 부차는 아버지의 원수를 갚기 위해 섶 위에서 잠을 자고, 신하들을 시켜 일어날 때마다 '부차야, 너는 아버지의 원한을 잊었느냐'를 외치게 했다. 결국 부차는 복수에 성공하고 월나라 구천을 자신의 신민으로 만드는 데 성공했다. 구천은 회계에서 부차에게 당한 치욕을 갚기 위해 매일 쓸개를 핥았다. 끝내 구천은 복수에 성공하고 오나라를 멸망시키는 데 성공했다.

와신상담의 고사만큼 고3 5월의 나를 잘 묘사하는 표현도 없다고 생각한다. 굳이 복수라면 지난날의 '구본석'에게 복수했다고 생각하면 맞겠다. 과거의 나를 탈피하여 재기에 성공하려면 와신상담의 의지를 갖지 않고는 힘들었다. 그 정도의 극한까지 자신을 몰고 가야 과거의 허물을 벗어버리고 재탄생할 수 있기 때문이다. 그 의지를 구현하기에 좋은 방법이 없을까 고민했다. 우선 부차가 잠에서 깨어났을 때 아침마다 부하들을 시켜 아버지 원한을 상기시켰던 것을 떠올렸다. 초심을 잃지 않고 계속 상기하는 기제가 필요하다고 생각했다. 그래서 만들어낸 것이 공부 일기와 만족도 그래프였다. 나 자신을 제어하기 위해 공부 일기를 쓰기로 마음먹었다. 일기장을 따로 장만하면 부담스러우니 플래너에 그날 공부하면서 느꼈던 소감이나 새로 배운 것들을 한두 줄 정도로 짧게 정리하기로 했다. 그날의 성과를 기록하는 것만큼 중요한 것은 당시의 감정을 기억하는 것이라고 생각했다. 눈에 보이는 성과로는 현재 자신의 상태를 측정하기에 한계가 있다. 컨디션도 안 좋고 집중력도 처진 상태에서 성과를 내봤자 실질적으로 자신에게 남는 것은 별로 없다. 그것은 머리로 하는 공부가 아니었다. 손이 하고 엉덩이가 하는 공부였다. 물론 그렇게 하는 공부도 중요하지만 수능은 철저히 사고력을 평가하는 시험이다. 10시간을 앉아서 공부하더라도 사고력의 진전이 없다면 공부는 했다고 말할 수 있겠지만 수능 공부는 하나도 하지 않은 셈이다. 반대로 1시간을 공부하더라도 집중력 있게 학습하여 사고력이 한 단계 성숙했다면 제대로 된 수능 공부를 했다고 말할 수 있다. 때문에 최상의 컨디션을 유지한 상태에서 최고도의 집중력을 끌어내는 데 성공한 날에는 설령 성과를 다 채우지 못하더라도 많은 것을 남길 수 있었다.

그것을 가능케 한 것은 '감정 조절 메커니즘'이다. 공부하는 매 순간 감정을 기록하고 그 감정을 제어하는 기제를 만들면 공부하기에 최적의 감정 조건을 유지할 수 있었다. 인간은 이성적(logos) 동물이기도 하지만 감성적(pathos) 존재이기도 하다. 감정적 평형 상태가 이루어지지 않으면 제 아무리 이성이 발달한 사람이라도 그 기능을 발현할 수 없다. 여러 감정들이 조화를 유지하여 평형 상태에 이르러야 이성의 기능이 극대화된다. 특히 나처럼 감정 기복이 심한 사람에게는 평형 상태를 유지하는 것이 절실했다. 물론 단순히 일기장에 감정 상태를 기록한다고 해서 저절로 균형을 얻지는 못한다. 다만 감정 상태를 지속적으로 체크하면 그것을 의식적으로 조절해 나갈 수 있다고 생각했다.

효과는 놀라웠다. 체육대회가 다가오자 기분이 들떠서 공부가 안 된 적이 있었다. 그 심리상태를 공부 일기장에 기록했다. 기록하는 순간 아뿔싸! 하고 심장이 쿵 내려앉았다. 다시 감정을 추스르고 차분히 가라앉은 상태에서 공부에 임할 수 있었다. 그리고 남들은 일주일을 체육대회로 허비하는 동안 난 그 시간을 알차게 보낼 수 있었다.

그날의 감정 상태를 기록하는 것에서 끝나지 않았다. 일기는 fact를 기반으로 opinion을 도출하는 글이다. 그날 공부가 잘되었다면 무엇 때문에 잘되었는지, 공부가 안 되었다면 무슨 문제 때문에 안 되었는지 집중 분석했다. 그 과정에서 다음날 공부하는 데 반영이 되도록 해결책을 내리고 다음날 계획표 머리말에 큼지막하게 써 놓았다. 나 스스로에게 내린 주문이자 내 생활을 조정하는 기능을 했다. 반성과 재고(再考), 수정과 개선의 연속. 이것이 공부 일기를 쓰는 진짜 이유였다.

'성과도 성적표'. 나만의 절대적인 공부량을 확보하기 위해 '성과도 성적표'를 만들 필요가 있었다. 평가 요소는 그날 자신이 이룬 객관적인 성과였다. 계산 방법은 다음과 같았다.

$$\frac{\text{성과 점수} = \sum(\text{과목당})\ \text{실제 공부량}/(\text{과목당})\ \text{목표량} \times 10}{\text{과목 개수}}$$

점수는 알아보기 쉽게 평점으로 표시했다. 최고점 10점으로 별 5개, 최저점 0점으로 별 0개이다. 5점을 받으면 별 2개 반이다. 예를 들면, 5월 5일 내가 목표한 공부량이 다음과 같다고 가정하자.

언어 | 비문학 2개 지문, 시 1개 지문, 소설 1개 지문, 오답 노트 정리.

수리 | EBS 교재 57~66쪽, 오답 노트 정리.

외국어 | 듣기 1세트(17문제), 독해 20문제, 단어 3일째 외우기(20개), 문법 5문제.

과목 개수는 총 10개(언어/수리/외국어는 3개가 아니다).

내가 실제 공부한 양은 다음과 같았다.

언어 | 비문학 1지문, 시 1지문, 소설 0지문, 오답 노트 정리.

수리 | EBS 교재 57~64쪽, 오답 정리 못함.

외국어 | 듣기 1세트, 독해 10문제, 단어 15개 암기, 문법 3문제.

그러면 다음과 같은 결과가 나온다.

$$\frac{[2/2(\text{비문학}) + 1/1(\text{시}) + 0/1(\text{소설}) + 1/1(\text{오답}) + 8/10(\text{수학문제}) + 0/1(\text{오답}) + 17/17(\text{듣기}) + 10/20(\text{독해}) + 15/20(\text{단어}) + 3/5(\text{문법})] \times 10}{10}$$

= 6.65

즉, 평점 6.65점이 나온다. 이 평점을 별점으로 표시하면 소수점 첫째 자리에서 반올림해서 7점이 나오고, 별 3개 반이다. 이 과정을 지속했다. 평점은 그래프로 만들었다. 1주일 단위로 그래프를 작성, 출력하여 눈에 가장 잘 띄는 곳에 붙여 놓았다. 나중에 그래프가 쌓이자 붙여 놓을 공간이 마땅치 않아서 두 줄로 붙였다. 윗줄은 1주일 평균 평점을 그래프로 찍어 놓은 것을 붙여 놓았다. 예를 들어, 5월 3째 주 월~일요일 각 평점이 6/7/8/8/9/5/6점이었다면 평균 평점은 (6 + 7 + 8 + 8 + 9 + 5 + 6)/7 = 7점이 나온다. x축이 5월 셋째 주인 지점을 찾아 y축 7에 표시한다. 아랫줄에는 그달의 모든 주의 그래프를 붙인다. 5월 첫째 주/둘째 주/셋째 주/넷째 주 이런 식으로 말이다. 이렇게 하면 내가 어떻게 하루를 보내는지 명확하게 파악할 수 있었다. 그래프 추이를 지켜보고 페이스가 떨어졌다고 생각하면 다시 스퍼트를 올리는 식으로 내 절대 공부량을 확보했다. 성적표를 작성한 이후 매일 일정한 성과도를 유지해 나갈 수 있었고, 하루도 헛되이 보내지 않았다. 공부하는 버릇이 생겼다. 그래프를 보면서 현재의 공부를 반성했고, 자기를 제어하는 과정을 반복했다. 그것이 습관이 되어서 공부가 안되는 날이 별로 없게 되었다.

부차가 섶에서 잠을 잔 것을 재현하고 싶었다. 그렇다고 잠을 불편하게 자면 깊게 잠을 자지 못하게 되어 다음날 공부에 큰 지장을 줄 우려가 있었다. 그래서 잠을 잘 때 영어듣기를 큰소리로 틀어놓고 잤다. 물론 와신(臥身)과는 맥락이 많이 다르기는 했지만 어쨌든 잠을 자면서도 의지를 불태운다는 측면에서 연결될 수 있다고 생각했다. 이것이 뜻밖의 효과를 가져왔다. 나중에 안 사실인데 듣기를 틀어놓고 자는 것은 수면 학습법이라고 했다. 예상 밖으로 그 학습법을 하게 된 것이다.

다음은 쓸개를 핥는 행위를 재구성해보기로 했다. 쓸개를 핥은 이유는 실패의 쓴맛을 떠올리기 위함이었다. 정답은 쉽게 나왔다. 1학년 이후 망쳤다고 생각한 시험 성적표를 코팅해서 책받침으로 쓰기로 했다. 그때마다 마음 아팠던 성적이 눈에 아른거렸고, 악몽이 떠올랐다. 일종의 강박관념이 생기기 시작했다. 나태해지는 순간 나를 채찍질했다. 나는 끝까지 근면함을 유지할 수 있었다.

드디어 기다리던 6월 모의고사가 찾아왔다. 문제는 꽤 어려웠다. 침착했다. 다른 사람도 어려울 것이라고 생각하고 불안한 마음을 가라앉혔다. 난해한 문제가 나와도 포기하지 않았다. 끝까지 희망의 불씨를 놓지 않았더니 어느덧 정답이 나오는 것이 아닌가! 역시 어머니 말씀이 맞았다. 끝까지 참고 버티면 안 되는 것은 없었다. 경건한 마음으로 채점했다. 점수가 안 나와도 실망하지 않기로 했다. 난이도도 높았고, 이 호흡이라면 언젠가는 성적이 오를 것이었다. 성적은 급상승했다. 거의 모든 과목이 만점 권이었고, 전국 석차도 노려볼 만할 정도였다.

ACT 13

지피지기 백전백승

6월 평가원 모의고사의 후폭풍은 거셌다. 학교 성적은 풍비박산이었다. 고3 학생들의 성적이 대폭락했다. 공부 잘하는 친구들도 평균적으로 50~100점 정도 성적이 떨어졌다. 30점이 떨어진 친구가 주변의 부러움을 살 정도였다. 그런 상황에서 혼자 점수가 올랐으니 모든 이들의 이목이 집중되었다. 점수가 대폭 올랐다는 사실에도 많이 놀라워했다. 모두들 좌절과 낙담, 포기와 절망의 모습이 번져갔다.

그해 여름은 드문 폭염이었다. 7월 중순부터 8월. 대략 40여 일

남짓한 기간 동안 많은 것을 할 수 있다고 생각하면 오산이다. 대부분은 마지막 역전의 찬스로 생각하여 여름방학에 뛰어든다. 이것저것 욕심을 내어 많은 공부를 한다. 그러나 다분히 사교육 업체의 농간으로 끝나는 경우가 많다. 역전의 찬스를 노리기 위해 최대한 많은 강의를 들어야 한다고 선전한다. 심화 문제를 공략하는 법을 배워야 비약적인 상승을 노릴 수 있고, 그러기 위해서는 비법 강의를 들어야 한다고 외친다. 안타까울 뿐이다. 이 시기에 수험생들은 귀가 얇아진다. 그 말을 그대로 믿고 자신이 하던 공부를 팽개친다. 사교육이 내세우는 수업과 커리큘럼을 따라간다. 실제로 여름방학부터 인터넷 강의 수가 비약적으로 상승한다. 과외와 학원 열풍이 여름을 강타한다.

나는 어차피 사교육을 받으려 해도 받을 수 없는 입장이었다. 친구들은 여름방학이 되었다고 각종 인터넷 강의를 물색했다. 언어는 비상에듀의 누구, 수학은 비타에듀의 누구, 영어는 메가스터디의 누구…… 이런 식으로 일종의 공식이 성립되었다. 공부를 잘하는 학생이든 못하는 학생이든 강의료를 내기에 바빴다. 물론 부러운 것은 어쩔 수 없었다. 나는 일찌감치 포기하고 나만의 공부를 하기로 마음먹었다.

내가 부족한 공부가 무엇인지 지도를 받고 싶었다. 교무실을 찾아갔다. 선생님들께 큰 목소리로 외쳤다.

— 존경해 마지않는 선생님들! 전 꼭 서울대 법대에 한 번에 가고 싶습니다. 불쌍한 저를 구원해주신다고 생각하시고 저를 도와

주십시오. 지금부터 제가 해왔던 공부를 보여드리도록 하겠습니다. 무엇이 문제이고, 앞으로 더 보완해야 할 부분이 무엇인지 사실대로 말씀해주세요. 여름방학에 제가 무슨 공부를 해야 하고, 어떤 문제집을 풀면 좋은지 추천해주십시오. 선생님들 사랑해요~!

— 이런 당돌한 자식 좀 봐라. 공부만 잘하는 줄 알았더니 아부도 능숙하네. 하하. 알았다. 최선을 다해 도와줄 테니 너도 한 방에 철썩 붙어서 학교 명예 좀 살려봐라.

천군만마를 얻은 느낌이었다. 그리고 선생님마다 돌아가면서 내가 지금까지 어떻게 공부를 했고, 어떤 문제집을 풀었는지, 시험 문제는 어떤 부분을 많이 틀렸는지, 내 생활 패턴은 어땠는지 낱낱이 보고했다. 선생님들은 내 말을 경청해 들으시고 미처 내가 생각하지 못했던 부분을 짚어주셨다. 존경심이 마음속 깊은 곳에서 우러나왔다. 지적하신 것들 중에서 공통적인 문제점이 발견되었다. 수능/평가원 모의고사 기출문제에 대한 공부가 많이 부족했다. 선생님들은 손자병법의 논리를 들어 수능 기출문제의 중요성을 피력하셨다. 손자병법의 「모공편」(謀攻篇)에는 이런 내용이 나온다.

知彼知己 百戰不殆

不知彼而知己 一勝一負

不知彼不知己 每戰必敗

적을 알고 나를 알면 백 번 싸워도 위태하지 않다
적을 알지 못하고 나만 알면 한 번 이기고 한 번 질 것이요
적도 알지 못하고 나도 알지 못하면 싸울 때마다 패배할 것이다

맞다. 예전의 나는 나 자신도 알지 못하고 적(수능시험)도 알지 못한 채 덤볐다가 번번이 실패했다. 실패를 반성하고, 단점을 장점으로 키우는 법을 익히기로 했다. 그러나 수능 기출을 풀어본 적이 없는 나로서는 수능이 어떤 시험이고 무엇을 물어보는 시험인지 제대로 알지 못했다. 그래서 한 번 성공하면 한 번은 꼭 실패했다. 백전불패의 고지에 이르기 위해서는 나 자신은 물론 수능이라는 적도 알아야 했다. 선생님들은 그것이 바로 수능 기출문제를 공부하는 이유라고 이구동성으로 설명했다. 수능 기출문제의 중요성을 파악한 나는 그 문제만을 모은 자이스토리를 구매했다. 하나하나 꼼꼼히 풀었다. 문제를 풀다 보니 왠지 많이 낯이 익었다. 그도 그럴 것이 문제집마다 예시 기출 문항이라고 한두 개씩은 꼭 수록해 놓았기 때문에 몇몇 문제들은 문제집을 풀면서 본 문제들이었다. 사설 문제집들도 문제를 낼 때 기출문제들을 약간 바꾸어서 낸다. 숫자만 바꾸거나 문제만 바꾸어서 내는 문제도 많았다. 이런 식으로 공부하면 재미가 없을 것 같았다. 신선한 맛이 없을 것 같았다. 심지어 무의미해 보이기까지 했다. 한 번 제출된 문제는 똑같이 나오지 않을 텐데 왠지 안 나오는 문제들만 골라서 푸는 느낌이었다. 그렇다고 기출문제를 안 볼 수도 없었다. 그래서 고안한 것이 기출문제를 여러 가지 방법으로 풀자는 거

였다.

처음에는 어려웠다. 한 방법으로 풀어도 풀릴까 말까 한 상황인데 여러 가지 방법으로 푼다는 것은 사치에 가까웠다. 인터넷 강의 선생님들은 어떻게 분석하는지 궁금했다. 가장 많이 찾는 선생님들 위주로 기출 해설 강의를 찾아보았다. 그 강의는 무료로 볼 수 있어서 부담 없이 살펴볼 수 있었다. 해설 강의를 찾다가 티치미의 강필 선생님 강의를 우연히 보게 되었는데 신선했다. 교과서와 기출문제의 연관성을 설명하는 것에 초점을 맞추었다. 뒤통수를 맞은 느낌이었다. '내가 그렇게 무시한 교과서에서 수능 문제가 나온다고? 쉬운 문제들만 모아 놓은 그 책에서?'라는 생각을 갖고 있던 내게 교과서가 실은 어려운 것이었음을 알게 해주었다. 그 강의를 몇 개 더 찾았다. 선생님이 알려준 몇 가지 방법대로 교과서를 혼자 보기로 했다.

교과서를 자세히 살펴보니 놓치고 지나간 부분들이 많았다. 공식보다 유도 과정이 중요하다는 것은 알고 있었지만 왜 그런지는 알지 못했다. 교과서 설명을 빠짐없이 읽다보니 그 이유를 알 수 있었다. 우리가 그 단원을 배우는 이유, 왜 그것이 중요한지, 그 개념의 본질은 무엇이고 핵심 원리는 무엇인지, 어떠한 사고방식을 담고 있는지 교과서에 모두 들어 있었다. 이래서 수능 수석을 한 학생들이 '전 교과서만 봤어요'라고 하는가 싶었다. 초심으로 돌아간다는 생각으로 다시 교과서를 펼쳤다. 교과서를 꼼꼼히 읽고 분석하면서 그동안 간과했던 것들을 공책에 정리했다. 한 단원을 정리하고 관련된 기출문제들을 찾아 풀었다. 이러면서 '출제 의도'라는 것이 보이기 시작했다. 결국 교과서 안에 다 들어 있음을 간파했다. '유레카!'를 외쳤다. 뛰는 듯이 기뻤다. '이 공부가 정말 수능 공부구나'라는 것을 직감했다. 진작 알지 못한 것이 후회스러웠다. 앞으로 남은 시간 동안 무엇을 해야 하는지 명확히 알게 되어 다행이라고 생각했다.

루소의 '자연으로 돌아가라'는 말이 내게는 '교과서로 돌아가라'는 말로 들렸다. 국어, 수학, 영어, 사회 모두 교과서를 파헤쳤다. 출제위원의 입장에 서서 내가 출제위원이라면 중점적으로 다루었을 개념 위주로 공부하자 안 보이는 것들이 보이기 시작했다. 경이적이었다고밖에 표현할 말이 없었다. '한국 교육이 잘못되기는 잘못되었구나'라고 절실히 느꼈다.

교과서를 해석하는 데 성공하면 기출문제로 돌아왔다. 기출문제를 풀 때도 출제 의도가 무엇인지를 주력해서 풀었다. 눈에 보이는 전형적인 문제풀이는 출제 의도가 아닐 가능성이 컸다. 그것은 출제위원들이 학생들을 배려하기 위해 깔아놓은 장치였다. 기출 문항은 전형적인 문제풀이로도 접근할 수 있는 방법을 표면에 드러내고, 출제 의도는 숨겨둔다. 출제 의도를 파악한 학생들은 먼 길을 돌아가지 않고 한 번에 정답을 찾아낼 수 있도록 했다. 고난이도 문항들은 아예 겉포장도 하지 않았다. 출제 의도를 모르면 문제에 접근할 수 없게 막아놓은 것이었다.

말하자면 출제 의도는 교과서 안에 다 있다. 여러분도 교과서에서 어떤 개념을 공부할 때 그 개념의 배경, 이유, 현실적 중요성,

개념 도출까지의 논리적 과정, 그 과정에서 나타난 핵심 원리, 핵심 원리에 담겨진 사고방식 등에서 출제 의도가 드러나는 즐거운 경험을 할 것이다.

그럼 문제를 풀 때 출제 의도를 파악하는 가장 좋은 방법은 무엇인가. 제일 먼저 하는 방법은 전형적인 문제풀이 방법이다. 이것을 조금씩 바꾸어가며 방법을 넓혀본다. 그 과정에서 그 개념이 다른 개념과도 관련을 맺고 있음을 파악하게 된다. 그 단계에서 다른 개념의 시각으로 그 문제를 다시 풀어본다. 다시 거기서 조금씩 바꾸어가며 문제풀이를 해본다. 이 과정을 반복하면 그중에 교과서의 설명과 딱 떨어지는 문제풀이가 나온다. 그것이 출제 의도에 따른 문제풀이의 실체라고 본다.

실제로 이 과정에서 한 개념을 가지고 여러 가지로 사고하는 방법을 배웠다. 예를 들어 수학에서

$$\frac{\sum_{k=1}^{n} k(k+1) = (n+1)(n+2)}{3}$$

라는 공식이 있다. 교과서에서 시그마 Σ에 관련된 설명을 찾아보면 시그마의 본질적인 속성은 변수(k)에다 숫자를 하나씩 키워가며 대입해서 풀어주고 각각을 더하는 것이라고 나온다. 교과서에 따라 시그마를 풀어주면

$$\sum_{k=1}^{n} k(k+1)=1\cdot 2+2\cdot 3+3\cdot 4+\cdots\cdots+n(n+1)$$

이 된다. 그런데 이를 유심히 살피면 연속된 수가 곱해져 있음을 파악할 수 있다. 고등학교 수학에서 연속된 수의 곱과 관련되는 부분을 생각해본다. 경우의 수 단원에는 !(factorial), P(permultation), C(combination) 등이 있다. 이중에서 1부터 연속해서 곱해져 있지 않기 때문에 순열 P를 쓴다.

$$\sum_{k=1}^{n} k(k+1)=1\cdot 2+2\cdot 3+3\cdot 4+\cdots\cdots+n(n+1)$$

$$={}_2P_2+{}_3P_2+{}_4P_2+\cdots\cdots+{}_{n+1}P_2$$

이렇게 보니 무언가 교과서 설명과 상당히 유사해 보이는 수식이 도출되었다. 연속된 순열을 더하는 것은 교과서에 없지만 연속된 조합을 더하는 것은 교과서에 매우 중요하게 서술되어 있다. 여기서 연속된 조합을 더하는 것이 출제 의도가 아닐까 의심해본다. 파스칼의 삼각형(연속된 조합을 더하는 것)은 이항정리 단원의 핵심이기 때문이다.

그래서 저 순열의 합을 조합의 합으로 바꾸어 준다.

$$P_2={}_nC_2\text{x}2!$$

이므로

$$\sum_{k=1}^{n} k(k+1)=1\cdot 2+2\cdot 3+3\cdot 4+\cdots\cdots+n(n+1)$$
$$={}_{2}P_{2}+{}_{3}P_{2}+{}_{4}P_{2}+\cdots\cdots+{}_{n+1}P_{2}$$
$$=({}_{2}C_{2}+{}_{3}C_{2}+{}_{4}C_{2}+\cdots\cdots+{}_{n+1}C_{2})\text{x}2$$

이 된다. 잘 살펴보면 파스칼의 삼각형이 눈앞에 보임을 알 수 있다. '이것의 출제 의도는 파스칼의 삼각형이구나'라는 것을 알게 되는 순간이다. 정리해보면

$$\sum_{k=1}^{n} k(k+1)=1\cdot 2+2\cdot 3+3\cdot 4+\cdots\cdots+n(n+1)$$
$$={}_{2}P_{2}+{}_{3}P_{2}+{}_{4}P_{2}+\cdots\cdots+{}_{n+1}P_{2}$$
$$=({}_{2}C_{2}+{}_{3}C_{2}+{}_{4}C_{2}+\cdots\cdots+{}_{n+1}C_{2})\text{x}2!$$
$$={}_{n+2}C_{3}\text{x}2!$$
$$=\frac{(n+2)(n+1)n}{3\cdot 2\cdot 1}\text{x}2!$$
$$=\frac{(n+2)(n+1)n}{3\cdot 2\cdot 1}$$

이 나오는 것이다. 이 사실 하나만으로 기출문제가 여러 번 출제되었으니 출제 의도를 파악하는 공부가 얼마나 중요한지를 알 수 있다.

그렇게 여름방학은 욕심 부리지 않고 교과서와 기출문제만 팠다. 친구들은 학원에서 마련한 '여름방학 특강', '약점 체크', '심화

개념', '문제풀이', '필수 개념 요약' 등의 수업을 몰아서 듣느라 정신이 없었다. 자기가 뭘 배우고 있는지도 모르겠다고 했다. 그럼 왜 쓸데없이 듣느냐고 하니까 안 들으면 불안해서 듣는다고 했다. 이것이 '역전의 찬스'라는 말의 실상이다.

결과적으로 보면 내 공부가 옳다는 것이 판명되었다. 그렇기에 여름방학 때 주관 없이 이리저리 휘둘리는 공부는 경계해야 한다. 소신을 갖고 계속 해왔던 공부를 이어가는 것이 중요하다.

보완하거나 부족한 점이 있어서 사교육을 이용한다면 바람직한 일이다. 물론 사교육을 이용할 수 없는 사람은 선생님들에게 적극적으로 도움을 청해서 문제점을 파악하고 방향을 설정하면 좋다.

ACT 14

제 갈 길을 가라

수능 100일 전이라고 바싹 긴장했던 날이 엊그제 같은데 벌써 여름방학이 지나가고 있었다. 2학기가 되자 점점 수능 포기 학생이 늘어나고 있었다. 여름방학 동안 어떻게든 공부를 많이 해서 인생역전 해보겠다고 덤볐던 수험생들이 한두 명이 아니었다. 욕심이 앞서 실행할 수 없는 계획들을 짜고 시도해보다가 제풀에 지쳐 포기하게 된 것이다. 열심히 하던 친구들도 전의를 상실했다. 주관을 버리고 이것저것 하다가 방학 동안 별로 한 것이 없었기 때문이다. 나는 방학 동안 뚜렷한 목표가 있었고, 그것 하나에만 충실했다. 그래서 그런지 상대적으로 다른 친구들보다 방학을 잘 보냈다는 느낌을 받았다. 수능에 대한 자신감이 붙었고, 문제풀이에만 더 익숙해진다면 원하는 대학을 갈 수 있을 것 같았다. 2학기가 시작되고 얼마 되지 않아 평가원의 9월 모의고사가 실시되었다. 9월 모의고사는 6월 모의고사에 비해 난이도가 많이 쉬워진 느낌이었다. 아쉬웠다. 어렵게 출제되어야 다른 친구들과 성적이 벌어질 수 있을 거라고 생각했다. 출제위원들이 원망스럽기까지 했다.

언어, 수리, 외국어를 막힘없이 술술 풀었다. '이러다가 만점을 맞는 것 아닐까'라는 생각까지 들었다. 기출문제와 교과서 위주로 공부한 것이 분명한 효과가 있었다. 출제 의도가 보이니 틀리려고 해도 틀리기가 힘들었다. 시간도 많이 남았다. 그렇게 어려웠던 언어영역에서 10분이 남아 잠을 자기까지 했다. 수리영역은 언어보다 심해서 30문제를 다 푸는 데 40분밖에 안 걸렸다. 마킹하는 시간까지 합하면 한 문제에 1분 정도 소요되었다. 영어도 10여 분 남짓 시간이 남았다.

문제는 사회탐구였다. 깜깜했다. 이렇게 어려운 과목이었나 싶었다. 모의고사를 3월, 4월, 6월에 걸쳐 3번 보았는데 어렵게 출제된 적은 없었다. 원래 이렇게 쉽게 나오는 과목이다 싶었다. 방심이 문제였다. 여름방학에도 크게 신경 쓰지 않았다. '이번에도 쉽게 나오겠지'라고 생각한 것이 잘못이었다. 눈물이 나올 것만 같았다. 문제가 어려워서가 아니었다. 문제가 안 풀려서도 아니었다. 이해하기 힘들겠지만, 난생 처음 500점을 맞을 기회가 주어졌는데 그것이 눈앞에서 날아가는 것 같아서 눈물이 나왔다. 평생 이런 기회가 한 번이라도 올까 라는 생각에 너무 아쉬워서 정답을 알지 못해도 넘길 수 없었다. 시간이 계속 지체되었고, 다 풀지 못하고 찍는 식이었다.

채점을 했다. 언어는 징크스가 있어서 불안했다. 한 번 잘 보면 다음엔 크게 떨어지고, 그 다음에는 다시 상승하고를 반복했는데 6월에 잘 보았으니 이번에는 떨어질 차례였다. 답안을 확인했는데 계속 동그라미였다. 손이 부들부들 떨렸다. 얼굴이 화끈해졌다. 고등학교에서 처음 받은 언어 100점! 감격스러웠다. 수리영역도 100점! 외국어영역도 100점이었다! 놀라웠다. 순간 나도 모르게 꽥! 소리를 질렀다. 친구들은 나를 죽이겠다고 했다. 알고 보니 언어, 수리, 외국어는 결코 쉽게 출제되지 않았다. 나만 쉽게 느낀 것이었다. 출제 의도를 파악하는 공부에 충실했던 덕이었다. 이제 공부를 어떻게 해야 하는지 확신이 들었다.

암흑의 사탐 채점이었다. 예상치 못했던 문제에서 틀렸다. 어렵다고 생각한 문제는 신기하게 다 맞췄는데 당연하다고 넘어간 문제는 꼭 한두 개씩 틀렸다. 아까웠다. 점수가 별로 좋지 않았다. 200점 만점에 160점을 받았다. 천만 다행이라고 생각했다. 하늘이 도운 것 같아 가슴을 쓸어 내렸다. 사회탐구에 발등에 불이 떨어졌다. 허술하게 생각했다가는 큰 코 다치기 십상이었다. 사회탐구 정리에 본격적으로 들어갔다. 10월 첫째 주에 폭풍 연휴가 있다는 것을 감안하고 그때를 기점으로 삼았다. 그 시기까지의 목표를 설정했다.

- 문제풀이는 일절 삼갈 것.
- 아무리 마음이 급해도 참고 개념만 잡을 것.
- 시간이 얼마 없다고 개념 공부를 성급하게 하지 말 것.
- 사회탐구 교과서는 아무 이유 없이 달달 외울 것.
- 사회탐구가 부족하다고 절대 언수외를 허술하게 방치하지 말 것.

마음이 급했다. 여기저기서 개념 공부를 접고 문제풀이를 시작하고 있었다. 아니 여름방학부터 문제풀이에 들어간 학생도 상당수였다. 교과서와 개념서만 잡고 있는 사람은 나밖에 없었다. 선생님들도 이제 개념 공부는 끝났다고, 아쉽겠지만 개념을 접고 문제풀이를 시작하라고 했다. 개념을 쌓는 것도 중요하지만 지금 시기는 3년 동안 배운 개념을 문제풀이를 통해 점수로 이끌어내는 공부가 더 시급하다고 했다. 많이 흔들렸다. 지난날이 후회되었다. 사회탐구 공부를 열심히 해왔다면 이 시점에 이렇게 고민할 필요 없이 맘 놓고 문제풀이를 할 수 있었다. 어떻게 보면 점수가 안 나온 이유는 문제를 많이 안 풀어봐서 그랬는지도 몰랐다. 당연하다고 생각했던 곳에서만 문제가 틀렸다. 진지하게 고민했다. 순간 9월 모의고사의 악몽이 떠올랐다. 당장 공부 일기를 확인했다. 그날의 감정상태가 어땠는지 확인해보기 위함이었다.

무엇이 부족한지 절실히 깨달았다. 개념의 부족. 내가 잘 알고 있다고 생각한 개념조차 사실은 대충 넘어갔던 것이다. 빈틈이 너무 많았다. 빈틈을 메우기 위해서라도 개념을 공부해야 한다. 개념만이 살길이다.

역시 그랬다. 공부 일기의 덕을 크게 보았다. 친구들과 선생님의 말에 흔들렸던 자신을 반성했다. 마르크스가 한 말이 있지 않은가.

제 갈 길을 가라. 남이야 뭐라든.

그런 깡이 필요했다. 고집을 피우기로 했다. 대신 딱 추석 연휴까지였다. 그 다음날부터 문제풀이에 올인하기로 결심했다. 한 달여밖에 시간이 없었기 때문에 일정이 빠듯했다. 한 달 동안 한 과목도 아니고 4과목의 교과서를 외워야 했다. 정말 무식한 짓이었다. 나도 안다. 그래서 '아무 이유 없이'라는 조건을 단 것이다. 교과서를 한 번에 다 외우는 것은 불가능했다. 영어 단어 외우듯이 교과서를 외우기로 했다. 무한 반복이었다. 하루에 한 과목의 교과서를 1회독하기로 했다. 국사 같은 두꺼운 교과서는 하루에 끝내는 것이 쉽지 않으니까 이틀에 걸쳐서 1회독하기로 했다. 역시 아무 이유 없이 국사 → 근현대사 → 경제 → 법과 사회 순서로 돌아가면서 계속 교과서를 보기로 했다. 제대로 한다면 사회탐구 교과서 4과목을 한 번 다 보는 데 5일이 걸린다. 한 달 30일이므로 최소한 6번을 볼 수 있다. 6번 가지고는 교과서를 외우지 못한다고 판단해서 추석 연휴에는 하루에 두 과목씩 보기로 했다. 10월 첫째 주에 개천절도 있고 3일 연속이 주중 휴일이어서 긴 연휴 동안 4번을 더 볼 수 있었다. 총 10번! 좋다. 바로 그거였다. 그 정도면 외울 수 있을 것 같기도 했다.

어쩔 수 없었다. 달리 길이 없었다. 뒤를 돌아보면 낭떠러지. 지푸라기라도 잡는 심정으로 덤벼야 했다. 이런 살인적인 공부량을 해내려면 하루 24시간도 부족했다. 자초한 일이니 공부하다가 몸이 부서져도 내 책임이고, 감기에 걸려도 원망하지 않기로 했다. 이렇게 굳은 결심을 한 나는 결국 나 자신과의 약속을 지켜내고야 말았다.

ACT 15

유종의 미(美)

9월 모의고사가 끝나고 수시 철이 다가왔다. 바야흐로 수시 붐이 불었다. 1학기 수시에 합격한 애들도 있었다. 그들은 해방감에 쾌재를 불렀다. 수업도 6교시까지만 듣고 방과후나 야자 없이 하교했다. 여름방학에는 휴양지로 해외여

행까지 갔다 온 친구들도 있었다. 2학기가 되자 선생님들은 그 친구들이 학습 분위기를 방해한다고 수능까지 특별 휴가를 주었다. 수험 스트레스에 억눌렸던 우리들에게 그들의 생활은 천국 이상이었다.

9월 모의고사도 수시 붐에 한몫을 했다. 정시로는 승부를 낼 수 없다고 생각한 많은 학생들이 수시에 목숨을 걸었다. 친구들은 몹시 분주해졌다. 이 대학 저 대학 입시 요강을 알아보면서 자기 소개서, 논술, 면접 등을 준비했다. 나도 덩달아 바빠졌다. 수시를 지원하고 싶은데 돈이 없어서 학원에서 자기 소개서 첨삭을 받을 수 없는 애들이 있었다. 돈이 없어서 논술 면접을 해본 적이 없는 애들도 있었다. 나도 남의 일 같지 않아 있는 시간을 쪼개 틈틈이 그 친구들을 봐주었다. 자기 소개서를 써오면 표현을 조금 고쳐주기도 했고, 논술 기출문제에 첨삭도 해주었고, 모의 면접도 몇 번 봐주었다. 단, 학원에 다닐 형편이 되지 않는 친구들만 도와준다는 조건을 내걸었다.

담임 선생님이 나를 불렀다. 내가 서울대 지역균형 선발 요건에 해당된다고 했다. 지역균형 점수로 200점 만점에 194점. 법대 예상 컷은 조심스럽게 195로 예측되고 있었다. 선생님은 그 지표를 보여주시면서 법대는 위험하니까 안정적으로 농대를 써보자고 제안했다. 어이가 없었다. 아니 법대가 안 되는 것은 알겠는데 왜 갑자기 농대를 쓰라고 권유하는지 이해가 되지 않았다. 어차피 법대 아니면 재수라도 하겠다는 각오도 되어 있었고, 왜 그랬는지는 모르겠는데 정시로 들어가야 진짜 대학에 들어갔다는 느낌을 받을 수 있을 것 같아서 수시를 쓰지 않기로 했다. 그리고 선발권을 차순위 성적자에게 양도하기로 했다.

지금 생각해보면 이때 괜한 객기를 부려 서울대에 갈 수 있는 기회를 허무하게 버린 것 같았다. 나중에 결과가 나왔는데 서울대 법대가 공백이 생겨 193점이 컷이었다는 발표가 났다. 그때 억지로라도 소신을 내세워 원서를 썼으면 힘 안 들이고 편안하게 서울대 법대를 갈 수 있었다. 나중에 부모님은 이 사실로 두고두고 원망하셨다.

어쨌든 수시까지 접은 마당에 정시에만 올인할 수밖에 없었다. 배수진을 친 상황이라 뒤를 돌아볼 여유도 없었다. 다들 수시에 술렁이고 있을 때 혼자 꿋꿋이 정시 준비에 열을 올렸다. 미치도록 공부했다. 잠은 거의 자지 않았다. 2시간의 수면 시간도 줄였다. 낮잠으로 틈틈이 잠을 보충하면서 한 달 동안 거의 밤을 새워 공부했다. 체력 비치고 뭐고 없었다. 결전의 날이 코앞으로 다가왔고, 나는 목숨을 바칠 뿐이었다. 어마어마한 공부량을 소화하려면 이렇게 공부하는 것도 부족할 정도였다. 정말 어떻게 그렇게 공부했나 싶을 정도로 미쳤었다. 실제로 친구들 사이에서는 '미구'라는 별명이 돌았다. '미친 구본석'.

그렇게 9월을 보내고 꿀맛 같은 추석 연휴가 시작되었다. 학교에서는 1주일을 통으로 쉬었다. 물론 학생들은 학교에서 자습을 해야 했다. 내게는 일생일대를 건 날이었다. 마지막 기회였다. 추석 연휴가 끝나면 더 이상 실력을 올리는 공부는 할 수 없었다. 그 이후에는 자기 실력을 성적으로 만들어내는 공부를 해야 했기 때문이다.

고3 시절 가운데 가장 열심히 공부를 한 기간이다. 언어, 수리, 외국어, 기출문제 분석도 이 기간에 모두 마무리 지었다. 만점을 받을 수밖에 없는 완벽한 공부를 해냈다. 그동안 봐왔던 개념서를 모두 모아 교과서에 옮겼다. 최종 단권화 작업이었다. 앞으로 이 개념서는 다시 안 본다는 각오로 정리했다. 그렇게 개념 정리를 완벽하게 끝냈다. 사탐도 하루에 두 과목씩 본다는 약속을 지키기 위해 필사적으로 노력했다. 교과서는 내용이 머릿속에 완벽하게 박혔다. 처음에는 교과서를 읽는 속도가 느려 답답했는데 이제는 자리에서 일어나지 않고 꼼짝 매달려 3시간이 걸렸다. 2권을 그렇게 봤으니 사탐 공부에 6시간을 쏟은 셈이다.

그때는 살짝 미쳐 있는 상태였다. 진담이다. 정신과 상담을 한 번 갈 정도였다. 며칠 동안 잠을 제대로 자지 않아 심리는 극도로 예민한 상태였고, 엄청난 중압감에 시달렸으며, 살인적인 공부량을 감행해서 체력은 바닥 상태였다. 혼잣말로 계속 '서울대 법대, 서울대 법대'를 중얼거렸고, 수전증에 손이 덜덜 떨렸다. 가끔 새벽에 혼자 박장대소를 하기도 했다. 부모님은 나를 정신과에 데려가셨고, 상담 후 안정제를 복용하게 되었다. 막판에는 쓰러졌다. 어지러웠다. 의식이 흐려지고 뒷골이 뻐근했다. 몸이 나른해지더니 어느 순간 정신을 잃었다. 정신을 차려보니 응급실에서 링겔을 맞고 있었다. 의사 선생님이 나를 보고 크게 웃었다.

— 살다 살다 너 같은 놈은 처음 본다. 어떻게 공부하다가 쓰러지는 게 말이 되지? 나도 공부에서는 남들에게 뒤진 적이 없는 사람인데 너한테는 두 손 두 발 다 들었다. 너는 나중에 뭘 해도 크게 되겠다. 그 대신 우선 안정해야 되니 이제부터는 푹 쉬어라.

— 걱정 마세요. 저도 추석 연휴가 마지막 승부처라고 생각합니다. 추석 연휴 때까지만 광공(狂工, 광적인 공부)하고, 이후에는 알아서 쉴 테니까 그런 말씀 마세요.

말도 많고 탈도 많았던 추석 연휴는 그렇게 지나갔다. 연휴가 끝나면서 정상으로 돌아왔다. 이제 정말 한 달밖에 안 남았다. 근 한 달 동안 무리를 한 탓에 몸과 마음은 극도의 한계에 이르렀다. 완급을 조절할 시각이 되었다. 컨디션 조절에 들어갔다. 잠은 6시간으로 늘렸다. 12시 취침, 6시에 기상했다. 얼마 만인지 감격에 겨웠다. 최대한 많이 챙겨먹기 시작했다. 아침밥은 무슨 일이 있어도 챙겨먹었다. 홍삼액과 보약, 비타민은 덤이었다.

모든 것은 수능에 맞추었다. 수능 시간에 맞게 공부하는 것은 기본이었다. 1교시와 2교시는 언어영역 문제를 풀었다. 3교시와 4교시는 수리영역을 풀었다. 점심은 천천히 먹기로 했다. 잠시 낮잠을 자고 산책을 하며 줄넘기 정도의 운동을 한 뒤 영어 듣기를 했다. 5교시와 6교시에는 외국어영역을 풀었다. 7교시 이후 저녁 먹을 때까지 사회탐구영역을 풀었다. 개념 공부만 몰아서 한 탓에 문제풀이가 시급했다. 저녁을 먹은 뒤에는 제2외국어영역 한문을 공부했다. 야자 시간에는 그날 풀어본 문제를 분석하고 오답을 정리했다. 하루도 흐트러짐 없이 안정된 나날들이었다.

생활 패턴도 수능에 똑같이 맞추었다. 아침은 무조건 된장국에 밥이었다. 콩이 두뇌 활동에 좋기도 했고, 된장국을 먹으면 속이 편했다. 실제로 수험장에서 점심에 된장국을 먹을 것이었다. 초콜릿을 쉬는 시간마다 먹었다. 보온병에 싸온 따뜻한 보리차를 마셨다. 건강에 좋고 감기 예방에 좋아서 그런 것이 아니었다. 수능 날에도 보온병을 가져가 따뜻한 보리차를 마실 텐데 시험 보는데 소변이 급하면 낭패를 볼 수 있었다. 얼마나 마셔야 시험 끝나는 타이밍에 소변을 해결할 수 있는지 체크하기 위해 보온병을 학교에 가져갔다. 이렇게 철저하게 수능에 대비했다.

마지막 10월 모의고사가 두 번 있었다. 둘째 주와 마지막 주. 둘째 주 모의고사를 봤는데 느낌이 안 좋았다. 무언가 엉킨 느낌이 들었다. 언어를 제 시간에 풀지 못하고 지문을 여러 개 날렸다. 마인드컨트롤을 시작했다. 수능 날에도 언어가 안 풀릴 수 있을 텐데 다른 과목까지 동반 추락하면 다시 일어설 수 없다고 생각했다. 편하게 생각했다. 언어를 못 봐도 다른 과목에서 만점을 받으면 어떻게 서울대에 원서를 쓸 수 있을 것 같았다. 그런 마음으로 나머지 과목에 열중했다.

언어영역 4등급이 되었다. 다들 경악을 금치 못했다. 공부를 그렇게 열심히 했는데 도대체 왜 4등급이 나오느냐고 의아해했다. 그런데 나름 산전수전을 다 겪었는지 마음은 편했다. 나도 모르는 '근자감'(근거 없는 자신감)이 있었다. 왠지 수능에서는 대박이 날 것 같았다. 언어 점수를 올리는 비법도 알고 있어서 별로 걱정되지 않았다. 출제 의도를 파악하는 비법. 다시 그 자세로 돌아가면 금방 끌어올릴 자신이 있었다.

그리고 곧 10월 마지막 모의고사가 다가왔다. 문제를 푸는데 언어가 너무 쉬웠다. 다 풀고도 20분이나 남았다. 역시. 공부법에 확신이 있었기 때문에 일희일비할 필요가 없었다. 수리영역, 외국어영역도 마찬가지로 물 흐르듯 문제를 풀었다. 9월 모의고사 때보다 느낌이 좋았다.

대망의 사탐이었다. 최선을 다해 꼼꼼히 읽었다. 당연하다고 생각한 문제일수록 주의 깊게 문제를 살펴보았다. 9월에도 그런 실수를 했었지 않은가. 느낌이 좋았다. 제2외국어도 기분 좋게 문제를 풀었다.

언어에서 실수 하나. 수리영역 100점. 외국어영역 100점. 사탐 채점은 자중하기로 했다. 전에도 언수외 점수만 보고 날뛰다가 망신을 당한 적이 있었으니까. 국사 만점. 근현대사 만점. 어? 뭔가 가능해 보이기도 했다. 법과 사회 만점. 경제도 만점이었다. 한문도 만점이었다.

월척이었다. 기분이 너무 좋아 당장 하늘로 오를 것 같았다. 너무 좋아 복도를 뛰어다니면서 고래고래 소리를 지르고 다녔다. 그동안의 고생이 한순간에 해소되었다. 나중에 확인해보니 공동 전국 1등이었다. 선생님들은 나를 부둥켜안고 난리가 났다. 사고뭉치 구본석이 마지막에 일을 낸 것이다. 친구들도 진심으로 축하해주었다. 부모님도 그간 졸였던 마음을 내려놓았다. 정작 나는 자세를 낮추었다. 난 항상 최고의 자리에서 바닥으로 곤두박질치는 경향이 있었다. 근신에 근신을 다했다. 본격적인 수능을 간절히 기다렸다.

ACT 16

2007
대학수학능력시험

수능이 코앞에 다가올수록 긴장감이 역력해졌다. 나름 대범한 성격이라고 자부했는데 어쩔 수 없었다. 초등학교부터 고3까지 12년에 걸쳐 이날만을 위해 공부했던 것이니까. 11월 16일. 단 하루로 인생의 행로가 결정된다. 그동안 노력했던 모든 수고가 단 한 번의 시험으로 평가되는 순간이다. 하루를 잘못하면 1년을 망칠 수 있었다. 긴장을 안 할 수 없었다. 수능 전날 아침에 절에 갔다. 어머니는 바쁜 와중에도 계속 기도를 드렸고, 며칠 전에는 대구 팔공산 철야 기도에도 다녀오셨다. 어머니의 마음이 전해졌다. 향을 피우고 108배를 올렸다. 스님이 열심히 잘 보고 오라는 말씀을 주셨다. 스님의 축복을 듣고 점심을 먹은 뒤 예비 소집으로 향했다.

시험을 치를 학교는 집에서 10분도 채 안 걸리는 서대전 고등학교였다. 반 친구들이 보였다. 반가웠다. 편한 마음으로 시험을 볼 수 있을 것 같았다. 운동장에서 유의 사항을 듣고 시험 볼 장소로 향했다. 이럴 수가! 하늘이 도왔다. 우리 학교는 가나다순이었다. 구 씨인 나는 2번 아니면 3번이었다. 시험을 볼 때마다 마킹 용지를 걷기 쉽게 번호대로 책상을 배열해서 앉았는데 항상 창 쪽 맨 앞에 앉아서 시험을 치렀다. 3년을 창 쪽 맨 앞에서 시험을 봤는데 이번에도 그 자리에 배정된 것이다. 예감이 좋았다. 시험을 잘 볼 것 같은 기운을 느꼈다. 예비 소집이 끝나고 절친한 친구와 충남대학교 도서관으로 향했다. 마지막 정리였다. 시험 전날 마지막으로 감도 익힐 겸 개념서를 다시 훑을 필요가 있었다. 빠르게 언어 수리 외국어 문제를 한 번씩 풀었다. 감이 날이 선 칼날 같았다. 종이만 살짝 스쳐도 스르르 베질 것 같았다. 당장 수능을 풀어버리고 싶었다. 자신이 있었다.

집에서 EBS 언어 듣기와 국어 듣기 한 회씩을 풀었다. 시험장에는 카세트를 가져갈 수 없기 때문에 심혈을 다해 풀었다. 느낌이 좋았다. 다 맞았다. 평소에 자신 없던 영어 듣기도 문제가 없었다. 다 풀 수 있을 자신감이 들었다. 저녁에 여기저기서 전화가 왔다. 친척들 모두 덕담과 격려를 아끼지 않았다. 나는 믿는다. 단 한 순간도 서울대 법대에 갈 것에 대해 의심한 적이 없다. 파이팅이다. 마지막으로 부모님께 큰절을 한 번 올렸다. 다행히 잠은 잘 왔다. 오랜만에 108배를 했더니 피곤해서인지 11시 조금 넘어서 잤다. 숙면은 취하지 못했다.

새벽 5시 무렵 잠에서 깨어나 준비했다. 한 달 동안 매일 먹어왔던 된장국에 밥. 마음이 편안했다. 학교 앞에서 어머니가 말씀하셨다. "통과의례라는 말 아니? 어떤 사람이 성공하기 위해서는 반드시 거쳐야 하는 관문이야. 넌 통과의례를 치르는 거야. 나는 네가 당당히 합격할 거라고 믿는다. 아들을 믿어. 사랑한다, 우리 아들." 그 말을 들으니 마음이 놓였다. 담임선생님도 교문 앞에 계셨다. 큰절을 올렸다. 내 자리를 찾아 착석했다. 언어 공부를 마저 했다. 언어가 제일 불안한 것은 어쩔 수 없었다. 감독관들이 들어오고 시험지를 배포했다.

시험지에는 '2007학년도 대학수학능력시험 문제지'라고 적혀 있었다. 가슴이 찡했다. 역사적인 순간 앞에 서 있는 느낌이었다. 왠지 모르는 경건함에 고개가 숙여졌다. 속으로 '나무아미타불'을 여러 번 외쳤다. 1교시 종이 울렸다. 심장이 쿵쾅 쿵쾅 떨렸다. 이렇게 긴장된 것은 처음이었다. 한문 사범 시험을 볼 때도, 검도 관장 자격증 시험을 볼 때도 이 정도는 아니었다. 한쪽 구석에서는 어떤 학생이 조용히 흐느끼고 있었다. 언어 듣기를 들었는데 무슨 정신으로 들었는지 모른다. 정신을 차려보니 듣기가 다 끝나 있었고, 쓰기 문제까지 다 푼 상태였다. 시문학을 보고 있었다. 긴장감이 폭발하니까 정신이 아찔해져서 아무 생각 없이 문제를 풀었다. 시험이 쉬우니 망정이었지 난이도가 조금만 더 컸더라면 정신을 못 차렸을 것이다. 비문학을 푸는 동안에는 그동안 열심히 연습했던 구조 독해 등은 신경을 쓸 여유도 없었다. 마음이 급하고 상황도 긴박해서 생각조차 나지 않았다. 중간에 한 번 정신을 놓쳤고, 그 순간 모든 것이 멈췄다. '어? 왜 이러지' 싶었다. 심장이 벌렁거렸다. 마음을 달래야 했다. 겨우 중간밖에 못 왔는데 여기서 주저앉으면 모두 끝장이었다. 마음을 가다듬고 수없이 '나무아미타불'을 외치며 정신을 붙잡았다. 쉬운 문제부터 다시 풀었다. 페이스를 되찾아 넘긴 문제들로 돌아왔고, 마킹까지 마치니 5분 전을 알리는 종소리가 들렸다. 위기를 간신히 극복했다. 몇 문제 걸렸지만 느낌이 좋았다. 자신 있었던 수학과 영어에서 리벤지 매치(revenge match)를 이뤄야 한다고 결심했다.

쉬는 시간에 다들 정답을 맞춰보느라 난리였다. 다음 시간을 대비해 화장실에 갔다. 거기서 내게 처음으로 열등감을 안겨준 친구와 부닥쳤다. 놀랐다. 잘생겼던 얼굴이 많이 상해 있었다. 살이 붙어서 알아보기도 힘들었다. 나중에 들은 이야기지만 그는 내신 관리가 전혀 안 되어 자퇴한 뒤 검정고시로 재수 중이라고 했다. 성적 대를 짐작하니 내가 많이 앞지르고 있었다. 근면한 거북이가 빠르지만 게으른 토끼를 앞지른 느낌이었다.

2교시 수리영역. 시작하기도 전에 눈으로 앞 장의 4문제를 다 풀었다. 재빨리 뒷장을 넘겨 암산으로 4문제를 풀었다. 8문제를 번 셈이다. 기분 좋게 시작했다. 예상 외로 너무 쉬워 문제당 30초도 걸리지 않았다. 출제 의도가 뻔히 보여서 안간힘을 쓰지 않아도 되었다. 이렇게 쉬운 시험을 위해 그토록 고통을 감내했다니. 남은 시간에 잠을 청했다.

3교시 외국어영역. 식곤증이 몰려왔다. 아뿔싸! 계산에 넣지 못했던 일이었다. 잠을 깨기 위해 초콜릿을 한 움큼 먹었다. 듣기 한 문제를 놓쳤다. 침착하자. 침착하자. 어차피 2점짜리 한 문제다. 신경이 곤두섰는지 잠이 달아났다. 다행히 별 탈 없이 마치고 독해를 했다. 역시 허무했다. 이렇게 쉬울 수가. 고등학교 2학년 수준의 시험이었다. 다 풀고 나니까 30분이 남았다. 어이가 없었다. 『성문 종합』을 달달 외웠고, 토플 독해에다 각종 어려운 지문들을 섭렵하는 맹훈련을 했는데…….

언수외가 끝나자 긴장이 싹 풀렸다. 큰 고비는 지나갔다. 언어도 몇 개 막히기는 했지만 잘 본 것 같았고, 수리 외국어도 마찬가지였다. 올해 안에 가능하겠구나 생각하니 기분이 날아갈 것 같았다. 항상 뒷심이 달렸던 모습을 떠올리면서 마지막까지 최선을 다하자고 생각했다.

사회탐구를 봤다. 국사. 쉬웠다. 근현대사. 역시 쉬웠다. 법과 사회. 이상하게 쉬웠다. 경제는 시간이 좀 걸리는 문제가 많았지만 순발력을 발휘해 시간 내에 가까스로 완성했다. 내 선택이 옳았음이 판명되었다. 대다수가 교과서에 있는 지문과 거의 흡사하게 나왔기 때문이다. 선택 지문들은 토씨 하나 틀리지 않고 교과서 그대로였다. 교과서 의존도가 내신보다 심했다. 교과서를 외웠기에 너무 쉽게 느껴졌다. 마치 나를 위해 준비된 시험 같았다. 고지에 도달한 느낌이었다. 몸이 먼저 반응했다. 온몸이 덜덜 떨렸다.

친구들은 슬슬 떠나기 시작했다. 제2외국어를 응시하지 않거나, 응시를 하더라도 서울대가 목표가 아니라면 볼 아무런 이유가 없었기 때문이다. 많은 학생들이 빠져나가고 몇 명의 서울대 지원생들만 남아 제2외국어를 봤다. 한문은 이것보다 쉬울 수는 없었다. 난리가 났다. 수능 대박이었다. 제2외국어를 마치고 답안지 수령이 끝나자 우르르 귀가했다. 어머니가 저 멀리서 초조하게 나를 기다리고 계셨다. 나는 어머니를 향해 필사적으로 달렸다. 어머니 품에 와락 안겼다.

— 엄마! 나 올해 대학 갈 수 있어. 만점 맞은 거 같아. 수능 대박이라고!

— 장하다, 우리 아들. 세상에서 우리 아들이 최고다, 최고!

집에 들어오자마자 컴퓨터를 켰다. 언어에서 몰랐던 것들을 찍었는데 그것도 다행히 맞았다. 2개를 틀려 96점. 아쉬웠지만 엄청난 선전이었다. 고2 때 90점을 넘겨본 적이 없고, 고3에서는 50점대거나 4등급을 받았으니 아주 잘 본 성적이었다. 수리영역 100점. 와! 여름방학에 여러 방법으로 푸는 시도를 했는데 그 덕에 2학기에는 한 문제도 틀린 적이 없었다. 이변은 벌어지지 않았다. 외국어영역. 놓쳤던 듣기 문제부터 확인했다. 우와! 맞았다! 이것도 행운이었다. 채점을 시작했다. 100점. 언수외 총점 296점. 눈앞에 고지가 보였다. 사회탐구 채점. 다 맞았을 것이라고 생각했다. 총점 496점이면 수석인가 라고 생각하며 호기 있게 채점을 했는데 약간의 문제가 있었다. 국사는 다 맞았는데, 근현대사, 법과 사회, 경제는 하나씩 틀렸다. 모두 3점짜리였다. 아까웠다. 한문 채점. 역시 만점이었다. 점수를 합산해보았다. 언어 96, 수리 100, 외국어 100, 국사 50, 한국 근현대사 47, 법과 사회 47, 경제 47 …… 총 487점, 그리고 + 한문 50점.

조금 씁쓸했다. 분명 잘 보기는 했지만 못해도 490점대 정도는 나올 것으로 예상했는데 그에 못 미쳤다. 어머니께 수능 점수를 말씀드리고 매우 잘 본 것이라고 말씀드렸다. 어머니도 너무 기뻐하셨다. 하지만 그날 나는 잠을 편히 잘 수 없었다. 언론에서는 역대 가장 쉬운 수능이었다고 보도했다. 컴퓨터에서 내 위치를 확인했는데 점수가 좋은 사람들이 수두룩했다. 잠 못 이루는 밤이었다.

ACT 17

서울대 법대
합격과 불합격

밤을 지새우고 학교에 갔다. 저마다 울상이었지만 그래도 이번 수능이 쉽긴 쉬웠나 보다. 공부를 열심히 한 친구들은 평소보다 모두 높게 나왔다. 평소보다 100점이 오른 친구도 있었다. 놀라웠다. 그도 마지막에 대박을 터뜨렸다. 내 점수표를 받은 담임선생님은 약간 아쉬워했지만 격려를 아끼지 않았다. 그러면서 타교에서 서울대 법대를 노리는 애가 있는데 그는 494점을 받았다고 말씀하셨다. 지원을 약간 낮춰야 할지도 모르겠다고 하셨다. 집에 돌아오니 울분이 터졌다. 이 점수로도 서울대 법대를 못 가는가.

언론에서 예상하는 서울대 법대 예상 점수를 보았다. 이런! 496점을 받아야 간다는 것이 아닌가. 믿을 수 없었다. 어떻게 2개 이하를 틀린 수험생들이 그렇게 많을까. 머리가 띵했다. 난 그에 비해 9점이 낮았다. 그 말대로라면 서울대 법대는 내게 불가능한 하늘의 별이었다. 내 점수로는 연세대 경영학과에 겨우 걸리는 정도? 괴물 같은 세상이었다.

현실의 벽을 느꼈다. 내심 재수를 할까 고민했다. 서울대 법대가 아니면 분명 다른 과에 들어가도 반수를 할 것 같았다. 서울대 법대 중독증? 반은 맞고 반은 틀렸다. 언제부터인가 내 꿈은 인권 변호사에서 서울대 법대생으로 바뀌어 있었다. 그렇지 않고서야 이 점수로 재수를 생각한다는 것은 말이 안 되었다. 그렇다면 왜 아직도 서울대 법대인가?

언젠가 한 인권 변호사분과 인터넷으로 접촉한 적이 있었다. 그분께 내가 인권 변호사가 되고 싶다고 했는데, 그분 말씀이 내 기상은 높이 사지만 말리고 싶다고 했다. 자신도 꿈을 가지고 이 일을 하고 있지만 현실은 그렇게 호락호락하지 않다고 했다. 자신은 고대 법대에서 사시에 붙었고 변호사로 일하고 있는데 법정에서 싸워야 하는 상대는 모두 서울대 법대 출신이라고 했다. 소송을 맡으면 보통 김&장, 태평양 등 대형 로펌 소속 변호사들과 상대한다고 했다. 그 탓에 자신의 변론을 우습게 보는 경향이 있다고 했다. 그 과정에서 많은 상처를 입었고, 더 많은 사람을 도와주지 못해 아쉽다고 토로했다. 그러면서 진짜 힘 있는 인권 변호사가 되려면 최소한 그들과 동등한 조건을 만들어야 한다면서 무조건 서울대 법대에 가라고 하셨다. 그 말에 백 번 공감했다.

성적표가 나왔다. 담임선생님은 내게 남으라고 했다. 교실 문을 닫고 조심스럽게 타이르셨다. 내가 원하는 서울대 법대는 아무래도 많이 힘들 것 같으니 과를 낮춰 보자고 하셨다. 서울대 농경제학부, 소비자 아동학부, 인류 지리학과군, 사범대에 대한 데이터를 보여주셨다. 각 학과의 특성, 예상 진로에 대해 찬찬히 설명하셨다. 그러나 귀에 들리지 않았다. 이미 마음을 굳혔기 때문이었다. 끄떡도 하지 않았다. 결국 담임선생님의 입에서 예상 밖의 심한 말이 흘러나왔다. 그 말을 다 옮길 수는 없다…….

— …… 이런 배은망덕한 놈 같으니라고…….

충격이었다. 더없이 배려를 해준 분이셨다. 너무 어이가 없었다. 뒤통수를 얻어맞은 느낌이었다. 나는 학교의 명예를 올리기 위한 도구에 지나지 않았다. 일찍 자퇴를 안 했던 것이 후회될 정도였다. 공교육의 위기? 어쩌면 당연한 결과일지도 모른다. 착잡하고 울분이 터졌다. 선생님들이 싫었고, 어른들이 싫었다. 집에 오자마자 컴퓨터를 켜고 서울대 법대 원서를 작성했다. 이불을 뒤집어쓰고 펑펑 울었다. 이렇게 자존심에 상처를 받은 적은 없었다. 생각할수록 분통이 터졌다. 목소리가 다 쉬도록 울었다. 그것을 지켜보는 어머니의 마음도 찢어졌을 것이다. 몰래 숨어 눈물을 훔치고 계셨다. 그 과정에서 논술 준비를 제대로 할 수 없었다. 수업료도 엄청나서 감히 엄두가 나지 않았다. 논술 준비는 제대로 한 적이 없었다. 돈이 많이 드는 공부였기 때문이다. 수능만 잘 보면 논술은 설렁설렁해도 서울대에 갈 수 있을 줄 알았다.

집 부근의 저렴한 한 학원에서 논술 준비를 하고 있었는데 모두들 집으로 급히 돌아갔다. 서울대 1차 발표였다. 운명의 시간이었다. 나도 서둘러 집으로 향했다. 문을 여는 순간 가족들이 펑펑 울고 있었다. 무슨 일이지? 동생들이 달려와 나를 꼭 껴안았다. "오빠 해냈어! 해냈다고! 서울대 합격했어!" 순간 의식이 마비되었다. 5초 동안 그대로 굳어 있었다. 정신을 차리고 기쁨을 실감했다. 고래고래 소리를 질렀다. 그동안…… 몸이 부서지도록 공부했고, 이 결과에 감개무량했다. 전화에 불이 났다. 축하 전화가 쇄도했다. 친척들, 친구들, 심지어 초등학교 동창까지. 울음을 그치지 않으시는 어머니와 아버지를 끌어안고 나도 밤새도록 울었다.

그러나 기쁨도 잠시. 현실을 자각하기 시작했다. 나는 2배수의 일부였다. 수능 점수로 뽑힌 정원의 2배수. 정원 144명의 2배수인 288명 중의 한 명. 2차는 내신 50%, 논술 30%, 면접 20%의 비중이었다. 내신은 자신이 있었지만, 그런 점수의 학생들은 넘칠 것이었다. 문제는 논술과 면접. 논술은 시간 내에 다 쓸 수 있는 실력도 되지 않았고, 면접은 무엇을 물어보는지도 몰랐다. 논술은 기출문제가 있었지만 면접은 기출문제를 공개하지 않아 전혀 알 수 없었다. 2차 시험일이 코앞이었다.

내게는 은인으로 모시는 이향복 선생님이 계시다. 그분이 내 사정을 듣고는 유레카 학원 창립자인 논술의 실력자 임창우 선생님을 찾아가 깍듯이 부탁하셨다. 정말 딱 하루만 구본석의 논술을 봐달라고 정중히 부탁하셨다. 임창우 선생님과의 인연은 이렇게 시작되었다. 논술 전날 그분을 찾아갔는데 많이 안타까워하셨다. 그냥 잘할 거라고, 잘하라고만 말씀하셨다. 결과가 나오면 자기한테 꼭 말해달라고 하셨다. 착잡한 심정으로 서울로 올라갔다. 너무 긴장이 되어서 죽을 것만 같았다. 수능 때 느꼈던 긴장과는 차원이 달랐다. 수능 때의 막연한 긴장감과 달리 떨어질 것 같은 불길한 예감이었다.

서울대 법대 15동 논술 시험장에 도착했다. 모두 공부벌레들처럼 보였다. 시험이 시작되었다. 한 문제, 180분, 2,500자. 세계화를 주제로 내 생각을 쓰라는 것이었다. 막막했다. 제시문이 무슨 내용인지 전혀 감이 안 잡혔다. 분석에 30분이 걸렸고, 옆에서는 시작하자마자 글을 쓰는 소리가 들렸다. 얼마나 불안했는지 모른다. 훌쩍 2시간이 지났다. 남은 1시간 동안 어떻게든 다 채워야 했다. 2,500자를 1시간 안에 쓴다는 것은 거의 불가능했다. 그러나 살아남아야 했다. 도대체 무슨 말을 쓰고 있는지도 몰랐다. 북북 지운 글투성이에 답안지도 엉망진창이었다. 말도 안 되는 궤변을 늘어놓았다.

다음날 면접을 보았다. 대기실에서 차례를 기다리다가 '구본석 학생'이라는 호명에 복도로 나아갔다. 복도에는 책상이 2개 있었고, 앞 책상은 문제를 푸는 책상, 뒤 책상은 차례를 기다리는 책상이었다. 10분에 맞춰진 알람이 울리고, 앞에서 문제를 풀던 학생이 고사장에 들어갔다. 나도 앞 책상으로 자리를 옮겼다. A유형과 B유형이 있었고, A유형을 골라 문제를 풀었다. 제시문은 (가)와

(나)가 있었다. 공통 주제는 성차별에 관한 것이었다. 제시문 (가)는 국한문 혼용체로, 조사를 제외하고는 모두 한문이었다. 주제는 여성을 보호할 때 여성 전체로 접근하지 말고 개인으로 접근하자는 내용이었다. 제시문 (나)는 토플 수준의 영어로, 여성은 남성에 비해 많이 차별을 받아왔으므로 그 차이를 해소하기 위해서는 여성에게 더욱 우선권을 주어야 한다는 내용이었다. 시간 내에 문제는 다 풀었는데 무슨 질문을 할지 전혀 감을 잡을 수 없었다.

문을 열고 들어갔는데 소파에 교수님 세 분이 앉아 계셨다. 세 분 다 연로하신 분이셨고, 인상이 좋아 마음이 놓였다. 긴장이 컸던 나머지 큰 목소리로 답하는 바람에 주의를 받았다. 질문 중에는 '동남아 여성들과 한국 여성들의 차이를 제시문과 연관시켜 말하고, 거기서 나온 결론을 토대로 입센의 『인형의 집』을 재조명해 보라'는 질문이 있었다. 순간, 내가 대답할 수 없는 수준임을 깨달았다. 동남아 여성들? 내가 어떻게 안단 말인가? 순간 패닉이 되었다. 대답은 해야겠는데 입이 떨어지지 않았다. 계속 헛소리를 하다가 쫓겨났다.

면접을 마치고 '망했다'라는 생각밖에 떠오르지 않았다. 원서는 서울대 법대만 써놓은 상태라 무조건 재수였다. 만감이 교차했다. 현실의 벽을 실감했고, 앞으로 어떻게 해야 할지 알 수 없었다. 돈이 없어서 논술을 배우지 못했다. 아니 논술이 있다는 것조차 몰랐다. 한국 교육의 허무함을 깨달았다. 누구에게나 동등한 기회를 제공한다고 한다. 내게 그 말은 형식적인 평등이었다. 한국 교육의 허상을 깨닫고 하루 빨리 고쳐야 함을 절실히 깨달았다. 피해는 나로 족했다. 더 이상 제2, 제3의 피해가 나오지 않아야 한다. 깨끗이 털고 일어나 재도전해야 했다. 후회는 없었다. 열심히 했고, 만족했다.

시간이 흘러 최종 합격자 발표가 났다. 마음의 준비는 끝난 상태였다. 서울대 사이트에 들어갔다. "불합격. 합격자 명단에 이름이 없습니다."

Part 03

재수

첫날의 느낌은
그야말로 지옥이었다
숨이 턱 막혀왔다
패배자들의 절망이
학원 전체에 흐르고 있었다

그들은 자신의 실수를 숨겼으며,

그 실수가 동료들에게 어떤 영향을 미칠지에 대해서

말해 주지 않았다

ACT 1

이렇게 하면 필패한다

충격이 가시지 않은 상태에서 졸업식이 다가왔다. 재수생 신분으로 학교에 가고 싶지 않았다. 내겐 불명예 졸업이었고, 수치였다. 친구들, 학교, 선생님들의 기대를 저버린 것 같았다. 어머니는 내게 의연한 모습을 보이라고 했다. 영원한 패배자로 기억되지 말라며. 그랬다. 무너지지 않고 꿋꿋한 기상, 재기하는 모습을 보여주자. 그런 생각으로 학교에 갔다. 패배자의 고독을 절실히 느꼈다. 친구 몇 명이 위로해주었다. 눈물이 울컥 나오려는 것을 참았다. 나보다 강한 친구들이 더없이 고마웠다.

졸업식이 시작되었다. 졸업생 대표는 내신과 수능 3년 전교 1등이었던 내가 아니었다. 나는 마지막 상인 학부모상 대표였다. 우레와 같은 함성과 박수가 들렸다. 학교가 떠나갈 듯했다. 여자애들도 '사랑해요 구본석, 멋있어요 구본석'이라고 환호성을 질렀다. 뿌듯했다.

일명 '구본석 교실'이라는 수업이 있었다. 사교육이 힘든 친구들을 위해 내가 따로 시간을 내 가르쳐 준 수업이었다. 인기가 많아 많은 친구들의 호응이 있었다. 대학을 간 친구들도 여럿 있었고, 나를 스승으로 모시겠다고도 했다. 마이크를 잡고 한 마디를 했다.

— 저 구본석, 아직 안 죽었습니다. 1년 뒤에 다시 살아나 기필코 꿈을 이루도록 하겠습니다. 여러분 앞에 약속드립니다.

다시 한 번 우레와 같은 함성 소리와 휘파람 소리가 여기저기서 터졌다. 화려하지는 않았지만 뜻 깊은 졸업식을 치르고 집에 돌아왔다. 하지만 현실은 쓸쓸했다. 앞길이 막막했다. 다시 일어서겠노라고 큰소리를 쳤지만 답답하기 그지없었다.

앞에서 언급한 내가 진심으로 존경하는 이향복 선생님께서 나를 위해 큰일을 치르셨다. 직접 대전의 재수 학원 중 가장 유명한 제일학원 원장님을 만나 간절히 부탁하셨다. 얘가 돈이 없어 학원을 다닐 형편이 안 되는데, 어떻게 무료로 다니게 해주면 안 되겠냐고 부탁하셨다. 문제가 된다면 학원비는 자신이 부담하겠다고 사정하셨다. 나는 1년간 무료로 수업을 들을 수 있었다. 무시험 전형으로 최고반에 들어갔다. 첫날의 느낌은 그야말로 지옥이었다. 숨이 턱 막혀왔다. 패배자들의 절망이 학원 전체에 흐르고 있었다. 공동묘지에 온 느낌이었다. 다들 눈은 퀭했고, 목소리에도 힘이 없었다. 활력은 온데간데없었다. 참을 수 없었다. 3수, 4수, 5수, 6수도 넘쳐났다. 당장이라도 뛰쳐나가고 싶었다. 사람들이 내게 몰려왔다. 그들과 대화를 했는데 답이 없었다. 소모적인 활동이라는 생각이 엄습했다. 시간아 제발 빨리 흘러가다오. 한탄과 한숨으로 얼룩진 지옥 같은 재수 생활이 시작되었다.

ACT 2

악마의 유혹

3월은 아무것도 하지 못한 상태에서 어이없이 흘려보냈다. 무엇을 했는지 기억도 없었다. 수업은 지루했고, 소득이 없다고 생각했다. 처음으로 수업시간에 잠을 자기도 했다. 이어 쉬는 시간에까지 자기 시작했다. 야간 자율학습도 하지 않았다. 한시라도 빨리 학원을 떠나고 싶었다. 자유를 누리고 싶었다. 자유를 박탈당한 삶에서 그 소중함을 느꼈다. 자기 합리화로 무장하고 자유를 누렸다. 컴퓨터 게임, 예능 프로그램을 보며 웃음을 되찾았다.

학원 재수생들에게 나는 신기한 사람이었다. 서울대 법대 1차에 합격했다는 놈이 학원에 다니니 다들 궁금해 하기 시작했다. 수업에 딴짓하기, 잠자기, 홀로 있기…… 궁금해 할 만했다. 그런 모습을 좋아하는 여자애들이 생기기 시작했다. 꾸미는 방법에도 관심이 늘었다. 공부도 잘했다. 3월 모의고사 1등. 나는 여자애들 사이에서 알고 싶은 남자, 친해지고 싶은 남자, 사귀고 싶은 남자로 통했다. 기분이 나쁘지 않았다. 그 맛으로 하루하루를 보냈다. 그 이미지를 강화하기 위해 노력했다. 학원에서는 되도록 공부를 하지 않았다. 더불어 온갖 유치한 행각이 늘어났다. 뺀질대기, 턱 괴고 수업 듣기, 잠자기, 사색하는 척하기, 어려운 책 독서하는 척하기. 집에서는 몸치장에 한 시간을 보냈다. 학원에 가면 나를 좋아하는 여자애들이 일제히 나를 쳐다보았다. 그 순간이 짜릿했다.

공부가 잘될 리 없었다. 아니 시도조차 안했다. 정말 무서운 것은 죄책감도 느끼지 못했다는 것이었다. 4월 모의고사였다. 대성학원에서 주최한 사설 고사였다. 언어를 풀었다. 아주 쉬웠다. 수리는 더 쉬웠다. 외국어영역은 대성학원 문제집을 거의 복제한 느낌이었다. 사회탐구영역은 말할 것도 없었다. 채점을 했다. 느낌은 좋았지만 만점은 자신 없었다. 언어 100, 수리 100, 외국어 100, 국사 50, 근현대사 50, 법과 사회 50, 경제 50. 나도 모르게 소리를 질렀다.

— 500점 만점이다!!!

채점을 하던 학생들 모두가 나를 일제히 쳐다보았다. 탄성이 터졌다. 쾌감은 이루 말할 수 없었다. 집에 들어와 어머니에게 소리를 질렀다.

— 엄마! 나 전국 1등 했어요. 500점 만점이에요!

어머니도 그제야 마음을 놓으셨나 보다. 내가 다시 기운을 차린 것 같아 보여 좋아하셨다. 고교 시절 한 번도 받아보지 못한 만점이었다. 그날은 잠을 잘 수 없었다.

I awoke one morning and found myself famous.

어느 날 자고 일어나니 유명해졌다.

영국의 대표적 낭만파 시인 바이런이 남긴 유명한 말이다. 그랬다. 다음날 학원에 가니 대스타가 되어 있었다. 사람들이 나를 쳐다보면서 "쟤가 전국 1등이래", "모의고사 500점 맞은 괴물이래"라고 수군댔다. 나는 마음속으로 이렇게 외쳤다. '그래, 더 많이, 더 크게 속삭여라! 내 귀에 들릴 때까지.' 내 이성은…… 꽤 마비되어 있었다. 책상에는 러브레터가 쌓여 있었고, 선물로 가득했다. 몇몇 여자애들은 나를 조용히 불러 사귀자고 고백했다. 신기해서 입이 다물어지지 않았다. 난 고백한 적도 없었고, 더구나 고백을 받은 적도 없었다. 수업 시간에 쪽지도 받았고, 점심을 같이 먹으려고 서로 자리를 찜하기도 했다. 공부를 잘한다는 소문이 퍼지자 더 많은 인기가 몰렸다. 남자애들도 마찬가지였다. 그러나 나는 공부를 하지 않았다. 필요성을 못 느꼈다. 연필을 쥐어본 적도 없는데 만점을 받지 않았던가. 난 자칭 공부를 하지 않는데도 만점을 받는 사람이었다.

그러나 한편으로는 압박을 느낀 상태에서 공부를 한 것이 제 성적을 내지 못한 원인이라는 생각도 들었다. 수능은 사고력 시험이고, 머리 회전이 원활해야 제 실력을 발휘할 수 있는데 머리를 너무 혹사시킨 탓에 제 실력을 발휘하지 못한 것이라고 생각했다. 내게 필요한 것은 충분한 휴식!이라고 단언했다. 그렇게 나는…… 깊은 유혹에 넘어갔다. 잠은 충분히 잤고, 그때부터 지각을 반복하는 버릇이 생겼다. 거의 10시간쯤. 주말에는 철저히 쉬었다. 스트레스를 적체시키지 말자, 머리에 과부하를 걸지 말자……. 재수생인지 대학생인지 구분이 안 되는 생활이었다. 이런 생활 속에서 공부 시간은 채 3시간이 되지 않았다.

여기서 잠깐. 내가 공부를 하지 않고도 성적이 잘 나올 수 있었던 것은 학습 효과의 주기 때문이라고 생각한다. 공부는 당장 효과가 나오지 않는다. 그것이 성적으로 반영되려면 학습을 자기 것으로 만드는 작업이 필요하다. 단기 기억에서 장기 기억으로 변환시키고, 그것을 몸으로 숙달하는 과정이 필요하다. 그 기간은 과학적으로 증명된 것은 없지만 내 경우도 그랬고, 많은 서울대생들도 그 기간을 대략 6개월이라고 보고 있다. 성적이 나오려면 최소 6개월이 걸린다는 말이다. 6개월 전의 나의 학습의 결과일 뿐이었다.

ACT 3

오만과 편견

따뜻한 5월이 되었다. 학원에서 나를 모르는 사람이 없었다. 친구들이 많이 생겼다. 학원이 재미있어지기 시작했다. 저마다 상처를 가졌고, 동병상련의 우정을 키웠다. 나도 그들을 조금이나마 도와줄 생각에 외국어 독해법을 만들었다. 공부를 시작한 사람들이 가장 어려워하는 과목이었다. 고3 때 공부한 구조 독해를 기반으로 논리적 틀을 만들었다. 길지만 혹 여러분에게 도움이 될까 하여 정리해보았다.

지칭 추론

주제와 밀접한 연관을 맺고 있다. 여기서 지칭하고 있는 단어는 그 글의 핵심어이자 주제어일 수밖에 없다. 결국 주제만 찾아낸다면 지칭대상은 주제어이므로 주제어만 따라가면 답은 쉽게 나온다.

문제풀이 전략은 다음과 같이 세우면 된다.

- 주제어를 찾자.
- 대명사의 수를 반드시 확인하자.
- 가리키는 것이 단어인지, 어구인지, 문장인지 반드시 구별하자.

● 가리키는 대상은 반드시 앞에 나오는 만큼 두세 번째의 조건에 맞는 단어를 고르면 지칭 대상을 쉽게 찾을 수 있다.

이 역시 주제 찾기이다.

다음과 같은 패턴을 알고 있으면 글을 쓴 목적을 쉽게 알아낼 수 있다.

● 거절 | However, But, I'm sorry~, I'm afraid~
● 명령 | 어조가 강할 때, 명령문, must, should, have to, ought to, duty
● 충고 | 어조가 약할 때, advise, 가정법
● 의뢰 | please, If you~, I'll be pleased/happy 같은 경우
● 감사 | Thank you for~
● 광고 | 경각심 유발 → 특정 상품 좋은 점 열거 → 마지막 판촉 행위가 답이다.

빈칸 추론, 주제, 요지, 주장 등

주제를 찾으면 쉽게 해결되는 문제이므로 주제를 찾는 연습에 신중하면 쉽게 풀 수 있다.

필자의 심경, 분위기

이 문제는 비문학적이기보다는 오히려 문학적인 글이 제시되기 때문에 어쩌면 어렵게 느껴질 수 있다. 등장인물에 주목하면 답이 쉽게 풀린다.

❶ 하나일 경우 | 그 글은 대단히 사색적인 글로, 자신의 독백이 반복된다. 독백은 동적 행위보다는 정적 심정에서 비롯되는 것이고, 일관되게 글 속에 나타난다. 심정을 표현하는 말은 형용사의 형태로 표현된다는 것을 알아야 한다. 또한 이 글은 외적 배경과 행동이 내적 심정에 종속되기 때문에 언급된 외적 요소가 등장인물의 내적 심정과 어떠한 관계를 맺고 있는지 주목해야 한다. 더욱 중요한 것은 심정을 나타내는 형용사에 주목하여 심정을 추론하되 그것이 긍정적인 심정인지, 부정적인 심정인지의 이항 대립을 전개해야 한다는 점이다.

❷ 둘 이상일 경우 | 둘 이상이 나온 경우는 무엇보다 그 등장인물들 간에 벌어지는 사건, 다시 말해 그들을 맺어 주는 연결 고리를 찾아야 한다. 분명히 사건이 벌어진다. 그리고 그 사건에 대한 주인공의 심정 및 태도가 나오게 된다. 이러한 2가지 구조에 주목하면 된다.

❸ 없는 경우 | 등장인물이 나오지 않는 경우는 100% 배경 묘사이다. 그렇다면 먼저 배경이 긍정적인지 부정적인지 파악하는 것이 필요하다. 그 후에 배경을 묘사하는 각종 수식어(특히 형용사)에 주목하고 정답을 찾아가면 된다. 부정적인 것은 거의 황량하고, 쓸쓸하고, 무섭고, 극도로 긴급한 것이 될 것이고, 긍정적인 것은 평화롭고, 편안하고, 조용하고, 기쁘고, 흥분된 것이 답으로 처리된다.

접속사 채워 넣기
구조 추론

접속사를 채워 넣는 문제를 만났을 때는 그 접속사가 어떤 의미를 가지는 것인지 확인해야 한다.

❶ 순접 | And, In addition, Plus 등

❷ 역접 | But, However, while, On the other hand, On the contrary, On the other side, whereas 등

❸ 응결(정리) | So, Thus, Therefore, Accordingly, Hence, Consequently, For this[that] reason, So that 등

❹ 부연 | That is, In other words, Namely 등

❺ 예시 | For example, For instance 등

이 정도의 접속사만 알고 지문을 논리적으로 분석하여 추상과 구체의 논리에 따라 접속사가 들어갈 문장이 그 앞 문장에 비해 구체적이라면 부연과 예시의 접속사가 사용될 것이다. 그렇지 않다면 순접, 역접, 응결 중에서 선택해야 하는데, 앞 문장과 전혀 다르지만 이어지는 내용이 나오면 순접이 나와야 한다. 앞 문장과 정반대의 내용이 나오면 역접이 나와야 하는 것은 당연하다. 앞 문장과 같은 이야기를 하고 있지만 앞 문장보다 추상적일 경우에는 응결의 접속사가 들어가야 한다.

문장 끼워 넣기
구조 추론의 변형 1

이 역시 구조 추론의 연장선상에 있다고 봐야 한다. 특히 문장 간 선후관계가 상당하기 때문에 대명사 또는 지시사, 관사, 특정 부사라든지, 시간적 전개, 비교/대조 구문이 문제풀이의 키포인트가 된다. 무엇보다 여기에서는 전제 추리, 결론 추리를 요구하기 때문에 일정 수준 이상의 논리적 사고능력의 배양이 필요하다.

순서 배열하기
구조 추론의 변형 2

순서 배열은 구조 추론의 변형으로서

전제 추리와 결론 추리의 결합으로 해결할 수 있다. 보통 3~4세트의 지문이 주어지는데, 각 세트의 지문에서 맨 앞 문장과 맨 뒤 문장을 빠르게 체크한다.

맨 앞 문장을 보고서는 전제 추리를 한다. 맨 앞 문장을 보고 그 문장이 나오기 위해 꼭 필요한 전제가 있어야 한다면 그 단락은 제일 앞의 순서가 될 수 없다. 마찬가지로 맨 뒤 문장을 보고서는 결론 추리를 한다. 맨 뒤 문장을 보고 꼭 필요한 결론이 나오지 않았다면 그 단락은 제일 마지막이 될 수 없다. 이런 식으로 각 단락의 맨 앞 문장과 맨 뒤 문장을 보고서 연관 관계를 생각해 준다면 이 유형의 문제도 그리 어렵지 않음을 알 수 있다.

이렇게 남을 위한 공부만 하다가 5월 모의고사가 찾아왔다. 성적이 떨어질 것이 분명했다. 언어 시험을 봤다. 4월에 언어가 쉽게 느껴졌던 이유가 어려운 책을 많이 읽어서라고 생각해서인지 그동안 책만 읽었다. 푸코, 라캉, 데리다의 책들을 섭렵(?)했고, 그래서인지 지문이 너무 쉽게 느껴졌다. 수리와 외국어 시험은 남의 공부를 봐주고 과외도 해주는 과정에서 그나마 배운 것이 있었는지 어렵지 않게 풀 수 있었다. 사회탐구. 역시 어렵지 않았다. 채점을 시작했다. 언어 100, 수리 100, 외국어 100, 국사 50, 근현대사 50, 법과 사회 50, 경제 48. 총점 498점. 경제에서 한 문제를 틀리는 기염을 토했다. 친구들과 형, 누나들이 진심으로 축하해주었다.

그러나 그것이 불행의 씨앗이었음을 눈치 챈 사람은 아무도 없었다. 정신을 차릴 기회를 놓친 것이다. 다시 예전의 흐트러진 모습으로 돌아갔다. 자습도 무의미하다고 생각했고, 집에서는 문화생활을 즐겼다. 아무도 간섭하지 않았다. 이게 어디 사람 사는 모습인가. 공부하는 기계지. 이제 나도 인간답게 살자. 사랑도 해보고 친구와의 추억도 쌓자. 당연히 누려야 할 내 권리를 되찾자…….

ACT 4

언어

5월에는 청춘의 병을 심하게 앓았고, 어쩔 수 없이 시간을 고스란히 허송세월했다. 여파가 가시지 않았지만 그동안 잃었던 감을 복원하려고 발버둥쳤다. 6월 모의고사 준비를 위해 특별 전략을 강구했다. 경험에 비추어보았을 때 언어영역에는 일정 패턴이 있었다. 전략을 잘 짠다면 공부량이 적어도 성적을 낼 수 있을 것 같았다. 언어영역은 내용은 달랐지만 같은 구조가 반복 출제된다. 따라서 일정한 구조를 정리, 그 특성을 밝혀 각 구조에 대한 독해법을 만들면 승산이 있었다. 나는 다음과 같이 정리했다. 역시 길지만 여러분에게 작은 도움이 될 것으로 생각한다.

우선 비문학에서는 서론이 중요함을 알았다. 흔히 서론, 머리말을 대수롭지 않게 생각하지만 글을 이해하는 첫 방향이다. 독해에서 나침반 역할을 한다. 그렇다면 여기서 무엇을 끌어내야 하는가? 3가지 정도의 키워드로 정리할 수 있다.

What

무엇이 중심 소재인가의 문제이다. 중심 소재는 하나이다. 그것에 대한 것이 주제이자 주장이다. 그것은 단어로 표현될 수도, 구문으로 표현될 수도, 하나의 문장으로 표현될 수도 있다. 그것이 무엇인지 파악하는 좋은 방법은 가장 많이 반복되는 것, 그것이 바로 중심 소재이다.

Why

중심 소재를 통한 주장이나 설명이 왜 중요한가에 대한 것이다. 쉽게 말하면 글의 주장(설명)이 어떤 의미를 갖고 있느냐는 것을 말한다. 그 중요성은 글의 주제와 밀접한 관련을 맺고 있고, 주로 설명문의 하단에 많이 나타난다.

How

설명 방식. 앞으로 어떤 방식으로 글을 전개할 것인가에 대한 암시이다. 서론, 머리말에서 방식을 끌어낼 수 있다면 글을 쉽고 체계적으로 이해할 수 있다. 서론, 머리말에서 사용하는 방식은 글 전체의 설명 방식이다.

전개 방식도 중요하다. 글을 평면적으로만 읽으면 매끄럽지 않고 정리가 힘들다. 전개 방식을 빠르게 간파하고 분석틀을 통해 읽으면 용이하다. 점수를 좌우하는 2가지 요소인 정확도와 속도라는 두 마리 토끼를 한꺼번에 잡을 수 있다.

정의, 개념이 중요하다

글쓴이는 반드시 용어에 대한 개념 정리를 시작한다. 명시적으로 표현하는 경우도 있고, 묵시적으로 정리하기도 한다. 정의와 개념이 없는 글은 없다. 개념 정리를 하지 않고 들어가는 글은 완성된 글도 아니요, 좋은 글도 아니기 때문에 절대 수능에서 출제될 수 없다. 정의는 크게 3가지 면에서 중요하다. 첫째, 대상을 명확히 해준다. 둘째, 그 대상의 여러 의미 중 해당 지문에서만 사용하는 의미와 그 글의 의미를 간명하게 만드는 역할을 한다. 셋째, 대전제로서 글의 전체적인 방향을 암시해준다. 그러므로 정의를 정복하기 위해서는 개념 정리 차원에서 의미 단위들로 판단되는 요소들을 개념 징표로 삼는다. 예를 들면 '도상은 대상체와 유사한 기호를 의미한다'라는 정의가 있다고 치자. 그러면 개념 징표는 '기호' + '대상'과 유사하다. 이런 식으로 개념 징표를 나누어 글을 다루면 글이 더 명료하게 다가오고 문제를 푸는 데도 결정적 도움을 줄 것이라고 생각했다.

분류가 중요하다

어떤 대상을 이해할 때 범주화(categorization)시켜서 이해하면 본질을 보다 잘 이해할 수 있다. 대상의 구성 요소나 여러 측면을 다각적으로 분석하면 대상의 본질이 더욱 잘 드러나고, 전체적인 면을 종합하여 다룰 수 있게 된다. 분류에서 가장 중요한 것은 기준이다! 어떤 대상을 분류해서 설명하고 있다면 그것을 이해하기에 앞서 기준부터 찾아야 한다. 대상을 그런 식으로 분류한 이유가 곧 기준이 되며, 그 기준이 주제와 밀접한 관련을 가진다.

과정(시간적 전개) 인과가 중요하다

동태적 설명 방식이다. 양태가 시간에 따라 변화하거나 논리 구조가 일정 순서를 따르는 것이다. 시간에 따라 변화하는 모습을 관찰하고, 이를 토대로 변화하는 양상을 종합하여 본질적인 모습을 추론하는 것이 중요하다. 이것이 과정의 본질이다. 아울러 그것보다 중요한 것은 그 모습이 변화하게 된 계기나 이유를 분석하는 것이다. 다시 말해 어떤 계기였는지, 그 인과관계를 밝히는 것이 중요하다. 계기는 주제와 밀접한 관계에 있기 때문이다. 인과적 사고방식은 현상의 원리를 명료하게 이해할 수 있는 사고틀이 된다.

비교, 대조가 중요하다
(장점, 단점)

개념은 그 자체로 잘 이해되지 않는 측면이 있다. 하나의 개념을 다른 개념과 병치하면 큰 도움이 된다. 유사한 것들과 동일 선상에서 대상을 이해하고, 대상과 확연히 대립되는 것들을 병치시키면 명확하게 이해된다. 비교, 대조에도 기준이 중요하다. 유사와 대립이 각각 어떤 기준에서 유사하고 대립이 되는지 알아야 한다. 또 하나 중요한 것은 장단점에 대한 서술이다. 이것도 비교 대조와 연결시켜서 생각하지 않을 수 없다. 대상의 장단점에 대한 설명은 대상의 특성에 대한 체계적인 설명이다. 논설문은 이를 분석하면서 장점을 취하고 단점을 개선하는 방향으로 나아가기 때문이다.

유추
일반화가 중요하다

구체적인 것으로 추상적인 결론을 도출하는 방식이다. 소위 대응이다. 구체적이고 이해하기 쉬운 원리로 대상을 설명하는데, 이것은 저자가 가장 설명하고 싶은 대상과 대응된다. 대응을 통해 추상적이고 이해하기 어려운 원리가 쉽게 이해된다. 어려운 글일수록 유추를 많이 사용하며, 이 원리를 제대로 이해하고 있다면 어려운 글이라도 쉽게 이해할 수 있는 힘이 길러진다.

구조적 이해가 중요하다

크게 추상성과 구체성의 관계, 전제와 결론의 논리 구조 2가지로 정리된다.

❶ 추상성과 구체성 | 모든 글은 추상적인 내용과 구체적인 내용으로 구분된다. 후자는 전자를 뒷받침해주는 역할을 한다. 글쓴이가 설명하거나 주장하려는 내용은 추상적인 경우가 많다. 그러나 추상적인 내용만으로는 그 글을 이해하는 사람이 아무도 없을 것이다. 글쓴이는 독자를 이해시키기 위해 구체적인 내용을 적절히 제시하면서 추상적인 내용을 뒷받침할 것이다. 그러므로 추상적이면 추상적일수록 말하고자 하는 바와 근접하며, 구체적인 내용은 추상적인 내용을 뒷받침하는 이유로 존재한다.

❷ 전제와 결론 | 모든 결론에는 반드시 결론을 도출하기 위한 전제가 있다. 전제 없는 결론은 존재하지 않는다. 오직 개념 정의에서만 전제 없는 결론이 가능하며, 나머지 명제는 모두 전제와 결론 구조로 이루어져 있다. 문단과 문단의 구조마저 각 전제와 결론 구조로 연결된다. 심지어 개념 정의마저 글쓴이가 말하고자 하는 핵심 전제가 된다. 글이 논리적 구조를 취하고 있다면 전제가 없을 수 없고, 그것이 글의 완성도를 좌우하는 중추적 요소가 된다. 그러므로 글을 전제와 결론으로 나누고,

결론을 이해하기 위한 전제는 무엇이며, 그로부터 어떤 결론을 어떻게 도출했는지 이해하는 것이 필수적이다.

비문학 전반, 특히 논설문의 구조는 항상 동일한 구조를 가진다는 것을 알았다. 구조만 알고 있으면 어떠한 논설문 지문을 보더라도 빠르게 머릿속에 정리가 될 수 있다.

- 서론(관심 집중) | 문제 제기
- 본론(현상) | 원인, 문제점 → 해결 방안
- 결론(요약 및 정리)

이 3단계 틀에 맞추어서 글을 이해하면 체계적으로 정확하고 빠른 시간 내에 독해할 수 있다. 이 원리는 쓰기영역에서도 큰 도움이 되었다.

중요한 것은 원인과 해결 방안이 1:1 대응 구조라는 것이다. 원인으로 보이는 것은 반드시 그 원인의 해결 방안으로 나타난다. 1:1 대응은 논설문의 핵심적 요소라고 할 수 있다.

그리고 논설문에서 많이 쓰이는 논지 전개 방식이 있다. 크게 5가지로 정리할 수 있다.

- 일반적 통념에 대한 문제 제기
- 예상 반론을 반박하면서 주장을 강화(반박, 재반박 구조)

● 여러 분야의 구체적인 사례

● 문제점을 지적하고 그에 대한 원인 분석

● 자문자답

또한 설명문에도 일정한 구조적 패턴이 있음을 알았다.

● 머리말(유래, 역사적 기원) | 정의, 개념

● 본문(구성 요소) | 원리, 특성(장/단점)

● 맺음말 | 요약 및 제언

언어영역의 구조적 패턴을 이해하니까 글이 훨씬 매끄럽게 보였다. 집중적인 학습이 이루어지니 자신감이 생겼다.

ACT 5

문학

글쓴이의 주장이 담겨 있다는 점에서 문학도 논설문과 본질적인 면에서 다를 것이 없다. 문학을 이해하기에 앞서 이것도 논설문의 일종이며, 형식만 달리한다고 생각하면 문학에 대한 막연한 두려움에서 벗어날 수 있다. 문학은 오히려 논설문보다 쉬웠다. 대부분 미괄식 구조를 취하고 있고, 앞에 설정된 문학적 장치들은 전제로 작용한다. 마지막 부분은 그 전제로부터 도출된 주장이라고 할 수 있다. 문학적 장치와 글쓴이의 주장은 밀접한 연관을 갖는다고 할 수 있다. 문학 장르별로 접근 방법을 기출문제를 통해 분석해보았다.

시(詩)

❶ 비문학처럼 독해한다 | 시는 가장 주관적이며 감정적인 장르로, 대부분 작가의 감정을 이해하려고 다양한 감상을 시도한다. 그러나 수능에서만큼은 그러한 감상이 좋지 않다. 수능은 보편적이고 객관적인 것을 묻기 때문에 자칫 잘못된 주관적 감정에 빠지면 오해의 가능성이 커진다. 시 역시 주관적 감상을 배제하고 객관적이고 논리적으로 독해한다. 연을 하나의 문단으로 파악하고, 글의 의미를 문리적으로 해석하는 데 초점을 맞춘다.

❷ 연 사이의 논리적 구조 파악 | 연의 마지막 행은 연의 소주제이며, 앞의 행들은 소주제의 전제이다. 소주제들을 엮어 저자의 의도를 도출할 수 있다. 이 점에서 논설문과 같다. 행과 행 사이, 연과 연 사이의 논리적 구조를 파악하면 글쓴이가 말하고자 하는 바를 쉽게 이해할 수 있다.

❸ 제시문을 통한 의미 추론 | 문리적인 해석만으로는 진짜 의도를 파악해낼 수 없다. 굳이 시를 쓴 이유가 드러나지 않는다. 그렇다고 그 의미를 마음대로 부여해서는 안 된다. 수능은 보기문, 제시문, 참고 자료들을 제공하여 글쓴이의 진짜 의도를 파악할 수 있도록 하고 있다. 자의적인 해석은 금물이며, 문제에서 제시한 바에 따라 논리적인 의미를 부여해야 한다.

소설

❶ 인물의 중요성 | 비문학에서 개념 정의가 기본적인 출발점이었다면 소설에서는 인물이 가장 기본적이고 핵심적인 요소이다. 글쓴이는 자신이 말하려는 것을 이야기로 구성한다. 그것을 엮어나가는 것은 인물이다. 인물 없이는 글쓴이의 주장이 불가능하다.

- 인물의 특성 파악 | 글쓴이는 인물을 아무렇게나 설정하지 않는다. 인물의 성격, 배경, 사회적 위치, 외양 등 모든 특성들은 이야기의 필수 요소이다. 어느 하나도 간과할 수 없다. 인물의 특성을 파악해내는 것만으로도 글쓴이의 의도를 추론할 수 있고, 이야기를 이해하는 커다란 방향을 알아낼 수 있다. 그러므로 각 인물마다 각각의 기호를 설정하여 글을 따라가면 특성을 쉽게 정리할 수 있다. 인물이 많이 등장하는 고전문학에서는 더없이 중요하다.

● 인물이 맺은 관계 | 글쓴이는 인물들의 관계를 통해 이야기를 전개한다. 이것은 인물의 특성 못지않게 중요하며, 인물의 이해란 이 두 가지 모두를 이해하는 것을 뜻한다. 인물의 특성을 파악하고, 인물들 간의 관계를 이해하는 작업이 인물 이해의 핵심적 요소이다. 따라서 각 인물들이 맺고 있는 관계에 따라 기호를 부여하고, 그들의 관계망을 그려보는 작업이 도움이 된다. 예를 들어, 주인공은 ○, 그와 사랑하는 관계는 ♡, 주인공과 대립적인 인물은 X, 주인공의 보조 인물은 □, 대립 인물의 보조적 인물은 △, 중립적인 인물은 ◇…… 이런 식으로 인물과 그 관계가 눈에 들어오게 기호를 그리는 방식을 썼다.

● 갈등 구조 = 주제 | 소설은 갈등의 문학이라고 한다. 갈등 속에서 그 갈등을 해결하는 과정이 소설의 주제라고 할 수 있다. 갈등은 내적 갈등이거나 외적 갈등일 수 있다. 중요한 것은 갈등을 어떻게 대처하여 해결하는지이다. 그것이 곧 작가가 말하고자 하는 주제 의식과 연결된다.

● 사건, 태도의 이중적 구조 | 인물이 어떤 사건에서 벌이는 태도나 행동은 작가의 주제 의식과 밀접하게 연관된다. 작가는 그 태도나 행동을 유발하기 위해 의도적으로 사건을 유발한다. 사건은 전제라고 할 수 있고, 그 사건에서 벌이는 인물의 태도는 결론이라고 할 수 있다. 그러므로 모든 소설은 사건과 태도의 이분법적 구조로 나눌 수 있다. 사건이 다양함은 당연한 일이며, 대체

로 마지막 사건과 태도에서 글쓴이의 주제가 드러난다.

극, 시나리오

❶ 독해법은 소설과 같다 | 극, 시나리오는 개연성을 본질로 한다는 면에서 소설과 다를 것이 없다. 다만 그 형식이 미세하게 다를 뿐이다. 그러므로 극, 시나리오를 별개의 장르로 구분하지 말고 소설처럼 독해하고, 하나의 장면(scene)이 하나의 사건을 이룬다는 것을 알면 소설보다 수월하게 이해할 수 있다.

❷ 용어 정리 | 극과 시나리오에는 특유의 용어들이 존재한다. 글의 이해에서 핵심적인 요소를 차지하지는 않지만 공연을 목적으로 하는 시각적 장르이기 때문에 용어를 알아야만 본질을 이해할 수 있다. 반드시 이 부분이 출제되기 때문에 용어를 한 번 정리하면 좋다.

수필

❶ 구조 파악(유추, 일반화의 본질) | 수필은 일상적인 경험이나 일화, 구체적인 사안에 대해 편하게 서술하면서 그 속에서 삶의 진리를 깨닫는 것을 목적으로 하는 장르이다. 크게 두 가지 구조로 나눌 수 있다. 앞부분의 구체적인 일화, 뒷부분의 추상적 교훈이나 삶의 진리. 구체적이고 일상적인 이야기에서 교훈을

도출하기 위해서는 반드시 유추, 일반화의 기법이 쓰이기 마련이다. 유추, 일반화 하나만 제대로 알면 수필은 쉽게 정복할 수 있다.

문학도 나름 완벽한 분석을 마치자 언어 점수는 천하무적이었고, 6월 모의고사에서 전체 1등급을 받았다. 어느덧 더운 여름이 되었고, 달력은 7월을 가리켰다. "생일 축하합니다. 사랑하는 우리 본석, 생일 축하합니다……." 7월 6일. 한 번도 제대로 생일 축하를 받은 적이 없기 때문에 기대도 없었다. 반 전체가 깜짝 생일파티를 해주었다. 감동에 온몸이 짜릿했다. 정말 한 가족이었다. 선물도 쌓여 있었다. 그중에서 가장 값진 것이 있었다. 바로 사랑이었다. 친구 간의 사랑 그 이상이었다. 가족 같은 사랑이었다. 이후로 우정이 돈독해져서 가끔 공부가 안 되면 같이 술을 마시러 나갔다. 또 화합을 도모할 놀이가 필요했다. 당구와 스타크래프트를 시작했다. 그 맛이 쏠쏠해서 자습 중간에 일탈했고, 실력이 200까지 늘었다. 또 스타크래프트가 유행이었고, 점차 승부욕이 발동해서 연습하기에 바빴다. 그렇게 시간을 허비했고, 1학기 동안 한 것이 하나도 없었다. 문제집 한 권도 풀지 않았다. 3월은 한탄, 4월은 자만, 5월은 남의 공부를 도와준 것뿐이었다. 담임선생님께 8월 한 달을 쉬겠다고 말씀드렸다. 개념 공부를 제대로 해보기로 했다. 한 달 동안 개념을 잡기로 했다.

교과서 공부법

여름방학엔 많은 공부를 하지 못했다. 언어에 대해서는 어느 정도 자신감이 생겼으므로 고3 여름 무렵 때 내가 어떻게 공부했나를 되짚어보면서 그것을 다음과 같이 체계적으로 정리해보았다.

교과서 공부법

❶ 차례 보기 | 수학은 교과서와 기출문제만 있으면 마스터할 수 있다. 그중에서 교과서는 아주 중요하다. 수능 수학은 교과서로 시작해서 기출문제로 완성되고, 다시 교과서로 정리되는 과정이다. 그중에서도 목차를 암기하는 것이 가장 중요하다. 목차는 나무줄기와 나침반에 비유할 수 있다.

● 인물의 특성 파악 | 나무줄기인 까닭은 개념 정리의 뼈대가 되기 때문이다. 목차를 암기하고 개념을 정리하면 체계적으로 정리되어 아주 효과적이다. 또한 각 대단원과 소단원의 배열 구조는 임의적이 아니라 논리적인 구성을 가지고 있다. 예를 들어 보자. 수1 첫 단원은 지수이다. 중학교 때 배운 자연수 지수 법칙을 상

기하면서 이를 토대로 정수 지수로의 확장을 시도한다. 이를 토대로 정수 지수 법칙이 성립할 수 있음이 보인다. 그런데 갑자기 거듭제곱근이 등장한다. 의문이다. 왜 갑자기 거듭제곱근인가. 그렇다. 거듭제곱근과 그 성질은 바로 뒤의 유리수 지수로 확장하기 위한 중요한 전제이다. 유리수 지수로 확장되면 이전에 밝혔던 것을 토대로 유리수 지수 법칙이 성립하는 것을 밝히게 되고, 무리수 지수 법칙은 실수 지수 법칙으로 확장되는 구조로 끝난다. 뒤에서 지수의 정의를 토대로 로그를 정의하고, 지수 법칙을 통해 로그의 성질을 밝힌다. 이처럼 단원 구조는 정교하게 논리적으로 구성되어 있다. 수학은 공리를 기초로 하여 각각의 정리를 밝히는 유클리드의 논리를 따르고 있기 때문이다.

● 나침반인 이유도 명백하다. 실전 문제를 접하고 개념이 생각나지 않을 때가 있다. 어떤 단원의 개념을 물어보고 있는지 모를 때도 있다. 이때 암기했던 목차를 떠올리면 논리에 따라 이 문제가 무엇을 물어보는지 알 수 있다. 부가적인 효과로는 단원 통합문제에서도 당황하지 않게 된다. 여러 단원이 복합적으로 묶인 문제는 무엇을 물어보는지 모를 경우가 많은데 목차를 암기하면 핵심적인 개념을 담을 수 있기 때문에 구성 부분을 곧 파악할 수 있다.

❷ 도입부의 의미 | 보통 각 단원의 도입부에는 유명한 수학자, 각 단원의 의미나 일화를 소개하는 경우가 많다. 작은 예시 문제도 종종 보인다. 개념 이해를 위한 좋은 교두보이고, 중요한 의

미를 담고 있다. 대부분 그 단원을 왜 배우는지 모르는 경우가 많다. 그 의미를 알면 단원의 본질을 파악하기 쉽다. 예를 들어 수열 단원의 도입부에는, 규칙이 없어 보이는 자연계에 규칙이 존재하며, 그 규칙을 찾는 것이 수열 단원을 배우는 이유라고 설명한다. 그렇다. 이 단원을 배우는 이유는 등차수열의 일반항, 등비수열의 합의 공식, 점화식 유형을 배우기 위한 것이 아니라 바로 불규칙적으로 보이는 수들의 나열에서 배열의 규칙성을 파악하는 것이다. 등차수열, 등비수열 등은 단지 기초적인 수열의 예로서 배우는 것이다. 학습 목표를 암기하면 단원의 본질을 쉽게 파악할 수 있다.

❸ 증명, 개념 유도 과정의 이해 | 교과서 공부법의 핵심이다. 교과서에는 개념이 도출되는 과정, 정리가 성립되는 증명 과정이 일일이 소개되어 있다. 귀찮고 힘든 작업이기 때문에 대부분 최종 정리된 공식만을 암기하고 넘어간다. 하지만 수능에서는 결코 공식에 숫자만 집어넣어 정답이 나오는 문제는 없다. 변별력을 가르는 고득점 문제의 경우에는 공식보다 공식을 유도하는 과정을 물어본다. 개념을 유도하는 과정에서 개념의 본질을 깨닫게 된다. 다른 단계로 넘어가는 과정에 필요한 필수 개념을 놓치지 않게 되며, 수학적 엄밀성을 기를 수 있다. 과정을 이해하는 공부를 하다 보면 공식을 잊어버려도 단원에서 막히는 일이 없다. 마지막으로 증명과 개념 유도 과정을 학습하는 습관을 기르면 각 단원의 중요성을 알게 되어 예상 문제를 파

악하게 되고, 응용력이 좋아져 문제를 쉽게 풀거나 다양한 문제풀이법을 확보할 수 있다.

❹ 예제 문제의 진실 | 예제 문제에는 진실이 숨겨져 있다. 말 그대로 각 단원의 문제 중 가장 기본적인 문제이다. 예제 문제만을 추적해 보아도 각 단원에서 중요하게 다루는 부분을 짐작할 수 있다. 교과서에는 예제를 직접 풀어주는 과정이 있다. 여기서 문제를 어떻게 풀어가는지를 주목하라. 그 풀이가 정석이다. 이를 잘 파악하면 수능이 무엇을 요구하고 있는지 알 수 있다. 출제위원들은 유제 문제의 형식과 풀이에 착안하여 문제를 내는 경향이 높다. 이에 대한 대비가 철저해야 한다.

❺ 단원 심화와 기출문제의 연계성 | 교과서에서 부차적으로 제시한 단원 심화를 넘어가는 경향이 있다. 나중에 수능에서 한탄하는 경우가 없지 않다. 슬쩍 던져준 단원 심화 내용이 고스란히 수능 문제에 출제되기 때문이다. 출제위원 입장에서는 이보다 더 좋은 문제를 찾아보기 힘들다. 그런 문제들이 여러 번 출제되었다. 예를 들어 수열 단원에는 제논의 역설이 단원 심화로 소개되어 있다. 제논의 역설은 수능에서 무려 두 문제나 출제되었다. 또 등비수열 단원을 응용한 문제도 두 문제나 출제되었다. 단원 심화 내용이 나오면 그냥 넘어가지 말고 심도 있게 공부한다. 올해 교과과정이 전면 개정되면서 그 내용도 갱신될 것이고, 수능 문제로 나올 가능성이 매우 높다.

⑥ 단원 통합 안목 기르기 | 수능이 갈수록 어려워지면서 단원 통합으로 난이도를 조절하는 추세에 있다. 교과 과정이 개편되면서 단원 통합적 요소가 늘어났기 때문에 더 이상 방관할 수 없다. 놀라운 것은 단원 통합을 기르는 최고의 방법이 교과서에 숨겨져 있다는 사실이다. 교과서를 꼼꼼히 읽다보면 단원이 통합될 수 있는 여지가 많다. 일례로, 경우의 수 단원에서 종종 수열의 개념을 응용하곤 한다. 역으로, 수열을 경우의 수의 개념으로 바꾸어서 생각할 수 없을까를 고민하면 놀랍게도 등차수열의 합의 원리가 조합과 파스칼의 삼각형과 이어진다는 것을 알 수 있다. 이것을 더욱 넓혀서 미분으로 수열의 합을 구해내는 방법도 있다. 이는 실제로 수능 기출문제에서 다른 형태로 암시된 바 있다. 다른 예로, 수열을 정의역이 자연수인 함수로 생각해보자는 서술이 교과서에 보인다. 그렇다면 수열을 모두 함수로 바꾸어서 생각할 수 있고, 그렇다 보면 등차수열이 일차함수로, 등비수열이 지수함수 등으로 표현될 수 있음을 알 수 있다. 함수의 기울기와 등차가 같다는 사실도 어렵지 않게 알 수 있다. 함수적 관점에서 다른 단원을 살펴보는 것은 더 일반적이다. 예를 들어 유리수가 보이면 이를 y의 증가량/x의 증가량으로 치환해서 생각하고, 그것을 기울기에 관한 그래프로 바꾸어놓고 생각하면 그 변이 양상이 새롭게 다가옴을 느낄 수가 있다. 그것이 기울기와 관련되어 있기에 미분을 사용해서 그 단원을 재조명하는 습관을 기를 수도 있다.

기출문제 공부법

❶ 기출문제 일별 | 교과서를 위의 단계로 충분히 학습했고, 기본적인 문제집을 3권 이상 푼 상태가 되었다면 기출문제를 풀어보는 것이 좋다. 대부분 기출문제를 수능을 앞두고 총정리하려고 아끼거나, 자기 수준이 기출문제를 풀 수 없을 것이라고 생각하여 주저하는 경향이 있는데 잘못된 생각이다. 개념 정리의 진정한 마무리는 교과서로 이어질 것이고, 기출문제를 보고 분석하는 작업이 끝나야 비로소 개념 정리를 완성할 수 있기 때문이다. 기출문제는 하나하나 분석할 생각을 하지 말고 처음부터 끝까지 실전처럼 시간을 정하고 풀 것을 추천한다. 이것은 실전 감각을 익히는 데 아주 효과적이고, 어떤 점이 어렵고 어떤 문제 형식이 어렵게 다가오는지 체감할 수 있기 때문이다.

❷ 교과서 개념을 피드백한다 | 기출문제는 교과서 개념을 피드백하는 것이 중요하다. 포인트를 두고 있는 부분을 중심으로 교과서 개념을 재정리한다. 시간이 많이 걸리고 지루한 작업일지 모르나 필수적이다. 그래야만 출제위원들의 의도를 파악해낼 수 있다. 개념이나 사고방식을 파악하는 데 이것보다 좋은 방법이 없다고 장담한다.

❸ 발견적 추론 | 수학 문제가 가장 선호하는 사고력은 발견적 추론이다. 쉽게 말하면 아주 쉬운 예를 통해 공통적인 속성을 묶

어 일반화하는 방식이다. 이를 귀납적 추론이라고 한다. 수능 기출문제에서 요구하는 발견적 추론은 추상적인 형태로 이루어지는 것이 아니라 정해진 논리적 구조가 있다는 사실이다.

- 1단계: 가장 쉬운 예가 나온다. 일례로, 수열에서는 수열의 첫 항, 도형에서는 가장 쉬운 삼각형의 예, 주기에서는 한 바퀴 돌기 전에 어느 위치에 존재하는지 등이다. 중요한 힌트이다. 문제의 논리적 접근을 어떤 방향으로 시도할지 파악할 수 있다.

- 2단계: 가장 쉬운 예를 주고, 다음 단계의 예를 준다. 이 순간이 중요하다. 이 과정에서 Input이 어떻게 변화하고, 그 Input에 따라 Output이 어떻게 변화하는지 그 변화 양태를 추적하는 것이 중요하다. 양태를 추적하면 일반화가 가능하다.

- 3단계: 1단계와 2단계를 종합해서 일반화를 유도한다. 이 논리적 과정을 밟지 않으면 쉽게 이끌어낼 수 있는 것이 아니다. 막혔을 경우에는 1단계와 2단계로 돌아와 일반화를 시도하는 것이 중요하다. 거칠게 말해서 수능의 모든 문제는 귀납적 추론으로 접근할 수 있다. 그리고 한 문제의 절반 이상이 귀납적 추론을 직접 겨냥한 문제라고 할 수 있다. 이전의 모든 기출문제를 통해 훈련하는 작업이 필요하다.

❶ 연역적 추론 | 수학은 연역 추론의 학문이다. 수학의 모든 논리

구조는 연역 추론에서 나온다. 연역 추론에 익숙해지는 것은 수학을 잘하는 지름길이다. 연역 추론은 대전제 → 소전제 → 결론의 구조를 가진다. 연역 추론은 질문에서 시작된다. 질문에서 물어보는 개념 요소를 자신이 알고 있는 수학의 개념 요소로 전환한다. 전환한 수학의 명제들이 곧 대전제이다. 문제에서 물어보고 있는 구체적 사안들은 소전제이다. 그것은 문제 형식에 따라 변하는 논리적 구조로 이루어져 있다. 일반적인 대전제의 명제들과 해당 사안에서의 특수한 소전제적 개념 요소를 조합해서 결론을 이끌어 내는 구조이다.

❷ 변증법적 추론 | 수능 문제에서 의외로 자주 사용되는 논리 구조이다. 변증법이 정반합의 논리적 구성을 띠고 있음은 주지의 사실이다. 수학문제에서는 어떻게 활용되고 있는가. 먼저 하나의 쉬운 예를 준다. 그것은 참인 명제이거나, 혹은 적어도 일반화 명제와 인과적 상관관계를 지닌 명제임은 쉽게 알 수 있다. 이어 다른 예시를 던진다. 그러나 이 예시는 귀납법처럼 전 단계에서 한 단계 더 나아간 논리적 구조를 취하지 않는다. 전 단계의 예시와 동렬에 있는 예시이다. 수능에서는 절대 동일한 의미의 예시를 반복하지 않는다. 두 가지 유사한 예는 각각 차이점이 있고, 그것이 문제를 푸는 열쇠이다. 여기서 둘 사이의 미세한 차이점을 면밀히 탐색해야 한다. 차이점을 찾았다면 결론의 참과 거짓을 좌우하는 핵심 요소를 일반화시킨다. 이로써 일반화의 명제가 도출된다.

❸ 3단 논법 | 3단 논법은 수학이 아주 선호하는 논리 구조이다. 위에서 언급한 연역법, 귀납법, 변증법 모두 3단 논법에 해당되지만 여기서는 3단 논법의 일반적 형식에 대해 언급할 것이다. 보통 3단 논법은 ㄱㄴㄷ 참-거짓의 판명 문제로 자주 출제된다. ㄱㄴㄷ을 독립적으로 접근하면 3개의 각각의 문제로밖에 보이지 않지만 3단 논법의 구조만 익히면 ㄱㄴㄷ이 매우 정연하게 논리적으로 이어지고 있음을 알 수 있다.

먼저 ㄱ. 대부분 가장 쉬운 예가 나온다. 또는 공식 내용이 어떻게 이루어져 있다는 식의 암시이다. 하나의 시그널이다. 하나의 문제풀이법을 제시하면서 이 문제는 이것을 물어보고 있으니 다른 방식으로 접근할 생각은 하지 말라는 신호가 담겨 있다. 예를 들어 어떤 함수가 주어졌고, 그것이 대칭 꼴로 이루어져 있어 점대칭을 생각해볼 수 있겠지만 ㄱ에서 단순히 특정 수치를 대입하고 있다면 이 문제는 점대칭으로 푸는 문제가 아니라 대입으로 문제를 접근하라는 것이라는 신호를 읽을 수 있다.

다음은 ㄴ. 여기서는 전 단계와 다음 단계를 이어주는 핵심 연결 고리가 제시된다. 하나의 사고방식을 던져주는 셈이다. 예를 들어 첫 항과 n항, 2항과 n-1항…… 이렇게 대칭적으로 더한 값이 항상 일정한 수를 가진다는 것을 s에서 알려주고 있다면 이 문제는 연산으로 푸는 문제가 아니라 대칭적으로 더해 그것이 같다는 것을 이용해서 일반적으로 푸는 문제 구조임을 알 수 있다.

마지막으로 ㄷ. 일반화된 명제가 나온다. 그 명제의 참과 거짓을 다투는 문제인데, 역시 ㄱ과 ㄴ에서 연결해준 사고의 고리를 밟아 ㄷ을 추론하기 바란다. 3단 논법을 푸는 문제풀이의 핵심이다.

ACT 7

사탐

모진 상사병을 겪었다……. 더 이상 이래서는 안 되겠다 싶었다. 수능이 코앞이었다. 현시점에서 가장 효과적인 공부는 사회탐구라고 생각했다. 짧은 시간이었지만 기출문제를 보았다. 어떻게 해야 할지 공부 전략이 보였다. 역사 과목에는 수능이 좋아하는 유형이 있었다. 그 유형은 항상 고득점인 3점이 배치되었다. 어떤 유적이나 지역적 특색을 제시문으로 주고, 그 지역에서 일어났던 역사적 사실을 묻는 문제였다. 이를 대비하기 위해 한국 지도를 준비했다. 교과서에 어느 지역이 나오면 지도에 표시하고 그 지역의 역사를 전체적으로 정리했다.

예를 들어, 전남 강진은 수험생들이 쉽게 간과하는 곳이지만 이런 식으로 공부하면 강진이 얼마나 중요한 지역인지 알 수 있다. 국사 교과서에서는 강진과 관련하여 크게 3가지를 서술하고 있다.

❶ 첫 번째 | 고려자기의 대표적 생산지이다. 강진에서 최고급 청자를 만들어 중앙에 공급했다는 기록이 언급되어 있다.

❷ 두 번째 | 요세가 결사운동을 벌인 곳이다. 요세는 고려 시대 사람으로 자신의 행동을 진정으로 참회하는 법화신앙에 중점을 둔 승려였다. 그는 백성의 신앙적 욕구를 고려하여 강진 만덕사(백련사)에서 백련 결사를 제창했다. 백련 결사 역시 지방민의 호응을 얻었고 수선사와 양립하며 고려 후기 불교계를 이끌었다.

❸ 세 번째 | 조선 후기 정약용의 유배지이다. 근기 남인으로, 경세치용학파로 불리는 중농학파의 한 사람이었다. 정조의 신임을 받아 거중기 등을 제작함으로써 수원 화성을 짓는 데 큰 공헌을 했지만 서학(천주교)을 수용했다는 죄목으로 정조 사후 탄압을 받아 전남 강진으로 유배당했다. 이 사건은 신유박해의 일환으로서 벌어졌다.

이처럼 접근하면서 주목할 만한 지역이 많아졌다. 평양, 개성, 원주, 논산, 부여, 공주, 청주(중원), 경주, 대구 등은 역사적으로 중요한 곳으로서 반드시 정리해 볼 필요가 있다. 이는 비단 지역에만 국한되는 것이 아니라 유적에도 통용된다. 교과서 전체에 유적이 여러 차례 나온다면 반드시 유념해야 한다.

부석사는 교과서에 5번이나 언급된 유적이다.

❶ 첫 번째 | 삼국 시대(신라 중대) 유명한 교종의 승려였던 의상이 창건한 사찰이다.

❷ 두 번째 | 부석사의 무량수전은 주심포 양식을 사용하고 있다.

❸ 세 번째 | 무량수전은 고려 시대 건축된 건축물이지만 최고(最古)의 건축물은 아니다. 최고의 건축물은 안동 봉정사 극락전이다.

❹ 네 번째 | 고려 초기에 제작된 아미타여래좌상은 신라 시대 양식을 계승한 것으로 유명하다.

❺ 다섯 번째 | 고려 후기에 그려진 부석사 조사당 벽의 사천왕상과 보살상 그림이 수록되어 있다. 이 그림까지 섭렵한다면 부석사에 대해 어떠한 문제가 나와도 대비할 수 있다.

2008
대학수학능력시험

상사병에서 힘들게 깨어나자 10월이 지나갔고, 11월이 눈앞에 다가왔다. 사실상의 포기였다. 기적만을 바랐다. 후회가 밀려왔다. 내가 왜 그토록 시간을 낭비했는가. 바꿀 수 있다면 수능 보는 날까지 열흘 남짓한 시간밖에 없었다.

'1주일은 개념 공부를 한다. 3일은 문제풀이를 한다.' 정말 허접한 공부량이었다. 고3 때를 생각해보면 실로 엄청난 퇴보였다. 개념 공부만 1학기 내내 했다. 여름방학에는 초심으로 돌아간다고 다시 교과서를 펼쳐들었다. 그것도 모자라 9월 모의고사 이후 한 달 동안 사회과목 교과서만 달달 죽어라 외우다시피 했다. 10월이 지나고는 단권화 작업도 마무리했다. 하지만 어쩔 수 없었다. 이미 엎지른 물이었다. 이렇게라도 해야 어떻게든 과거의 잘못을 보상받을 수 있을 것 같았다.

새벽 5시에 일어나 준비를 하고 6시까지 학교 도서관에 간 다음 밤 11시가 될 때까지 공부하고 집에 돌아와 12시에 취침했다. 중간에 밥 먹고 화장실을 가는 것을 제외하고는 단 1분의 휴식 시간도 갖지 않았다. 시간이 급박하다고 생각하니 눈에 불이 켜졌다. 공부 말고는 아무 것도 들어오지 않았다. 집중력은 최강이었다. 얼마나 집중했는지 점심시간을 잊고 공부하다가 정신을 차려보니 저녁이 된 적도 있었다.

1주일 동안 많이 부족했지만 할 수 있는 한 최고의 결과를 이끌어냈다. 고3 때 만든 완벽 개념서와 단권화된 책이 있었기 때문에 익히기만 하면 되었으므로 상대적으로 수월했다. 1주일 동안 겨우 개념을 복원하는 수준에서 가까스로 전 과목의 개념 정리를 마칠 수 있었다. 하지만 그렇게 정리를 하다 보니 결론이나 공식을 달달 암기하는 수준에서 그쳐, 그것을 이끌어내는 유도 과정이나 원리를 놓치게 되었다.

3일간의 문제풀이. 수능과 시간을 똑같이 한 문제풀이였다. 언어영역이 2008년 수능부터 60문제에서 50문제로 줄어들었다는 사실도 잊고 있었다가 그제야 생각났다. 문제풀이 시험지는 EBS에서 나온 만점 마무리 시리즈로 하기로 했다. 봉투 모의고사였는데 한 해에 3회씩 나오기 때문에 3일밖에 없는 문제풀이 연습에 맞춤이었다. 시간에 맞춰 풀고 영어 듣기 시간에는 도서관 컴퓨터를 이용해 들었다. 채점해보니 점수가 형편없었다. 앞길이 막막했다. 영어는 80점대로 급락했다. 영어에 자신이 없다보니 계속 잔기술로 문제를 풀고 있었다. 앞뒤 문장과 접속사만 대충 보고 정답을 찍어내는 스킬 말이다. 그에 대한 부작용으로 정확도가 현저히 떨어졌다. 스킬을 써서 푼 문제는 우수수 틀렸다.

6월도 그렇고, 9월도 영어 1등급 구분 점수가 96점대로 끊겼다. 그런데 2008년 수능은 사상 초유의 수능 시스템이었다. 바로 등급제 수능이라는 것이다. 등급제 수능의 가장 큰 특징은 수능 성적표에 표준점수와 백분위가 기재되지 않고 등급만 표시된다는 것이었다. 때문에 그 구분 점수 간에는 일제히 같은 점수를 받는다. 예를 들어, 1등급 컷이 92점이라고 하면, 92점을 받든 100점을 받든 모두 동일하게 1등급만 표시되기 때문에 같은 점수를 받는다. 만약 91점을 받을 경우, 2등급으로 떨어지게 되고, 한 등급의 차이가 나기 때문에 1점 차이로 대학이 달라지는 결과가 초래된다.

그 말대로라면 나는 1등급을 받기 위해 2개 이상 틀리지 말아야 했다. 수능이라는 긴박한 상황에 있으면 긴장감 때문에 속도가 올라갈 것이고, 정확도만 올리면 되었다. 스킬을 쓰면 불가피하게 틀리는 일이 자주 발생하기 때문에 무슨 일이 있어도 스킬을 쓰지 않기로 다짐했다. 처음부터 끝까지 꼼꼼히 읽는 것이다. 나중에 이 결심이 내 인생을 나락으로 떨어뜨리는 원인이 되었음을 누가 알았겠는가.

수능 전날이 되었다. 실력으로는 도저히 서울대에 갈 자신이 없으니 새벽에 일어나 절을 향해 달려갔다. 믿을 것은 기적뿐이었다. '저를 한 번만 불쌍하게 봐주시고 내일 기적을 내려주십시오. 기적만 내려주신다면 앞으로 평생 착한 일하며 살아가겠습니다.' 108배를 마치자 스님께서 이번이 정말 마지막이라고 신신당부하셨다.

예비 소집에 갔다. 이번에는 집에서 상당히 먼 중앙고였다. 반가운 얼굴들이 많이 보였다. 우리 반의 약 80%는 재수를 하거나 수능을 다시 보는 모양이었다. 내심 마음이 놓였다. 재수는 필수라는 말이 절실하게 느껴지는 순간이었다. 시험 볼 자리를 확인하러 갔다. Oh, my God! 창가에서 제일 먼 쪽에서도 맨 뒷자리였다.

이제껏 가나다순으로 자리를 배치해서 시험을 보았는데 성이 구씨라 항상 1번이었고, 고등학교 때도 항상 같은 자리였다. 4년 동안 창가 쪽 맨 앞자리에서 시험을 본 나로서는 문 쪽 맨 뒷자리가 상당히 부담스러웠다.

집에 와서 마치지 못한 문제풀이 분석에 들어갔다. 수능 전날 어떻게 문제풀이 분석을 하느냐고 의아해 하겠지만 어쩔 수 없는 선택이었다. 그런데 모르는 것이 너무 많이 보이는 것이 아닌가. 심장이 빠르게 요동쳤다. 불안과 초조, 공포의 감정이 엄습했다. 더 이상 보면 안 되겠다고 판단을 내렸다. 시험에는 실력도 있지만 자신감도 무시할 수 없는 부분이기에 그만두기로 했다. 차라리 그럴 시간이 있으면 운에라도 의존해야겠다고 생각해 기도를 드렸다. 생전 보지 않던 불경을 꺼내 '반야심경'을 외웠다. 친구들한테 여기저기서 전화가 왔지만 받을 수 없었다. 격려 전화를 받을 자격이 없었다. 분명 1년 후에 성공해서 당당하게 나타나겠노라고 얘기했던 것이 엊그제 같았다. 그러나 이제는 그들 앞에 떳떳해질 수 없었다.

수능 날이 되었다. 컨디션은 최상이었다. 잠도 잘 잤고, 몸도 개운해서 날아갈 것만 같았다. 몸 상태도 전혀 문제가 없었다. 결과에 해탈했기 때문인지, 수능 경험이 한 번 있었기 때문인지 긴장도 되지 않았다. 문제는 자신감이었다. 자신감이 없었다. 앞으로 약 12시간 후에 벌어질 미래의 내 모습이 두려워서 생각만 해도 끔찍스러웠다. 수능 시험장을 향해 달려가는데 마치 죽으러 가는 사형수의 마음이었다. 무거운 발걸음이었다. 천근만근이었다. 당장이라도 도망가고 싶었다. 그러나 차마 그럴 수는 없었다.

언어영역 시험지가 배포되었다. '2008학년도 대학수학능력시험문제지.' 작년과 다를 것이 없었다. 달라진 것이 있다면 내 정신이었다. 내 마인드였고, 태도였으며, 자신감이었다. 지금 와서 후회한다고 달라질 것은 없었다. 최선을 다해보기로 했다. 언어영역 듣기가 시작되었다. 이상하게 한 문제가 이해되지 않았다. 한국인이 국어 듣기를 틀린다는 것은 굴욕이었다. 하지만 재수 시절 동안 한 번도 국어 듣기 문제를 풀어본 적이 없기 때문에 어쩌면 그것이 당연한 것이었다. 쓰기를 풀고 문학 지문을 보았다. 다행히 아는 작품이 나왔다. '하늘이 나를 도와주긴 하나 보다'라는 마음에 고맙게 풀었다. 어렵지 않았다. 문제는 비문학이었다. 손에서 책을 놓은 지 꽤 되었다. 독해력이 급감했고, 고등학교 때 배운 구조 독해로라도 어떻게 해보자고 기억을 더듬어가며 문제를 풀었다. 1년 동안 한 적이 없는데 잘될 리가 없었다. 문제마다 헤매고 서둘렀다. 점수는 감히 예상할 수 없었다.

수리영역이었다. 10번 문제에서 3점짜리 문제가 이상하게 안 풀렸다. 시간은 계속 흘러가는데 계속 그 문제에서 멈칫하다가 앞 사람들이 문제를 푸는 페이스를 지켜보았다. 벌써 15번 푸는 사람, 20번 푸는 사람도 있었다. '에라, 모르겠다' 싶어 직감으로 선택지에 체크했다. 어려워 보이지는 않았는데 앞 문제에서부터 걸려서인지 내내 불안했다. 마의 16번 문제와 마주쳤다. 처음 봤을 때는 로그 함수 형태가 간단해 보여 금방 풀 수 있을 것 같았다. ㄱ과 ㄴ까지는 쉽게 풀었는데, ㄷ이 도저히 풀리지 않았다. 어려워 보이지도 않고 마음만 먹으면 쉽게 풀리는 문제 같아서 더욱 얄미웠다. 오기가 생겨서 그래프를 이리 그려보고 저리 그려보고 별짓을 다 했다. 샤프를 자로 생각하고 밑금을 표시한 다음 재서 측정하는 방법도 써 봤지만 소용없는 짓이었다. 막막했다. 어느새 그 문제에 30분을 소요했다. 벌써 1시간이 지나 있었다. 남은 시간 40분. 이렇게 지체하다가는 나머지 14문제를 한 번에 날려 버릴 것 같았다. 대충 찍고 급급하게 문제를 풀었다. 제대로 풀고 있는지 의식도 없었다. 그렇게 암흑의 수학 시험이 끝났다.

악몽이었다. 이보다 무서운 악몽이 있을까. 차라리 완전히 망했으면 포기라도 할 텐데, 감을 잡을 수 없으니 혼란만 가중되었다. 점심시간에 아무것도 못하고 외국어영역 시험이 시작되었다. 듣기는 문제마다 간담이 서늘했다. 100% 다 들리는 것도 아니었고, 중간에 흐름도 많이 놓쳤다. 가까스로 버텨나갔다. 발목을 붙잡았던 외국어 독해 문제를 만났다. 낱낱이 파고들어 독해를 시작했다. 읽고 또 읽고를 반복하다 보니 확실히 정확도는 올라갔다. '10분 남았습니다.' 순간 내 귀를 의심했다. '10분이라고?' 이제 겨우 30번 문제를 풀었는데. 하늘이 잿빛으로 변했다. 시간은 마비되었다. 머릿속에 인생의 파노라마가 스쳐 지나갔다. 정신을 차려보니 시간이 얼마 남지 않았다. 애간장이 끊어질 것 같았다. 지금까지 풀었던 문제를 모두 마킹하고 5분 동안 나머지 20문제를 빠르게 풀었다. 하늘의 도움이 있었는지 정답과 직결된 문장들이 유독 굵게 보였다. 죽다 살아난 느낌이었다. 어머니의 공덕이 날 살렸다고 생각했다. 아무 정신이 없어서 어안이 다 벙벙했다.

어쩔 줄 몰라 하며 전의를 상실한 상태에서 사회탐구를 풀었다. 어려웠다. 언수외에서 만점을 받아봐야 사탐에서 망할 것이라 생각하니 대학을 못 가는 것은 피차일반이라고 느껴졌다. 마지막에 경제를 풀 때는 기력도 쇠한 상태였는데 문제도 전년과 판이하게 너무 어려웠다. 복잡한 수식과 그래프가 필요했다. 정신을 못 차렸다. 결국 마지막 장은 다 풀지 못하고 찍었다.

절망이었다. 3수다. 한문을 풀고 나오는데 어떻게 나갈지 고민이었다. 차마 나갈 수 없었다. 수능 한파로 밖에서 하루 종일 떨고 계셨을 엄마의 얼굴을 생각하니 마음이 찢어졌다. 충격에 쓰러지실 것 같았다. 가정 형편은 더욱 어려워졌고, 미래는 없었다. 이 악순환의 고리를 끊지 않는 한 평생 벗어날 수 없었다. 어머니가 기다리고 계셨다. 차마 잘 봤다는 말은 못했다.

ACT 9

다시 시작

어머니는 동네방네 소문을 다 내시고 다녔다. 주변 사람들의 대우가 달라졌다. 아들이 서울대 법대를 간다니까 사람들이 어머니를 함부로 대하지 못했다. 어머니는 도배 일을 나가시면 가끔씩 사람들에게 무시를 당하시거나 욕을 먹고 돌아오시는데 이제는 그럴 일이 사라졌다. 그 사람들이 우리 어머니를 서울 법대생 아들을 둔 훌륭한 어머니로 여겨서 웬만하면 싫은 소리를 잘 안 했기 때문이다. 어머니의 웃음소리가 잦아졌고, 이렇게 행복하게 웃는 모습을 본 적이 없을 정도였다. 나는 그런 어머니를 볼 때마다 내가 죽일 놈이라고 생각했다. 어머니께서 이 사실을 아시면 얼마나 상심하실까…… 불을 보듯 명확했다. 시간이 지날수록 말을 하지 못하고 지나갔다. 이제는 섣불리 말할 수도 없었다. 크게 쓰러지실 것이 분명했다. 매일 밤 죄책감과 자책감 속에 살았다. 더 이상 살 가치를 못 느꼈다. 나 때문에 항상 가슴에 무거운 돌덩이를 얹고 다니시는 분들이다. 거기에 해가 갈수록 가슴에 철심을 박아댔다. 차라리 내가 사라지는 것이 부모님을 위한 효도라는 생각이 들었다. 그렇다. 내가 없으면 부모님이 더 이상 고생하실 필요가 없다. 삶의 의지를 잃어버렸다. 하늘에서 누가 나를 계속 불렀다. 이리 오라고 손짓했다. 그 손짓을 따라

아파트 옥상에 올라갔다. 신발을 벗고 난간에 올라섰다.

— 어머니, 아버지! 그동안 불효만 끼쳐드려서 죄송해요. 이 못난 아들 용서하세요. 부디 오래오래 건강하고 행복하게 사세요. 사랑해요.

하고 뛰어내리려는 순간, 불현듯 어머니 말씀이 떠올랐다.

— 나는 너 없으면 못 산다. 네가 죽으면 나도 더 이상 살 이유가 없어. 넌 내가 사는 이유의 전부야. 너 때문에 내 인생이 얼마나 행복한지 몰라. 너의 사소한 행동 하나하나가 내겐 큰 의미로 다가와. 하루 24시간 내내 너를 한 번도 생각 안 한 적이 없단다. 오매불망 너만 그려. 그러니 부디 건강하게만 살아다오. 내 목숨보다도 사랑하는 우리 아들아…….

내가 세상을 떠나면 어머니도 돌아가실 거라는 판단이 들었다. 도대체 어머니가 뭘 잘못했다고 이 못난 아들 때문에 세상을 떠나야 한단 말인가. 그래서는 안 된다. 어머니는 무슨 일이 있어도 끝까지 오래오래 행복하게 사셔야 했다. 그런 분이 나 때문에 제명에 못 사신다면 말도 안 될 일이었다.

헐벗고 굶주린 많은 사람들의 모습이 떠올랐다. 그들은 하루하루를 지옥처럼 보낸다. 그들은 나를 원하고 있다. 세상은 나를 원하고 있다. 내가 그들과 함께 동고동락하며 행복하게 만들어주는 그날을. 그들은 내가 빨리 와서 이 세상을 아름답게 만들어주기를 애타게 기다리고 있었다. 그 불쌍한 사람들을 위해서 나는 세상을 저버릴 수 없었다. 나는 난간에서 내려와 밤새도록 목이 쉬게 펑펑 울었다.

ACT 10

마지막 간청

부모님께 실망을 끼쳐드리지 않기 위해 서울대 법대 원서를 쓴 다음 떨어지면 그때 말하겠노라고 결심했다. 서울대 법대 1차 합격 날, 알바를 하던 학원에서 합격 여부를 확인해보았다. '불합격. 합격자 명단에 이름이 없습니다.' 빨간 글씨로 된 불합격 통보였다. 작년과 하나도 달라진 것이 없다고 생각하니 헛웃음만 나왔다. 이제는 가슴이 내려앉지도 않았다.

문제는 어머니였다. 어머니께 어떻게 말씀드려야 하나 고민만 가득했다. 도저히 맨정신으로는 말씀을 못 드릴 것 같아 내 논술 코치이자 나의 정신적 지주이신 임창우 선생님과 술을 마시기로 했다. 소주 맛이 이렇게 달았던 적이 있었을까. 꿀맛이었다. 달짝지근하니 입에 찰싹 달라붙었다. 칼날같이 얼어붙었던 마음속이 소주 한 잔에 녹고 있었다. 그렇게 계속 들이켰다. 만취가 되어 집에 들어왔다. 집에 막내 동생 혼자 있었다. 집이 휑하니 으슬으슬 추웠다.

— 오빠…… 학교에서 선생님 전화 왔는데 오빠 서울 법대 떨어졌대. 어떡해?
— 엄마도 알아?
— 응…….
— 엄마가 뭐라셔?
— 아무 말 없으셔.

드디어 일이 났다. 마음 같아서는 당장이라도 뛰어내리고 싶었다. 동생이 위로해준답시고 나를 꼭 안아주는데 그 품이 너무 따뜻해서 차마 그럴 수 없었다. 동생의 사랑에 눈물이 뺨을 타고 주르륵 흘러내렸다. 진숙이도 나 몰래 조용히 흐느끼고 있었다. 어머니께서 들어오셨다. 어머니께서는 한 손에 김이 모락모락 나는 붕어빵을 내게 주셨다. 그리고 아무 말 없이 방에 들어가 이불을 깔고 주무셨다. 그로부터 1주일을 고스란히 누워 계셨다. 일도 못 나가시고 혼자 계속 끙끙 앓으셨다. 나는 어머니께 너무 죄송스러워 1주일 동안 말 한마디 하지 못했다. 어머니께서 드디어 입을 여셨다.

— 본석아. 난 널 믿는다. 실패했다고 기죽지 마라. 남자가 기죽어서 어디에 써먹겠니? 내가 그렇게 가르쳤든? 하지만 딱 한 번만이다. 딱 올해까지만.

눈물이 쏟아졌다. 어머니는 오히려 담담하게 울지 말라고 혼내셨다. 실패에 우는 것은 자기 아들이 아니라고. 나는 꾸역꾸역 울음을 그치고 어머니께 맹세했다. "저도 올해까지만 어머니께 믿어달라고 부탁하겠습니다. 그 이상은 바라지도 않습니다. 긴말하지 않겠습니다. 행동으로 보여드리도록 하겠습니다."

Part 04

삼수

예전 재수생 시절의
구태의연한 모습으로
돌아가고 있었다
패배감, 나태, 자기 합리화와 자괴감,
그리고
현실도피로 얼룩졌다

살고자 하면 죽을 것이요,

죽고자 하면 살 것이다

3수의 시작

3수는 독학을 하기로 결심했다. 우선 돈이 없었다. 작년에는 수능 점수 덕분에 장학생으로 들어갈 수 있었지만 이번엔 그것을 기대할 수도 없었다. 두 번째로 나 자신을 믿을 수 없었다. 학원에서 친구들과 어울려 놀지 않으리라는 법이 없었다. 여자와 사랑에 빠지지 않으리라는 보장도 없었다. 이미 나 자신을 잘 알고 있었고, 자만하지 않을 자신이 없었다. 세 번째 이유는 다른 누구의 도움으로 일어나고 싶지 않았다. 나 스스로 손을 털고 일어서고 싶었다.

독학을 하면 아무래도 시간이 많이 남을 것이기 때문에 디데이는 다들 공부를 시작하는 3월 2일로 잡았다. 2월은 반성하는 시간으로 보내기로 했다. 실속 있는 '공신'에 들어가 공부법을 익혔다. 기억에 남는 글이 있었다. 다른 것과 달리 그분의 글은 마인드를 매우 중시했다. 내 공부법이나 생활 패턴의 궁극적인 원인도 마인드 문제였음을 깨달았다. 그는 정상적인 수험 생활에서의 프로 마인드를 강조했지만 내겐 그럴 여유가 없었다. 재수 당시의 공부법을 전면 수정하기 시작했고, 향후 1년 동안의 마스터플랜을 계획했다.

고3 시절의 성공을 상기하면 답은 분명했다. 교과서와 기출문제였다. 암기할 정도로 교과서를 철저히 공부한 것과 달리 기출문제는 그렇지 못했다. 중요성을 인식했지만 한두 번 푸는 정도에 그쳤다. 교과서는 10번을 보고 겨우 외우는 수준에 도달했다. 그러나 기출문제는 사정이 달랐다. 문제를 외우는 것도 힘들었지만 단순히 외워서는 전혀 의미가 없었다. 각 문제의 출제 의도를 정확히 파악하는 분석이 필요했다. 앞으로 1년 동안 교과서와 기출문제만 보자. 시중에 나온 모든 사설 문제집과 개념서는 다 풀었다고 자부하지 않았던가. 더 이상 볼 필요가 없다. 11월까지 공부를 지속하려면 자극이 필요했다. 신선한 자극을 위해 여름에 실시되는 사관학교와 경찰대 시험을 치르기로 했다. 이는 어머니를 위한 것이기도 했다. 중요한 것은 절대 떨어지면 안 된다는 사실이었다. 불합격시 급격한 자신감 저하가 밀려올 것이다. 무슨 일이 있어도 필사적으로 붙어야 했다. 6월 모의고사 때까지 교과서에 올인하기로 했다. 모의고사 분석 이후에는 사관학교와 경찰대에 올인하기로 했다.

경찰대 시험이 끝나면 9월 모의고사이다. 쉬지 말고 9월 모의고사를 준비하기로 했다. 다만 여름방학 중에 수능 공부 대신 경찰대와 사관학교에만 집중할 것이므로 결과에 연연하지 않기로 했다. 수능은 11월까지 최소 2개월을 더 하기로 했다. 결심을 다지기 위해 머리를 짧게 잘랐다. 준비는 끝났다.

ACT 2

다짐,
다짐뿐

3월 3일 새 학기가 시작되었다. 새로운 마음으로 도서관에 갔다. 마음만은 새로웠다. 2월에 계획을 치밀하게 세워 놓아서 몸이 근질근질한 상태였다. 공부에 굶주린 상태였다. 오랜만인지 재미있었다. 공부 시간 패턴은 수능 시간에 맞추었기 때문에 언어영역부터 시작했다. 재수 때 언어 점수가 잘 나온 경험을 보면 많은 독서가 정답이라고 생각했다. 그러나 단행본은 호흡이 긴 반면 언어영역 지문들은 호흡이 짧은 지문들이었다. 최근에는 전문 지식을 다룬 비문학 지문들의 비중도 늘었다. 이에 논문을 읽고 공부하기 시작했다. '가우리'라는 다음 카페에는 고교생도 읽을 수 있는 논문이 많이 게재되어 있었다. 거기서 인문, 사회, 과학, 기술, 예술, 언어 분야의 논문들을 하나씩 찾아 읽었다. 물론 독파가 아닌 독해력을 상승시키는 측면에서만 접근했다.

문학은 신춘문예 시집과 소설집을 사서 분석하는 작업을 했다. 문학은 생소한 작품이 나왔을 때 무슨 말을 하는지 알기 어렵다. 신춘문예 당선작은 비교적 최근에 나온 것이고, 모든 점에서 생소해서 지문 연습에 적절했다. 신춘문예 당선작이라면 완성도도 높다.

수학은 수능 출제 매뉴얼을 끝까지 읽는 것으로 시작했다. 매뉴얼을 무시한 채 교과서를 보는 것은 무의미하다. 매뉴얼의 핵심 목표는 '수학적 사고력'이다. 매뉴얼에서는 이를 내용 영역과 행동 영역으로 명시하고 있다. 선생님들은 행동 영역을 가르치지 않고 내용 영역만을 가르친다. 전자는 혼자 훈련해야 터득할 수 있는 것이기 때문이다. 어떻게 행동 영역을 기를 수 있는지에 주목하면서 교과서를 보았다. 안 보이던 사실들이 보이기 시작했다. 교과서는 결코 쉬운 교재가 아니었다. 말 한마디, 토씨 하나, 수식 하나, 예시 하나까지 모두 다 의미가 담겨 있다. 지금까지 이것을 경시하고 공식이나 결론을 공부하는 것에만 신경을 썼으니 한심한 노릇이었다.

영어는 먼저 독해력을 신장시키는 목표를 세웠다. 재수 수능의 발목을 잡은 과목이었다. 더 이상 안심할 수 없었다. 정확도를 올리려고 하면 속도가 현저히 떨어지고, 속도를 높이려고 하면 정확도가 떨어졌다. 그 속에서 헤매다가 결국 일이 터진 것이다. 답은 하나였다. 정확도와 속도를 높이는 작업. 해결책도 간단해야 했다. 여러 가지 책은 의미가 없었다. 원서 한 권을 정하고 철저하게 독해한다. 50번이 목표였다. 책은 단어나 구문이 그리 까다롭지 않고 무난한 Alvin Tofler, *Revolutionary Wealth*(『부의 미래』)를 골랐다.

사회탐구는 경제를 버리기로 했다. 경제는 끝자락에 있어서 집중력도 분산된 상태가 된다. 그 상태에서 고도의 수학적 논리를 요구하는 경제를 푼다는 것은 자신이 없었다. 경제를 접은 대신 사색을 좋아했기에 윤리를 선택 과목으로 정하기로 했다. 사회탐구 역시 교과서를 외우는 것부터 시작했다.

철저한 계획 탓에 공부가 잘 되었다. 시간이 흐르면서 재수 때의 기억이 스멀스멀 올라오고 있었다. 세상에서 혼자였다. 외톨이 같았다. 그럴수록 자신이 미워지고 화가 나서 참을 수 없었다. 화를 달래려고 온몸이 부서지도록 공부했다. 과도한 스트레스로 불면증에 시달렸다.

ACT 3

반복

결국 감당할 수 없는 공부에 쓰러지고 말았다. 정신적으로 육체적으로 너무 무리를 한 나머지 몸살에 독감까지 왔다. 당시 유행했던 독감으로 거의 혼수상태였다. 그렇게 2주일이 지났다. 4월도 절반이 지났다. 시간이 쏜살같았다. 밖으로 나갔다. 4월의 햇살이 이렇게 따스할 줄이야. 눈부시게 빛나는 햇살은 혹한의 겨울을 보내고 있는 내 마음에 봄을 알려주고 있었다. 내 모습을 봤다. 듬성듬성한 머리카락, 더부룩한 수염, 옷은 볼품없는 트레이닝복을 입고 있었다. 비참했다. 속죄를 하기 위해 이렇게 하고 있는 것이지만 한창 나이의 21살 꽃다운 청년에게는 너무 가혹한 상황이었다.

점점 초심을 잃기 시작했다. 기상 시간이 갈수록 늦어졌다. 처음에는 새벽 5시에 일어났다. 독학을 시작하면서 주변에서 통제하는 사람도 없었고, 학원의 규율도 없었기 때문에 모든 것이 내 마음 먹기에 달렸다. 늦어도 6시에 기상해야 주어진 일정에 맞출 수 있는데 이후 7시, 8시, 10시, 나중에는 오후 1시까지 늘어지게 잤다. 늦잠을 자면 그날의 계획은 모두 망가진다. 다시 계획을 짜고 진행하려면 여간 골치 아픈 일이 아니다. 그러면 이전의 계획을 모두 폐기하고, 집에서 공부해야겠다고 자기 합리화를 했다. 이러면 안 되겠다는 생각이 불쑥 든다. 그런데 막상 공부를 시작하면 집이 편해서인지 잠부터 몰려온다. 또 피곤하면 효율이 떨어지니 잠깐 자고 맑은 정신으로 공부해야겠다고 생각한다. 그러면 다시 깊은 잠에 빠지고, 저녁 어스름 무렵 깨어난다. 결국 '오늘은 날이 아닌 것 같다'고 생각하고 또 휴식을 취한다. 어떤 죄책감도 들지 않는다. 2보 전진을 위한 1보 후퇴라고 이미 자기 합리화를 해놓은 상태였으니까.

3수생인 사실을 점점 더 당연하게 받아들였다. 처음에는 스스로 채찍질하면서 열심히 공부했다. 그러나 4월이 되면서부터 특별히 달리 느껴지는 것도 없었고, 모든 초심을 잃어버렸다. 예전 재수생 시절의 구태의연한 모습으로 돌아가고 있었다. 그렇게 나의 4월은 패배감, 나태, 자기 합리화와 자괴감, 그리고 현실도피로 얼룩졌다. T. S. 엘리엇의 말대로 나의 4월은 잔인했다.

ACT 4

生卽必死
死卽必生

4월은 그렇게 허무하게 지나갔다. 집에서도 애물단지였다. 그러나 죽고 싶지 않았다. 가슴 속에서 뜨거운 것이 끓어올랐다. '살고자 하면 죽을 것이요, 죽고자 하면 살 것이다.' 이순신 장군이 남긴 메시지다. 지난 4월 나는 살고자 했다. 그러나 죽어가고 있었다. 이제는 살고 싶었다. 그렇다. 죽을 각오를 다하면 살 수 있다. 유서를 썼다. "나 구본석은 3수에 망하면 티끌의 미련도 없이 이 세상을 떠나기로 한다." 섬뜩해졌다. 정신이 번쩍 들었다. 죽고자 했더니 살고 싶어졌다.

위대한 인물들은 성공의 비결이 무엇이냐는 질문을 받으면 하나같이 목숨을 건다고 말한다. 일본 바둑계를 평정한 조치훈 9단이 있다. 프로 통산 1,364승으로 일본 바둑 최다 우승자가 된 그는 80년대 바둑계의 새로운 신화를 만들어냈다. 기성, 본인방, 명인의 일본의 3대 타이틀을 동시에 석권하는 사람을 두고 대삼관이라는 칭호가 붙는다. 그는 일본 역사상 유례없이 대삼관 자리를 3차례나 차지하는 기적을 이루어 냈다. 일본의 한 방송사에서 그에게 물었다.

— 대삼관을 한 번도 아니고 세 번이나 차지한 비결이 무엇이라고 생각합니까?

— 목숨을 걸었기 때문이지요. 저든 모든 경기에 목숨을 겁니다. 바둑 한 수 한 수에 목숨을 겁니다. 바둑 한 알에 제 목숨이 걸려 있는데 어찌 신중해지지 않을 수 있겠습니까? 그것이 제 성공의 비결입니다.

가난한 농부의 아들로 태어났지만 세계 최고의 자리에까지 오른 故 정주영 회장이 있다. 삶 자체가 한국 현대사라고 해도 과언이 아니다. 사람들이 성공의 비결을 물었을 때 그는 이렇게 대답했다고 한다. "모든 일을 할 때 목숨을 걸고 했다." 어쩌면 진정한 성공의 비결은 바로 이것이 아닐까 생각했다.

목숨을 걸기 위해서는 자기 제어장치가 필요했다. 공부 일기와 성과도 성적표를 다시 작성하기로 했다. 하지만 그 이상의 철저한 자기 제어장치가 필요했다. 그래서 나온 것이 '미생물' 성적표였다. '미생물'은 '미친 생활을 영위하는 물체'라는 의미였다. 더 이상 인간이기를 포기했다. 미생물로서 얼마나 충실하게 살아가고 있는가를 점수로 매겨 성적표를 내었다. 성과도 성적표와 동일하게 하루하루 기준으로 성적표를 매기고, 그것을 주단위로 평균 내고, 달 단위로 또 평균 내면서 급박하게 변하는 내 상황을 객관적으로 평가해나갔다. 성적표를 내는 기준은 다음과 같았다.

- 공부량의 몇 %를 채웠는가? 70% → 0.7점
- 운동량의 몇 %를 채웠는가?
- 수면 시간을 얼마나 넘겼는가?

  0시간: 1점 / 10분마다 -0.1점씩
- 공부 시간은 어땠는가?(순수 공부 시간)

  14시간 이상: 1점 / 구간의 길이 1점으로 주고 -0.1점씩
- 낮잠은 얼마나 잤나?

  0시간: 1점 / 10분마다 -0.1점씩
- 화장실은 얼마나 자주 갔나?

  0~5번: 1점 / 1번 추가시 -0.1점
- 잡생각은 얼마나 많이 했나?

  0~10개: 1점 / 구간의 길이 5개로 주고 -0.1점씩
- 얼마나 자주 들락날락거렸나?

  0~10번: 1점(기본: 아침, 점심, 저녁, 잠자리/운동: 5번 휴식 5번)

  1번 추가시 -0.1점
- 쓸데없는 시간으로 빠져나간 시간은?

  0~20분: 1점 / 구간의 길이 10분으로 주고 -0.1점씩
- 일기(3번), 계획표 짜기(수정 포함 3번), 이미지 트레이닝(아침 + 점심 + 저녁 + 자기 전 = 4번)으로 환산해서 얼마나 수행했나?

  안 한 만큼 -0.1점씩

이렇게 한 문항당 1점으로 계산하여 합산하고, 10점 만점의 평점을 작성, 주말에 그동안의 평점을 그래프로 그려 성적표를 만들

었다. 잘 수행했다면 주말에 한 번씩 스스로 보상을 해주기도 했다. 영화를 한 편 볼 수 있게 한다든가, 잠을 몇 시간 더 잘 수 있다는 식으로 말이다. 공부 일기를 쓰는 것도 주기를 더욱 좁혔다. 아침 먹고 한 번, 점심 먹고 한 번, 저녁 먹고 한 번. 이렇게 주기를 좁히면 하루를 통째로 날리는 날이 없게 된다. 늦게 일어나서 아침 공부를 못했어도 일기를 통해 반성하고 자극을 받기 때문에 이후에 영향을 받지 않고 공부할 수 있었다. 효과가 좋아서 공부 계획도 하루 3번 수정 가능하게 짰다. 아침에 일어나면 주말에 짠 계획을 그날 컨디션에 맞게 손질한다. 점심을 먹고 아침 공부량에 맞추어 수정할 것이 있으면 수정해서 오후에 적용했다. 저녁 이후에도 같은 식으로 했다. 융통성 있게 계획을 짜면 계획이 흐트러진다고 스트레스를 받거나 그것이 싫어서 공부를 놓아버리는 일은 발생하지 않는다. 욕심을 부렸다. 한 타임 넘어갈 때마다 계획을 소리 내어 암기했다. 내가 무엇을 해야 할지 명확하게 다가왔다.

1타임 1성과주의라는 원칙을 세우기도 했다. 항상 그 타임에 무엇이라도 하나의 성과를 내야 한다는 것이다. 성과는 고스란히 일기에 반영되었다. 이것은 사고력을 발전시키는 데 도움이 되어 수능 고득점을 가능하게 해주었다. 논술을 볼 때도 큰 도움이 되었고, 대학에서도 편하게 공부할 수 있는 자양분이 되었다.

이미지 트레이닝도 시작했다. 스스로를 비참하게 생각하고 불안감에 사로잡히면 공부에 집중할 수 없다. 명상과 병행했다. 공부에 앞서 5분씩 명상에 들어갔다. 잠시 익혔던 단전호흡을 시도했다. 당시 머릿속에 그린 미래는 지금 나의 현실이 되었다. 서울대, 공신, 방송 출연, 출판. 그 시작은 이미지 트레이닝이었다. 더불어 감사한 마음으로 살기로 했다. 사소한 일에도 “감사합니다. 고맙습니다”를 외쳤다. 하루에 총 150번의 감사가 있었다. 마지막으로 극한적인 시도를 도모했다.

1시간 거리의 한밭대학교 도서관을 택한 것은 스스로 핑계를 만들지 않기 위해서였다. 그러나 집에서 멀다 보니 차츰 게을러졌다. 한밭대학교 도서관은 2동의 건물이 이어져 있다. 앞은 일반인 도서관, 뒤는 학생용 도서관이다. 그 사이에 자갈밭이 있다. 그곳에 텐트를 쳤다. 새벽 6시가 되면 청소 아저씨가 나를 깨웠다. 늦잠 잘 일은 없었다. 텐트를 걷고 아침을 먹었다. 근처에 아침을 하는 식당이 없어 라면을 끓여먹었다. 휴대용 버너로 옥상에서 라면을 끓였다. 왠지 신선이 된 듯한 느낌이었다. 아직도 그 라면보다 더 맛있는 음식을 먹어본 적이 없다. 집중도는 최고였다. 외부와의 접근이 일체 끊어졌기 때문이다. 공부에만 신경 쓰면 그만이었다. 그런데 세상에 어떤 미친놈이 도서관 옆에서 텐트를 치면서까지 공부했겠는가. 소문이 일파만파 퍼졌다. 한밭대 사이트 검색 1순위는 ‘한밭대 텐트 노숙남’이었다. 하지만 전혀 신경 쓰지 않았다.

ACT 5

냉정과
열정 사이

6월 모의고사가 성큼 눈앞에 다가왔다. 3수 때 시험은 얼마 없었다. 평가원 주최의 6월과 9월 모의평가, 수능, 육군사관학교, 경찰대. 총 5번의 시험 중 첫 시험이었다. 심혈을 기울였다. 그래야 여름에 육사와 경찰대 준비에 올인할 수 있었다. 내기를 하기로 했다. 전국 순위권의 친구들과 내기를 걸었다. 3명이었다. 나, 유성고교 1등과 2등. 내기는 10만 원. 점수가 제일 낮은 친구가 모두에게 10만 원씩 주는 것이었다. 돈도 돈이지만 자존심이 중요했다. 고3생에게 지면 말이 아니었다.

언어부터 덜컥 어려웠다. 수리도 최고의 난이도였다. 여태껏 수많은 모의고사를 봤고 수능도 2번이나 치렀지만 이만한 난이도의 문제는 없었다. 외국어, 사탐도 최고의 난이도였다. 채점 결과는 총 496점. 언어에서 2문제를 틀렸다. 수리 100점은 경이적이었다. 내기를 했던 친구들에게 연락을 했다. 총점 400점을 간신히 넘을 정도였다. 완전한 승리였다. 받은 돈으로 여행을 갔다 오기로 했다. 서울대 탐방이었다.

하지만 현실은 현실이었다. 돌아와서도 들뜨지 않았다. 중요한 것은 수능 점수이지 모의평가 점수가 아니었다. 문제를 철저히 분석했다. 몇 가지 방침이 나왔다. 언어영역이 부족했다. 취약점을 세분해서 피드백했다.

문학

- 비문학: 문제 풀이.
- 어휘.
- 지문 독해: 정확도 부족 → 속도 부족으로 인한 정확도 부족.
- 속도 부족 → 정확도 부족으로 인한 속도 부족.
- 이해력 부족.
- 빠른 시간 내에 풀어야 한다는 강박관념.
- 지문 독해를 하였으나 정리 부족으로 인한 기억력 부족.
- 원리에 대한 정리 부족.

이런 식으로 쪼갤 수 있는 최대한으로 쪼갠 다음 미세한 부분부터 고쳐나갔다. 그 부분을 고쳐나가니 내가 무엇이 부족한지 눈에 확연하게 들어왔다. 그 부분을 고치는 것으로도 시간이 많이 절약되었다.

마찬가지로 수학도 분석했다. 경우의 수 단원이 부족하다고 느꼈다. 경우의 수가 부족하다면 그중에서도 무엇이 부족한가. 조합이 부족했다. 조합 중에서도 무엇이 부족하기에 조합을 어려워했는가. 어떨 때 조합 문제이고 어떨 때 순열 문제인지 헷갈렸다. 원인을 잘 살펴보면 독해력의 문제였다. 조합 문제의 특성을 살펴보기 위해 서점에서 수학 문제집을 다 살피면서 조합 관련 부분을 살펴보았다. 문제를 일일이 풀면서 그 문제 구조가 어떻게 이루어졌는지 확인했다. 나름대로 깨달았던 수능적 사고력을 정리했다.

❶ 왜? | 개념을 이해하고 있다고 여기는 자신에게 의도적으로 경고를 가했다. 그 개념을 모른다고 가정하고 그와 관련된 질문들을 던졌다. 질문 리스트를 만들어 그것을 해결하는 것을 목표로 삼았다. 해결과 함께 겸손해지는 나를 발견했다.

❷ 용어의 사용 | 이번 시험에서 가장 친숙해진 것은 국어사전과 영어사전이었다. 조금이라도 추상적으로 이해하고 있다고 느껴지면 국어사전을 찾았다. 영어사전도 마찬가지였다. 예시문을 많이 보라는 권유가 있었다. 나는 그렇게 하지 않았다. 이후 단어가 나오면 예시문들을 적고 단어장처럼 외웠다. 나중에는 그것만으로도 독해와 단어 공부가 되었다.

❸ 다각적 사고 | 문제풀이에는 가장 기본적인 것에서부터 고차원적 문제풀이까지 다양한 풀이법이 있다는 것을 깨달았다. 물론 선생님의 문제풀이와 교과서 예제의 문제풀이 방법이 기본이 되어야 한다. 그 기본틀을 가지고 이리저리 꼬고 비틀고 별짓을 다했다. 그동안 아무리 쉬운 문제라도 3가지 풀이 방법을 기본으로 삼았다. 그런데 어떤 경우에는 30가지 풀이 방법이 있는 것이 아닌가. 이제 어떠한 문제가 주어져도 무섭지 않았다.

❹ 능동적 사고 | 능동적 사고라고 해서 유아독존에 빠지는 것은 아니었다. 우선 나의 부족함을 인정하고 시작했다. 처음 공부를 시작할 때는 어떠한 것들이든 스펀지처럼 모조리 다 빨아들이려고 했다. 그것이 끝난 후 본격적으로 능동적 사고를 시작했다. 능동적 사고는 1타임-1성과주의와 맞물려 이루어졌다.

❺ 체계적 사고 | 목차를 암기했다. 학습 목표를 암기했다. 새로운 개념을 배울 때마다 목차를 떠올리면서 그것이 앞 개념과 어떠한 논리적 연장선에서 존재하는지 고민했다. 학습 목표가 개념 이해에서 어떤 위치를 차지하는지 생각했다.

❻ 원리 공부 | 단순히 암기만 하고 넘어갔던 공식들은 모두 버렸다. 공식을 암기하기 위한 과정이 중요했다. 그런데 막상 공식이 해체되어버리니 불안했다. 이를 해결하기 위해서는 공식을 유도하는 과정의 증명이 필요했다. 공부량은 많아졌다. 나중에 안 사실이지만 수능의 대원칙과 맞아떨어졌다. 내가 정도를 걷고 있었던 셈이다.

❼ 미분(微分)적 사고 | 모든 문장을 의미 단위로 쪼개어 생각했다. 개념 공부에서는 문장 단위로 하면 놓치는 것이 많다. 그것을 경계하고 단 하나의 중요 요소라도 놓치지 않으려고 의미 단위로 쪼개어 공부했다.

❽ 논리적 사고력(수학적 사고력) | 수능의 모든 과목은 하나로 귀결된다. 언어, 외국어, 수리, 사회탐구 모두 겉만 다를 뿐 본질적으로 같은 사고력을 요한다. 사실적 사고력과 논리적 사고력이 그것이다. 이런 관점에서 바라보면 전혀 다른 과목조차 실은 하나의 동일한 논리를 요구함을 알 수 있다. 이것을 알면 효율을 몇 배로 올릴 수 있다. 언어 공부는 단순히 언어 공부에 그치지 않고, 그 효과가 수리, 외국어, 탐구까지 이어진다. 사실적 사고력은 우리에게 익숙하고 터득하기 쉽지만 논리적 사고력은 쉽지 않다. 좋은 방법은 수학적 치환력을 발휘해서 사고하는 방법이다. 수학은 논리의 학문이며 복잡한 논리를 간단한 수식으로 정리한 학문이다. 이를 응용하면 감이라고 생각했던 언어영역도 논리적으로 명확하게 풀 수 있다.

a. 수학적 OX판단 문제로 바꾸어라

미분적 사고의 토대 | 언급한 미분적 사고처럼 각각의 명제를 쪼갤 수 있는 만큼 쪼갠다. 다음, 각각의 항을 수학적인 OX판단 문제로 바꾸어버리면 된다. 예를 들면,

A는/두 개의 감각/감각의 전이/대조/비교/강조/뚜렷하게/드러난다

O O/O O/O O/O O

이렇게 각각의 항이 다 맞으면 전체는 참이 될 것이다. 반대로,

A는/두 개의 감각/감각의 전이/대조/비교/강조/뚜렷하게/드

러난다

O O/X O/O O/O O

이런 식으로 하나의 항이라도 틀리면 전체 명제는 거짓이 될 것이다.

용어 정리를 객관적인 요소로 다 환원시킴 | 수학적으로 참 거짓을 판별하기 위해서는 애매모호하거나 추상적인 용어를 수학적으로 참 거짓을 판별할 수 있도록 객관적 의미 요소로 환원시키는 노력이 필요하다. 예를 들어 사전을 펴보면 대비는 색채 대비에서 나온 것으로서 비슷한 색을 병치시키거나 대립되는 색을 병치시켜 색채의 효과를 더욱 부각시키는 것을 의미한다. 이것을 다음과 같은 객관적인 요소로 환원시킨다.

대비-목적: 대상의 강조

수단: 비슷한 것 병치(비교)

대립되는 것 병치(대조)

그렇기 때문에 위의 사례처럼 대비라는 항목을 대조/비교/강조의 객관적인 항목으로 쪼갤 수 있었다.

b. 개념 요소 추출

미분적 사고의 토대 | 개념을 제대로 이해하기 위해서도 역시 미분적 사고가 기본이다. 문제는 반드시 제대로 이해한 개념을 적용하여 이해 유무를 확인한다. 뭉뚱그려 이해하면 불분명하게 이해

하게 되어 문제를 푸는 데 시간이 많이 걸리거나 틀리게 된다. 미분적 사고를 동원하여 의미 단위로 쪼개어 나가다보면 개념 이해도 명료하게 되고, 문제도 빠른 시간 내에 정확하게 풀 수 있다.

개념이나 그와 관련된 문장에서 개념적 징표를 구분 | 모든 구성요소를 개념적 징표로 삼으면 시간적인 소모가 크기 때문에 개념적 징표 중에서 핵심적인 요소만 추출하고 불필요한 것은 과감히 버린다. 예를 들면, 수능 언어영역 2009학년도 6월 모의평가 25번 문제는 이것을 정면으로 물어보고 있다.

> ㉠ 현대 산업 체계에서 도량형의 통일된 표준이 없다면 큰 혼란을 초래할 수 있다. 이를 방지하게 위하여 18세기 말부터 국제적인 표준을 만들려는 노력이 꾸준히 이루어졌다.
>
> ㉠의 사례로 보기 어려운 것은?
>
> ① 휴대폰 충전기가 모델마다 달라서 호환 문제가 발생한다.
> ② 병원의 체온계마다 측정한 온도가 달라서 오진이 우려된다.
> ③ 건전지 전압이 제조 회사마다 달라서 전자 제품이 고장 난다.
> ④ 생산된 부품들의 치수가 공장마다 달라서 자동차가 고장 난다.
> ⑤ 시계의 시각이 은행마다 달라서 사업자 간에 손해 배상 소송이 제기된다.

여기서 핵심적인 개념 징표는 도량형이다. 한편 ㉠ 문장 바로 뒤에서도 개념 징표를 추출할 수 있다. 그 혼란이 중대하여 국제적인 표준을 정해야 할 정도로 통일의 필요성이 중대한 것이어야 한다. 여기서 현대 산업체계는 중요한 요소라고 할 수 없고 과감히 버려도 된다. 정리해보면 → 도량형 + 국제적 통일의 필요성으로 정리할 수 있다. 중요한 것은 개념적 징표를 찾을 때 그 부분에서만 머물지 말고 바로 앞뒤 문장에서 힌트를 얻는 것도 징표를 찾는 데 큰 도움이 된다는 것이다.

개념적 징표를 기준으로 OX 판단 문제로 회귀 | 그렇다면 위의 문제를 풀어보자.

(1) 도량형: 길이, 질량, 부피 등 어떤 것의 성질을 측정하기 위한 기준 단위로서 숫자로 표현 가능한 것을 말한다. 여기서 다시 개념 징표 항목을 나누면 (목표) 성질 측정 + (수단) 단위 설정 - 숫자로 표현 가능.

(2) 국제적 표준의 통일성: 국내에서만 통용되어도 문제없거나 국내 내부에서도 통일되지 않고 있는 부분은 이에 포함되지 않는다.

1번 성질 측정 X → 충전기 모델은 성질을 측정하는 것과 큰 연관성이 떨어진다.

단위 설정 X → 충전기 모델은 숫자로 표현되는 단위가 아니다.

국제적 통일 X → 충전기 모델은 국제적으로 통일되어 있지 않고 있으며, 국내 내부에서도 다양한 모델이 공존하고 있고 통일의 필요성도 중대하지 않다.

2번 성질 측정 O → 온도는 성질의 측정에 해당한다.

단위 설정 O → 온도는 숫자로 표현될 수 있는 단위이다.

국제적 통일 O → 섭씨와 화씨로 국제적으로 크게 통일되어 있다.

3번 성질 측정 O → 전압은 성질의 측정에 해당한다

단위 설정 O → 전압의 숫자로 표현될 수 있는 단위이다.

국제적 통일 O → 볼트로 국제적으로 통일되어 있다.

4번 성질 측정 O → 치수는 성질의 측정에 해당한다.

단위 설정 O → 치수는 숫자로 표현될 수 있는 단위이다.

국제적 통일 O → 치수는 미터 단위, 인치 단위 등으로 국제적으로 크게 통일되어 있다.

5번 성질 측정 O → 시간은 성질의 측정에 해당한다.

단위 설정 O → 시간은 숫자로 표현될 수 있는 단위이다.

국제적 통일 O → 시간은 시, 분, 초 단위로 국제적으로 통일되어 있다.

그러므로 세 항목 모두 다 X가 나온 1번이 정답이다.

사고력의 수정과 더불어 생활 패턴도 수정했다.

공부에 대한 열정과 냉정 사이에서 6월을 보냈다.

ACT 6

육군사관학교와 경찰대학 1차 수석

7월 1일 이후 수능 공부를 중단했다. 사관학교, 경찰대 대비에 돌입했다. 경찰대에 다니는 선배에게 조언을 구했다. 무서운 얘기를 잔뜩 들으니 바싹 긴장했다. 6월 모의고사 이후에도 자만하지 않았지만 열심히 해야 난관을 극복할 것 같았다.

공부는 사관학교 기출문제와 경찰대 기출문제를 가지고 했다. 인터넷에서 다운로드를 받아 복사집에서 제본을 했다. 사관학교 문제는 쉽게 구할 수 있었지만 경찰대 기출문제는 구하기 매우 어려웠다. 2006년도부터 공식적으로 올려놓았기 때문에 이전 문제들은 수소문해서 겨우 구할 수 있었다.

경찰대 수학 문제는 언어나 영어처럼 대체재도 없기 때문에 반드시 모든 문제를 다 풀어야 했다. 형식은 수능과 너무 달라 별도의 준비가 필요했다. 인터넷에서 경찰대 입시와 관련된 정보를 파악한 결과 그나마 정확한 수학 문제를 구할 수 있는 곳은 인터넷 강의라고 했다. 어차피 문제는 어려운데 정답도 없고 해설도 없기 때문에 혼자 공부하기 힘들어서라도 인터넷 강의를 듣는 것을 추천했다.

공부는 육사와 경찰대 공부를 번갈아서 했다. 하루는 육사 기출문제를 시간에 맞추어서 모두 풀고 분석하고, 다음날은 경찰대 공부를 하는 식이었다. 육사 기출문제는 수능과 매우 유사했다. 수능과 문제 형식도 같고 출제 원리도 비슷했다. 난이도는 수능보다 약간 높아서 수능에도 직접적으로 도움을 받았다. 수능 공부를 두 달 가까이 방치할 수밖에 없는 부담감이 있었는데 육사 공부가 수능의 연장선이라고 생각하니 사관학교 시험 준비를 잘한 것 같다는 생각도 들었다.

문제는 경찰대 공부였다. 언어는 평소 방식대로 했다. 독해력 향상을 위해 논문을 공부했고, 신춘문예 당선작들을 심층 분석했다. 문제 풀이는 수능 기출문제를 가지고 공부했다. 6월 모의고사를 최대한 반영하여 기출을 꼼꼼히 분석했다. 지문의 논리적 알고리즘을 정교하게 짜는 연습을 하여 언어를 수학 과목으로 변환해 나갔다. 문제도 철저하게 논리적 추론에 근거하여 푸는 연습을 했으며, 모든 선택지를 의미 단위로 쪼갠 다음 그것의 참/거짓을 명확하게 판별해 들어갔다.

영어는 어휘가 생명이라는 말을 듣고 MD 33000을 보았다. 시중의 어휘집 중 가장 많은 단어가 수록된 책이었다. 이 책은 편리했다. 어근, 어미, 접두사, 접미사 등으로 체계적인 정리가 되어 있었고, 동의어와 반의어까지 자세히 수록되어 있었다. 그것 하나만 정복해도 웬만한 영어 시험에서 어휘 때문에 막히는 일은 없을 것이라고 생각했다. 단어장은 하루에 3장(章)씩, 긴 시간을 끊지 않고 만화책 보듯 빠르게 넘겼다. 질질 끌면서 오래하는 것보다 빨리 보더라도 많이 보는 것이 기억에 더 잘 남기 때문이다. 매일 누적해서 단어장을 보는 것은 철칙이었다. 1일째(1장 + 2장 + 3장), 2일째(1장 + …… + 6장) …… 20일째(1장 + …… + 60장 = 1권). 21일째는 다시 돌아가지 않고 1권을 다 보았다. 7월 1일부터 하루도 빠짐없이 수험일(8월 17일)까지 보았으니 최소 20번은 단어장을 다 본 셈이다.

독해는 *Revolutionary Wealth*를 계속 보았다. 3월 처음 시작할 때는 시간이 매우 더뎠다. 한 권을 다 읽는 데 한 달 정도 걸렸다. 7월에 접어드니까 반복해서 본 탓도 있고, 독해력도 많이 늘어 3일에 한 번 정도 걸렸다. 그때까지 총 10번 정도를 보았고, 앞으로 남은 45일 동안 계속 본다고 가정하면 10번은 더 봐야겠다고 스스로 약속했고, 결국 그 약속을 지켰다. 독해만 50문제가 나온다는 무서운 경찰대 시험에 대비하기 위해 텝스 독해집도 하루에 1회 풀었다.

수학은 교과서를 구입해 고등학교 1학년 과정을 재빨리 정리했다. 고1 수학이 직접 출제되기 때문에 무시할 수 없었다. 교과서 정리를 마치고 『실력 정석』에 있는 연습문제만을 골라 풀었고, 고1 수학이 정리되는 대로 수학1을 정리해 들어갔다. 우선 『실력 정석』에 있는 연습문제를 통해 경찰대 문제에 적응했다. 『정석』이 수능 공부에는 적합하지 않을지 몰라도 본고사식 경찰대 수학에는 제격이었다. 경찰대 수학 문제를 풀고 분석을 한 다음 필요하다고 생각되는 부분만 해설 강의를 들었다. 해설 강의에 매달려서 풀이만 따라가는 것은 진정한 공부가 아니라는 것을 잘 알고 있었다. 경찰대 수학 문제가 워낙 적고 귀해서 한 문제씩 소중히 풀었다. 또 단순히 풀고 넘어가는 것은 아깝다고 생각하여 풀이법을 늘리는 공부를 했다. 아울러 각각의 문제를 변형했다. 그 문제와 관련된 문제는 어떤 문제라도 풀 수 있을 정도의 자신감을 만들었다.

사탐은 많이 할 수 없었고, 하루에 2시간씩 투자, 1시간에 한 과목씩 교과서를 읽는 작업을 했다. 부족한 사탐을 채우기 위해 집으로 돌아가는 토요일 오전이나 도서관으로 돌아오는 일요일 오후에 사탐 공부에 집중했다. 그때 기출문제를 분석했다.

중요한 것은 운동이었다. 1차 합격을 가정하고 2차 체력시험에 대비했다. 총 3종목이었다. 윗몸일으키기, 100m, 1500m. 종목마다 과락이 있어 한 종목이라도 기준에 미달하면 탈락이었다. 100m는 고등학교 시절에 계주 선수에 뽑힐 정도로 자신이 있었기 때문에 별도의 준비는 필요하지 않았다. 오래 달리기와 윗몸일으키기를 준비했다. 저녁 10시쯤이면 슬슬 지칠 때가 된다. 그 시간을 이용해 한밭대학교 대운동장을 뛰었다. 1500m가 감이 잡히지 않아서 무조건 10바퀴씩 뛰었다. 운동의 목표는 체력시험 합격만이 아니었다. 강인한 체력에 강인한 정신이 깃드는 법. 몸이 남아나지 않을 정도로 혹사시키면 정신적으로 극한 상태에 도달한다. '포기하고 쉽다. 쉬고 싶다. 그만하고 싶다. 좀 더 천천히 하고 싶다.' 이런 나약한 생각이 뛰는 순간에도 쉴 새 없이 몰아쳤다. 극한의 상태를 넘어야만 한 단계 더 성장할 수 있었다. 나는 원래 그런 놈이었다. 한계를 넘어 자신의 잠재력을 무한대로 끌어냈다. 공부를 통해서도 가능하지만 운동을 통해 몸으로도 느낄 수 있었다. 인내의 한계에 도달해 포기하고 싶다는 생각이 1초에 수백 번이 드는 순간, 더 힘을 내어 전속력으로 달리면 심장이 터지고, 뼈는 부서지고, 근육이 찢어진다. 그제야 난 내가 살아있음을 느꼈고, 기쁨의 미소를 지었다.

꽤 유쾌한 경험이었다. 무더운 여름에 전속력으로 10바퀴를 달리면 온몸이 땀이었다. 몸은 불덩어리였다. 땀으로 인해 눈을 뜰 수 없었다. 감격의 눈물까지 흘러 눈은 퉁퉁 불어 버린다. 귓가에 들려오는 바람 소리, 풀 소리, 풀벌레 소리, 매미 소리……. 자연과 나는 하나가 되어 있었다. 얼굴의 땀을 닦고 눈을 뜨면 밤하늘의 별이 보였다. 그 별을 보면서 생각했다. 저 어두컴컴한 세상에 작은 별빛 하나가 밤하늘을 비추는 것처럼 나도 암흑과 절망에 빠진 수많은 사람들을 은은히 비추는 별이 되겠다고.

몸을 혹사시키니까 드디어 무리가 왔다. 위가 요동을 쳐서 구토를 시작하면 노란색도 아닌 초록색 위액이 흘러나왔다. 중간 중간 코피도 여러 번 쏟았다. 거기까지는 좋았다. 끝까지 버티면서 공부를 하니 머리에 과부하가 걸렸다. 하루 종일 쉴 새 없이 두뇌를 극한에 몰고 가니까 두뇌를 관장하는 모세혈관이 조금씩 끊어진 것이다. 날이 갈수록 두통이 심해졌고, 어지러움 현상이 지속되었다. 거울을 바라보면 이마가 술에 취한 것처럼 새빨개져 갔다. 그 상태가 되었는데도 꿈쩍도 안 하고 버티자 결국 쓰러졌다. 그리고 병원에 갔다. 의사 선생님께서 너털웃음을 웃었다. 나보고 세상에 살다 살다 이런 미친놈은 처음 본단다. 두뇌를 많이 써서 모세혈관이 끊어지는 증세를 한 번 본 적은 있었는데 그것은 이론적으로만 가능할 뿐 실제 벌어지는 현상인지 상상도 못했다고 했다. 자기도 이런 병은 처음 보았고, 처음 치료해본다고 하시면서 어이없는 표정을 지으셨다. “세상에, 어떻게 이런 미친놈이 있지?” 하면서 나를 계속 뚫어지게 보았다. 의사 선생님은 병원에서 일주일 동안 휴식을 취하라고 했다. 나는 진료만 받고 빠져나와 근처 독서실에서 공부했다. 어머니는 없어진 나를 한참 찾다 독서실에서 나를 발견했다. 그 정도로 나는 공부에 미쳐 있었다.

시간이 흘러 본격적인 육사와 경찰대 시험 시즌이 도래했다.

8월 3일 첫째 주 일요일, 서대전 고등학교. 대전, 충남 지구에 사는 육사 지원 수험생 모두가 이 학교에 집결했다. 모든 준비가 완료되었다.

10시에 시작해서 점심까지 이어지는 언어영역. 꽤 어려웠다. 수능 공부로는 모자랄 정도의 난이도였다. 주변에서는 한숨이 푹푹 나왔다. 점심 이후 2교시 외국어영역을 보았다. 사관학교와 경찰대는 수능과 달리 외국어가 2교시였다. 외국어는 하루에 한 권 매일 33,000개의 단어를 외우고 3일에 한 번 꼴로 원서를 읽는 스파르타 훈련을 해서 그런지 초등학교 영어 시험을 푸는 듯한 느낌을 받았다. 30분이 남았다. 외국어가 끝나고 수학을 풀었다. 육사 시험이 수능 시험과 본질적으로는 크게 다르지 않았기 때문에 육사 문제로 수학적 사고력을 기르는 연습을 했다. 문제를 보니 출제 의도가 드러났고, 빠른 시간 안에 풀 수 있었다. 집에 와서 채점하니 언어에서 하나를 틀렸고, 나머지 과목은 모두 만점이었다. 거의 전국 수석권이었고 이 정도면 수능에서 망하더라도 어떻게든 육사는 합격할 정도였다. 안도감에 젖었다. 그 때문에 다시 해이해지기 시작했다. 정신을 부여잡았다. 2주 뒤에는 훨씬 어려운 경찰대 시험이 기다리고 있었다.

하루 18시간 공부를 20시간으로 늘렸다. 총력전이었다. 그동안 아껴두었던 2006~2008년도 기출문제를 시간을 재면서 풀었다. 수능과 유형이 너무 달라 놀랐다. 이렇게 생소할 수가 없었다. 언어에서는 대놓고 맞춤법 규정을 물어보았다. 맞춤법을 모르면 틀릴 수밖에 없는 문제가 많이 있었다. 영어에서는 영시나 극 대본이 나오기도 했다. 수학은 기상천외한 아이큐 테스트 문제가 있었고, 너무 긴 시간이 소요되어 짜증이 났다. 시간 내에 모두 다 풀지도 못하고 점수도 턱걸이에 겨우 걸치는 수준밖에 나오지 않았다. 여기서 기가 꺾일 수 없었다. 국어 상 교과서의 문법 단원을 모두 외웠고, 부록의 표준 맞춤법 규정을 영어 단어처럼 외웠다. 영어는 생소한 지문을 만났을 때의 공략법을 연구했고, 수학은 기출문제를 일부러 어렵게 바꾸어서 연습했다.

경찰대 시험. 가족 모두 긴장했다. 육사 시험에서 기대 이상의 성적으로 내심 큰 기대를 걸고 계셨다. 어머니 앞에 무릎을 꿇고 시험에 자신이 있다고, 이번에도 반드시 1등을 하겠다고 약속했다.

경찰대 시험. 1교시 언어영역. 어제 외운 맞춤법 규정이 고스란히 나왔다. 문법도 운이 따랐다. 독해는 아주 평이했다. 지금껏 이렇게 깔끔하게 풀리는 문제는 없었다. 70분에 50문제. 배점은 모두 동일하게 2점씩. 다 풀고 나니 30분이 남았다. 한 문제 푸는 데 1분이 안 걸린 꼴이었다. 감격에 겨워 눈물을 흘렸다. 감동적이었다. 이렇게 행복할 수가 없었다. 2교시 외국어영역과 3교시 수리영역도 대성공이었다.

ACT 7

최강의 콤비

경찰대학 1차 시험 합격자가 발표되었다. 어머니는 쓰러질 정도로 기뻐하셨다. 이런 경사가 어디 있겠는가. 낙타가 바늘구멍 들어가는 것보다 힘들다는 경찰대였다. 경기가 어려워지면서 경찰대 붐이 불었다. 학비가 무료인 것은 물론이고, 군 문제도 자동 해결되며, 졸업과 동시에 경위가 된다. 재학 중에 고시에 붙으면 2계급 특진되어 경정이다. 초고속 승진이었다. 경쟁률은 80대 1이 넘었다. 내가 그 시험에 붙은 것이다. 점수는 총점 280점. 언어 100, 외국어 100, 수리 80점. 못 풀었던 문제 5개가 다 틀렸다. 커트라인은 238점. 합격점보다 무려 40점이 높았다. 확인하니 내가 1차 수석권이었다. 세상을 다 가진 느낌이었다. 주변에서 연락이 물밀듯했다. 친척들은 벌써 나를 '서장님……'이라고 불렀다. 어머니와 나에게 깍듯하게 대해주셨다. 미운 오리새끼가 백조가 된 듯한 느낌이었다.

어머니는 그동안 나를 못 믿고 계셨는데 이제 전적으로 신뢰하셨다. 나도 살맛이 났다. 어머니는 밖에 일을 나가면 사람들이 당신에게 90도로 인사하고 '사모님'이라고 불러준다는 사실을 자랑했다. 아들 덕에 호강한다고 하루 종일 싱글벙글하셨다. 동생들도 자랑을 하고 다녔다. 그동안 연락이 없던 친구들한테도 연락이 오기 시작했다. 그동안 내 곁을 지켜준 친구는 단 둘뿐이었다. 버렸던 세상이 나를 찾자 슬슬 기분에 도취되었다. 쾌감에 안주하고 싶었다. 안락했고 편안했다. 벗어나고 싶지 않았다. 몸을 혹사시키지 않아도 정신적 한계에 도달하지 않아도 매일 평화로운 날들이 지속되고 있었다. 이 행복을 놓치고 싶지 않아 '경찰이 돼볼까'라는 생각도 했다. 어쩌면 내가 진정으로 하고 싶은 일과 직결된 것이 아닐까 라는 생각도 들었다. 그러다가 9월 모의고사에서 참패를 맞이했다. 간만에 느낀 쓰라린 경험이었다.

추석 연휴가 찾아왔다. 집에 오지 않겠다고 각오했다. 제사만 모시고 3일 연속 도서관에서 공부하려고 마음먹었다. 잠은 도서관 안에서 박스를 깔고 자기로 했다. 밤늦게까지 공부하는 사람이 없으니 눈치 볼 것이 없었다. 미친놈이었다. 추석 연휴에 하루 20시간씩 공부하는 사람은 나밖에 없었다. 성적이나 실력은 달리지만 공부하는 시간만큼은 이 세상 누구와 비교해도 뒤지지 않았다. 3월부터 9월까지 기출문제만 100번을 보았다. 가장 주력했던 것은 수능 출제 매뉴얼과 교과서였다. 이제 어느 정도 출제 의도가 보이기 시작했다. 그러나 그것으로 만족해서는 안 되었다. 지금까지 공시적(公示的)으로 기출문제를 분석했다면 남은 시간 동안은 통시적(通時的)으로 분석하는 것을 목표로 삼았다.

통시적 방법은 기출문제의 재출제 과정을 보는 것이다. 한 번 나온 문제는 결코 똑같이 나오지 않지만 출제 의도라는 관점에서는 출제된 것이 계속 나온다는 것을 알 수 있다. 문제를 풀 때는 정답을 맞히는 것에서 끝나서는 안 된다. 기출문제는 겉으로는 교과서의 내용 영역을 물어보는 것처럼 보이지만 그 안에는 문제를 해결할 때 필요한 사고력이 담겨 있다. 문제가 담고 있는 사고력의 관점으로 문제를 조명하면 출제위원들이 던지는 메시지가 보인다. 그 메시지를 추적하면 다음 시험에는 반드시 그 메시지대로 문제가 나오는 것을 알 수 있다. 예를 들어 보자. 1999년 수리영역 30번 문제이다.

> 은행의 예금상품은 연이율로 제시된다. 1년에 이자 계산을 n번 하는 복리예금의 경우, 매번 $\frac{(\text{연이율})}{n}$ 의 이율로 이자를 계산한다.
> 이때 실효 수익률은 $\frac{(\text{1년 후의 이자 총액})}{(\text{원금})} \times 100(100\%)$로 정의된다.
> 6개월마다 이자를 복리로 계산하는 연이율 10%인 예금상품의 실효수익률(%)을 소수점 아래 둘째자리까지 구하시오.

이 문제는 겉으로 보면 매우 간단한 지수 계산 문제이다. 그러나 사고력을 잘 읽어보면 이자 계산을 n번 한다는 사실에 주목하게 된다. 즉, 이자를 1년에 한 번에 받을 때와 여러 번 쪼개서 받았을 때 어떤 것이 금액이 더 커지는지 알아보는 문제이다. 정답을 풀면 여러 번 쪼개서 이자 계산을 할 때 수익률이 더 커진다는 메시지가 나온다. 이 메시지를 잘 파악하면 다음의 문제를 쉽게 풀 수 있다. 2006년 6월 모의평가 8번이다.

세 함수

$f(x) = (1+\gamma_1)^x$

$g(x) = \frac{(1+\gamma_2)^{2x}}{2}$

$g(x) = \frac{(1+\gamma_3)^{4x}}{4}$

에 대하여 $f(10) = g(10) = h(1)$일 때 $\gamma_1 \gamma_2 \gamma_3$ 의 대소관계를 옳게 나타낸 것은? (단 $\gamma_1 \gamma_2 \gamma_3$ 는 양의 실수이다.) [3점]

① $\gamma_1 < \gamma_2 < \gamma_3$

② $\gamma_1 < \gamma_3 < \gamma_2$

③ $\gamma_2 < \gamma_1 < \gamma_3$

④ $\gamma_2 < \gamma_3 < \gamma_1$

⑤ $\gamma_3 < \gamma_2 < \gamma_1$

이 문제를 유심히 살펴보면 원리합계의 복리계산의 형태를 띠고 있음을 알 수 있다. 만약 γ_1과 γ_2가 같다면 위 문제에서 얻어낸 메시지에 따라 $f(10) < g(10)$이 되어야 할 것이다. 그러나 둘이 같다는 것은 γ_2가 γ_1보다 작기 때문에 $g(10)$이 $f(10)$보다 커지지 못하고 같아지게 되었음을 의미한다. 같은 식으로 하면 $\gamma_3 < \gamma_2 < \gamma_1$ 라는 관계식이 손쉽게 도출됨을 알 수 있다.

통시적 분석을 하다 보면 위의 경우처럼 여러 해에 걸쳐서 기출문제가 재출제되기도 하지만 바로 다음 수능 문제에 무엇이 나올 것임을 노골적으로 알려주기도 한다는 사실을 알 수 있다. 바로 6월, 9월 두 번의 모의평가가 그것이다. 6월 모의고사에 지금까지 나오지 않았던 개념을 물어보는 문제가 나왔다면 유의해야 한다. 수능 문제에 출제하겠다는 암묵적인 신호일 가능성이 높다. 그 개념이 9월에 또 한 번 출제되었다면 그 개념을 물어보는 문제는 100% 출제된다. 다시 말해, 6월과 9월에서 공통적인 개념을 묻고 있다면 그해 수능에 그 개념을 물어보는 문제가 나온다는 것이다. 예를 들어보겠다. 2008년 6월 국사 17번 문제이다.

밑줄 친 '이 책'에 대한 설명으로 옳지 않은 것은? [3점]

대게 지나간 흥망의 자취는 앞날의 교훈이 되기에 이 책을 편찬하여 올리는 바입니다. (중략) 이 책을 편찬하면서 범례는 사마천의『사기』를 따랐고, 대의(大義)는 직접 왕에게 물어서 결정했습니다. 본기라고 하지 않고 세가라고 한 것은 명분의 중요함을 보인 것입니다. 신돈의 자식인 우왕과 창왕을 세가에 넣지 않고 열전으로 내려놓은 것은 왕위를 도적질한 사실을 엄히 밝히려 한 것입니다.

① 국가가 주도하여 편찬하였다.
② 유교적 도덕 사관에 입각하여 서술하였다.
③ 고조선에서 고려까지의 역사를 서술하였다.
④ 조선 건국을 정당화하려는 의도가 반영되었다.
⑤ 세가에서는 국왕 재위 기간의 일을 기록하였다.

우선 사마천의 사기를 따랐다는 부분에서 이 책이 기전체 양식을 쓰고 있다는 것을 알 수 있다. 이것은 '본기', '세가', '열전'이라는 부분에서도 뒷받침된다. 한편 '신돈의 자식인 우왕과 창왕'이라는 부분에서 그 서술 범위가 고려를 포함하고 있음을 알 수 있다. 기전체 양식이고 고려까지 포함하는 역사책은 교과서에서 보면 『고려사』 하나밖에 없다. 이처럼 역사 서술 체제를 물어보는 문제는 이전까지 출제되지 않았던 신선한 문제이므로 주목할 필요가 있었다. 다음은 바로 뒤에 이어서 나온 2008년 9월 모의평가 국사 8번 문제이다.

다음의 역사 서술 체제로 편찬된 역사서에 대한 설명으로 옳은 것은? [3점]

- 군주의 통치 활동과 신하들의 행적 등을 나누어 기록하였다.
- 관직, 경제, 지리 등에 관한 내용과 연표가 포함된다.
- 『고려사』는 고려의 역사를 이 체제로 서술한 역사서이다.

① 조선 시대에 사초와 시정기 등을 종합하여 편찬하였다.
② 태조부터 철종까지의 사실에 관해 각 왕대별로 기록하였다.
③ 구삼국사를 토대로 유교적 합리주의 사관에 기초하여 서술하였다.
④ 안정복이 저술하였으며, 우리 역사를 독자적 정통론으로 체계화하였다.
⑤ 서거정 등이 편찬하였으며, 고조선부터 고려 말까지의 역사를 정리하였다.

역사 서술 체제가 연이어 나왔다. 역시 기전체 양식을 물어보는 문제였다. '고려사는 고려의 역사를 이 체제로 서술한 역사서'에서 기전체 양식을 끌어낼 수 있었는데, 그것은 바로 6월 모의평가를 꼼꼼히 공부했다면 쉽게 알 수 있는 사실이었다. 역사 서술 체제는 6월과 9월에 모두 나왔기 때문에 수능에서 반드시 나오리라는 확신을 할 수 있었다. 2008년 수능 국사 19번 문제이다.

그림은 고려 시대에 편찬된 어떤 책의 일부를 번역한 것이다.

이 책에 수록된 내용으로 옳은 것은? [3점

① 맨 처음 나라를 세워 새로운 세상을 연 것은 하늘의 자손인 단군이다.

② 경순왕이 왕건에게 귀순한 음덕에 힘입어 많은 신라 왕실의 외손들이 역대 고려의 왕이 되었다.

③ 동명왕의 일은 여러 사람의 눈을 현혹시키는 것이 아니요, 실로 나라를 창시한 신기한 일이다.
④ 염불을 하던 욱면이란 여자 종이 신앙의 힘으로 지붕을 뚫고 하늘을 날아 서방 정토로 왕생하였다.
⑤ 부여씨가 망하고 고씨가 망한 다음, 김씨가 남방을 차지하고, 대씨가 북방을 차지하고는 발해라 하였다.

참으로 기가 막히지 않은가. 문제에서 고려 시대에 편찬되었다고 힌트를 주었고, 책에서 '열전'과 '본기'라고 힌트를 제공하고 있다. 6월과 9월 문제를 꼼꼼하게 분석한 사람이라면 이 책이 『고려사』이고, 역사 서술 체제는 기전체라는 것을 쉽게 알 수 있었다. 게다가 지문을 분석했으면 유교적 도덕 사관에 입각해서 쓰였고, 군주의 통치 활동과 신하들의 행적 등을 나누어 기록했다는 것을 따로 공부하지 않더라도 알 수 있다. 그것을 알고 있으면 2번이 정답임은 쉽게 보일 것이다.

연휴를 도서관에서 보내고 나오자마자 일주일간의 2차 시험을 보러 떠났다. 월요일(경찰대 체력시험), 화요일(경찰대 능력시험), 수요일(경찰대 신체검사), 목요일(육사 체력시험), 금요일(육사 면접시험).

경찰대 체력시험이 시작되고 윗몸일으키기를 했다. 그런데 감독관이 계속 'No Count'를 연발했다. 정자세로 하지 않았다는 지적이었다. 과락이 나와 처음부터 탈락했다. 하늘이 무너지는 것 같았다. 순간 방송에서 1차에 탈락한 사람들에게 마지막 기회를 부여

한다고 했다. 힘이 다 떨어졌지만 마지막 기회라고 생각하고 필사적으로 달라붙었다. 기적적으로 29개를 성공하여 과락을 면했다.

둘째 날은 아이큐 테스트와 유사한 경찰 능력 시험, 셋째 날은 신체검사였다. 시력이 문제였다. 나안(裸眼)이 0.2는 넘어야 합격 가능했다. 그러나 무리한 체력 소모로 시력은 급감했고, 0.1도 안 나왔다. 탈락의 순간, 경찰대 관계자분께서 차트를 넘기더니 "구본석 왜 떨어뜨렸어? 얘 수석이야. 꼭 붙여"라고 외쳤다. 매순간마다 위기를 만났고, 그 위기를 모면하는 순간들이 반복되었다.

경찰대 시험 중에 우연히 알게 된 친구가 있었다. 장아론이라는 친구인데 그도 3수생이었고, 육사와 경찰대 둘 다 붙은 친구였다. 또 대전 사람인데다가 한밭대 도서관에서 공부했단다. 운명이었다. 너무 반가워서 연락을 취했고, 대전에 돌아와서 함께 공부했다. 막판에 지치고 정신력도 급감해서 파트너가 필요했는데 너무 잘된 일이었다. 그해에 따른 운이었다. 아론이에게 내 일정을 알려주었다. 나는 5월부터 학교에서 텐트를 쳤고, 지금은 추워서 실내에서 숙박한다고 했다. 그의 눈이 휘둥그레졌다. 믿을 수 없다는 표정이었다. 나는 아론이가 보는 앞에서 텐트를 쳤다. 그제야 그는 내 말을 믿었고, 우리는 감격의 포옹을 했다. 그는 정말 판타스틱한 일이라고 했다. 도서관 본관 2층 복도 한구석에 있는 소파에 거주지를 잡았다. 소파 쿠션을 뜯어내 바닥에 깔았고, 그 위에 이불을 깐 다음 옷을 5겹으로 껴입고 두꺼운 이불을 덮었다. 나 스스로도 믿을 수 없었다. 일반인의 상식으로서는 상상할 수 없는 시도였다.

우리는 운동도 함께했고, 아침에 일어나면 라면도 번갈아 끓였다. 공부 중에 졸고 있으면 서로 깨워주고, 나태해지기 시작하면 따끔한 충고를 해주었다. 실력도 비슷하여 항상 자극이 되었다. 최고의 콤비가 아닐 수 없었다. 내 인생에서 가장 행복한 순간 중 하나였다.

ACT 8

마지막 숙박

10월에도 문제풀이에 들어가지 못하고 개념 공부를 더 해야 했다. 골머리 썩이는 작업이고, 손이 많이 가는 일이었다. 기출문제를 분석하다가 10월로 접어드는 줄도 몰랐다. 10월에 접어들자 비상시에 대처하는 법을 터득하기로 했다. 각 개인마다 중요한 민감한 문제이기도 하다.

첫째, 자리이다. 나는 그동안 창가 쪽에서만 시험을 보았다. 그래서 자리를 매일 바꾸어가며 공부했다.

둘째, 사회탐구였다. 재수 수능 때 사회탐구를 뼈저리게 망한 적이 있었다. 그것이 트라우마로 작용할까 봐 겁났다. 사관학교와 경찰대 대비로 신경을 덜 쓰기도 했다. 사회탐구 문제를 언어영역 풀듯이 공부하기 시작했다. 사회탐구의 요점은 사회가 아닌 탐구에 있다. 탐구는 어떻게 하는 것인가. 주어진 사실을 관찰하고(사실적 사고력), 이를 기반으로 논리적 과정에 따라 추론해서 결론을 도출하는 것(논리적 사고력)이 아니겠는가. 사회탐구 문제를 대비하는 요령이 생겼다. 사회탐구의 모든 문제에는 제시문이 있다. 사회탐구가 탐구 과목이라는 결정적 증거이다. 문제에 대해 아는 바가 하나도 없다고 가정하고, 문제를 고교생의 관점에서 처음 접한다고 상상했다. 그리고 제시문을 꼼꼼히 읽고 정확하게 받아들인 다음 그 내용만을 토대로 논리적 추론을 하여 정답을 찾아내는 것이다. 예를 들어보자. 다음은 2008년도 9월 모의평가 윤리 20번 문제이다.

다음 사상과 관련된 옳은 설명을 〈보기〉에서 모두 고른 것은?

- 어떠한 관념이든지 그 자체가 신념으로 쓸모 있는 것이라면 참된 관념으로 볼 수 있다. 그것들은 자연 세계 안의 여러 사실들을 정확히 예측하게 하고, 인류의 온갖 운명과 상황에 대처하는 데 기운을 북돋우어 준다.
- 관조(觀照)나 명상적인 생활에 대한 동경은 자연과 인간 사이의 관계에 대한 그릇된 사고에 의해 생긴 것이다. 관조는 아무런 일도 해내지

못하기 때문에 가치가 없다.

보기

ㄱ. 도덕적 지식과 가치는 가변적이다.

ㄴ. 목적 달성을 위한 규칙과 수단은 미리 정해진 것이다.

ㄷ. 현실의 개선 여부가 도덕적 가치 판단의 기준이다.

ㄹ. 종교는 문제 해결에 도움이 되더라도 진리일 수 없다.

① ㄱ, ㄴ ② ㄱ, ㄷ ③ ㄱ, ㄴ, ㄷ ④, ㄱ, ㄷ, ㄹ ⑤ㄴ, ㄷ, ㄹ

ㄱ. 도덕적 지식과 가치는 제시문과 관련지으면 '관념'에 해당한다. 제시문에서 '쓸모 있는 것이라면 참된 관념으로 볼 수 있다'고 한 것에 유념하면 가변적이라는 것을 알 수 있다. 쓸모 있음의 여부가 상황에 따라 달라지기 때문이다. 손난로는 겨울에는 쓸모 있지만, 여름에는 쓸모가 없는 것처럼 말이다. 따라서 참이다.

ㄴ. 역시 제시문에 따르면 쓸모 있는 규칙과 수단은 유용하고, 그것이 쓸모가 없어지면 거짓된 관념으로서 폐기된다. 미리 정해져 있다는 것은 불가변적이라는 것을 의미하므로 거짓.

ㄷ. 제시문에서 언급한 관념은 '자연 세계 안의 여러 사실들을 정확히 예측하게 하고, 인류의 온갖 운명과 상황에 대처하는 데 기운을 북돋우어'줄 수 있을 때만 참된 관념이라 할 수 있다. 현실의 개선은 예측과 대응의 다른 표현으로서 참된 관념의 가치 판단

의 기준이 된다. 참되다는 것은 도덕적인 것을 의미하므로 참.

ㄹ. 종교는 제시문에 따르면 '관조나 명상적인 생활에 대한 동경'을 의미한다. 제시문은 종교를 아무 일도 해내지 못하기 때문에 가치가 없다고 하고 있다. 그런데 만약 전제를 전환해서 종교가 문제 해결에 도움이 된다면? 그러면 가치가 있다고 판단될 것이다. 위의 제시문에 따라 예측과 대응을 가능하게 해주기 때문이다. 따라서 거짓.

정답은 2번이다. 이 문제는 이데올로기 단원에서 공리주의를 계승한 존 듀이의 실용주의를 물어보는 지문이었다. 그러나 이를 몰랐어도 제시문에 근거해 사실적 사고와 논리적 사고만 할 수 있다면 거뜬하게 정답을 찾아낼 수 있다. 실제로 개념을 하나도 모른다고 가정하고 논리에 의해서만 문제를 풀어보니 20문제 중 16문제를 풀 수 있었다. 이것의 위력을 시험해보기 위해 내가 선택하지 않았던 과목인 정치를 언어영역이라고 생각하고 풀었는데 15문제를 다 맞출 수 있었다. 더 이상 모르는 문제가 나와도 두렵지 않았다.

셋째, 컨디션이었다. 사람 일이라는 것이 한치 앞을 모르기 때문이다. 그래서 일부러 최악의 컨디션을 만들었다. 하루 밤을 샜다. 흐리멍텅한 상태에서 문제풀이를 시작했다. 졸려 죽기 일보직전이었다. 집중이 될 리 없었다. 이게 뭐하는 짓인가 싶었다. 하지만 목숨을 걸고 끝까지 풀었다. 실제 수능이라고 생각하고 한 문제 한 문제에 심혈을 기울였다. 결과는 좋았다. 정신력으로 버티면 못할 것이 없었다. 이제 수능 전날에 잠이 오지 않더라도 두려워할 필요가 없었다.

최악의 상황을 가정해서 대비를 철저히 하다 보니 시간 가는 줄 몰랐다. 기출문제 200회 풀이의 고지도 눈앞에 있었다. 어느덧 10월 마지막 날이 다가왔다. 10월 마지막 날 숙박을 철수하기로 했다. 혹시 독감이라도 걸리면 모든 것이 수포로 돌아갈 수 있었다. 우리는 그날 밤 잠을 자지 못했다. 서로 너무 자랑스러워서 감격에 겨웠다. 10월 마지막 밤은 그렇게 흘러갔다.

ACT 9

2009 대학수학능력시험

수능 전날 컨디션이 좋지 않았다. 1주일 전부터 속이 안 좋았다. 약간의 감기 기운도 있었다. 으슬으슬 추웠고 몸살이 오기 시작했다. 최대 위기였다. 공든 탑이 한순간에 무너질 수 있었다. 섬뜩했다. 온몸이 부들부들 떨렸다. 긴장감에 이를 덜덜 떠는 증상까지 보였다. 지난 1년을 되짚어보았다. 처음에는 오기와 분노로 일어섰다. 그것만으로는 공부가 지속될 수 없었다. 목숨을 걸기도 했다. 그러자 안 되는 일이 없었다. 매일 공부할 때 정상적인 상태에서 시작하지 않았다. 극한의 상태에 나를 몰고 간 다음 잠재력을 발휘했다. 운동할 때 준비운동을 한다. 워밍업(warming up)이다. 말 그대로, 데워서(warm) 체온을 높인다(up)는 뜻이다. 체온이 올라야 최고의 효율을 이끌어낼 수 있고, 극한의 상황에 도달하더라도 버틸 수 있다. 마찬가지이다. 마음도 데워야 한다. 심장을 1도 높여야, 두뇌 근육을 1도 높여야 공부를 최고의 효율로 이끌어낼 수 있고, 극한의 위기를 극복할 수 있다. 그렇게 본다면 위기가 없이는 심장의 온도가 올라가지 않는다. 인생을 흔드는 위기가 나타나야 심장이 뜨거워지고 숨어 있는 잠재력이 발현된다.

그 순간 갑자기 결과에 초연해졌다. 수능이 망해도 좋다고 생각했다. 처음으로 결과보다 과정이 값진 것임을 깨달았다. 나는 많이 성장했다. 수많은 굴곡이 있었지만 그 굴곡을 만나면서 내 근육은 더욱 단단해졌다. 하나의 긴 여정은 사소한 일들의 연속으로 이어진다. 사소한 사건들은 전체적으로 그리 대단한 의미를 갖지 못한다. 하지만 그 사소한 것들에서 얻은 행복은 너무 값지고 소중하다. 코피를 흘렸을 때의 성취감, 전력으로 10바퀴를 돌고 트랙에 누워 신선한 바람을 맞았을 때의 쾌감, 공부하다 쓰러져 온 병실의 강렬한 형광 불빛, 빡빡한 하루의 일정을 마치고 잠자리에 들어갈 때의 후련함, 열공 뒤에 먹는 밥맛, 땀 흘리며 공부한 뒤 샤워를 했을 때의 개운함, 공부하다 지쳐 산책을 나가 맑은 공기를 마실 때의 상쾌함, 채점할 때 동그라미를 쳤을 때의 짜릿함, 좋은 성적을 받았을 때의 날아갈 듯한 기분, 새로운 문제집을 펼쳤을 때의 설렘, 동생들이 내게 해준 시원한 안마, 시험장에서 내 손을 꼭 쥔 어머니의 따뜻한 손, 시험 성적에 감격해 눈물을 흘릴 때의 카타르시스, 어머니 품으로 달려갈 때의 환희, 합격 통보를 받았을 때의 황홀함…… 그 어느 것도 내게 소중하지 않은 것이 없었다. 3수를 하지 못했다면, 여기까지 온 과정에서 치열하게 살아오지 못했다면 난 이런 행복을 누리지 못했을 것이다. 나 자신이 자랑스러웠다. 훗날 동생들에게, 후배들에게, 미래의 배우자에게, 자식에게, 손주에게, 후손에게 남부끄럽지 않는 모습을 영원히 남겨주고 싶었다. 2008년만큼은 세계에서 나보다 미친놈은 찾기 힘들 것이고, 나보다 열심히 공부한 사람은 드물 것이다. 방에서 나오지 않고 조용히 눈물을 흘렸다. 이 마음 변치 않고 살아간다면 성공하지는 못하더라도 영원히 행복하게 살 것 같았다.

수능 날. 컨디션은 최악이었다. 잠도 2시간밖에 못 잤다. 잠이 몰려 올까 봐 커피를 한 바가지 들이켜고 박카스를 두 병이나 마셨다. 혹시 몰라 홍삼액을 3팩 더 마셨다. 정신이 아찔한 상태로 수험장에 갔다. 어머니는 말없이 내 손을 꼭 잡았다. 아무 말도 오고 가지 않았다. 마음과 마음이 통하는 대화를 했다.

1교시 언어영역이었다. 논문 독해를 1년여 동안 하다 보니 웬만하면 안 본 논문들이 없었고, 시중에 나온 문학 중에 안 본 문학이 없었다. 지문이 순식간에 읽혔고, 속속들이 이해되었다. 기출문제에서 지문을 최대한 수학적 논리 구조로 변환하는 작업을 했기 때문에 체계적으로 정리되었다. 문제풀이도 완벽했다. 미분적 사고가 숙달되어서 정답과 관련된 부분을 잘 볼 수 있었다. 미친 듯이 풀었다. 무슨 정신으로 풀었는지 모를 정도였다.

쉬는 시간에 큰 사건이 터졌다. 1주일 동안 제대로 잠을 자지 못한 탓에 누적된 피로가 한꺼번에 몰려와 나도 모르게 쓰러졌다. 벌떡 일어나보니 수리영역이 시작되어 있었고, 20분이 흘러 있었다. 패닉이었다. 내 인생에서 이보다 심한 돌발 상황은 없었다. 어제의 약속이 불현듯 떠올랐다. '시험 결과에 연연하지 말자. 다만 문제 하나 하나에 목숨을 걸 뿐이다.' 눈앞에 보이는 문제에 목숨을 걸었다. 무념무상(無念無想)의 경지였다. 무슨 문제를 풀고 있는지도 모른 채 30번까지 다 풀었고, 마킹을 마치자 종료를 알리는 종이 쳤을 뿐이다. 불안하지 않았다. 이미 결과는 생각하지 않기로 했다. 해탈하기로 했다. 마음이 그렇게 편할 수가 없었다. 점심을 먹고 외국어영역을 풀었다. 이제 더 이상 수능 문제를 푸는 것이 아니었다. 단지 자신과의 싸움이었다. 외국어 시험도 어느덧 다 끝나버리고 말았다.

사회탐구에서 어느 정도 진정이 되었다. 기출문제를 200번 본 효과가 역력하게 드러났다. 읽자마자 출제 의도가 보여 정답이 곧장 나왔다. 심지어 예상한 문제가 똑같이 나와 기절초풍할 뻔했다. 통시적 접근으로 6월, 9월 대비를 했고, 기출문제의 최근 출제 경향을 낱낱이 분석한 결과, 그 문제가 나올 수밖에 없다고 생각한 예상 문제를 만들었는데 그것이 적중하였다. 윤리에서 15분, 국사에서 10분, 근현대사에서 15분, 법과 사회에서 17분이 걸렸다. 예상했던 문제는 총 7문제. 사탐 지옥훈련을 강화한 효과가 있었다. 한문도 성공적으로 치르고 시험장을 나오는데 심장이 두근거려서 참을 수 없었다. 어머니를 보자마자 달려가 와락 안겼다. 어머니 품에 안겨 말없이 울기만을 반복했다. 어머니는 '또 망했나보다'고 생각하고 말없이 나를 달래 주었다.

집에 와서 채점을 하는데 언어 100, 수리 100, 외국어 100, 윤리 50, 국사 50, 근현대사 50, 법과 사회 46점을 받았다. 믿을 수 없어 두세 번 채점을 했지만 변하지 않았다. 수리는 수능 역사상 가장 어려웠다고 했다. 그 과목을 나는 최악의 상황에서 다 맞은 것이다. 결과에 초연한 내가 수능 시험을 나 자신과의 대결로 바꾸어 놓았고, 거기서 승리하기 위해 목숨을 건 결과 나의 수험 생활은 해피엔딩으로 종결되었다.

ACT 10

이렇게 하면 필승한다

수능을 본 뒤에도 정신없이 바빴다. 그 다음 주 월요일에 경찰대 최종면접이 있었다. 수원행 기차를 탄 뒤 용인 신갈로 가는 버스로 갈아탔다. 초조하게 면접을 기다리는 학생들로 분주했다. 면접은 3명 1조로 움직였다.

첫 번째 질문은 영어 질문이었다. 한 교수님이 영어로 김소연의 우주 여행이 러시아의 도움을 받았다는 측면에서 보았을 때 과연 진정한 한국 최초의 우주 비행이라고 평가를 내릴 수 있을까를 질문했다. 앞의 두 학생은 질문에 당황했지만 내 차례가 되어 답을 했더니 교수가 박수를 쳤다. 두 번째 질문은 개인 정보에 대한 질문과 시사 질문이었다. 먼저 간단한 자기소개와 자신의 특기를 말한 다음 경찰대에 와서 무엇을 하고 싶은지를 질문했다. 내 차례가 되었는데 답하지 말라고 했다. 1차 수석이니 답할 필요가 없다는 것이었다. 집시법(집회 및 시위에 관한 법률) 개정에 대해 어떻게 생각하는가에 대한 질문에도 답하지 않았다. 수석의 특권이었다.

딱 한 달 뒤 수능 성적표가 배부되었다. 이변은 없었다. 당초 생각했던 점수가 나왔다. 안도의 한숨을 내쉬었다. 얼마 후 육군사관학교에서 연락이 왔고, 최종 합격 통지가 왔다. 내게 처음 있는 대학 합격 소식이었다. '대학에 합격한다는 것이 이런 기분이구나'

를 느끼며 이제는 적어도 육사에는 갈 수 있어 마음이 홀가분해졌다. 그리고 1주일 후 충남 지방경찰청에서 전화가 왔다. "축하드립니다. 아드님이 제28기로 경찰대학에 최종 합격하셨습니다."

어머니와 나는 서로 얼싸안고 얼마나 좋아했는지 모른다. 그 어렵다는 경찰대에 최종합격을 한 자신을 보면서 '정말 열심히 살긴 살았구나'라고 생각했고, 그런 내가 대견스러웠다.

정시 기간이 다가왔고, 나군에는 서울대 자유전공학부에 지원했다. 서울대 법대는 2008년부터 로스쿨이 도입되면서 폐지되었다. 법대 폐지 이후 어디로 갈지 한참 고민을 했고, 최대한 많은 학문을 익히고 다양한 경험을 쌓고 싶어 신설된 자유전공학부에 지원했다. 앞으로 어떻게 될지 모르는 자유전공학부 1기가 된다는 것은 새로운 도전이 남아 있음을 암시했다. 가군은 쓰지 않으려다가 언제 해보겠냐는 심정으로 가군에서 문과가 가장 어려운 대전대학교 한의예과에 지원했다.

이윽고 시간이 흘러…… 서울대 1차 합격자 발표가 났다. 동네가 떠나가도록 소리를 질렀다. 기쁨에 한 시간 내내 울었다. 그동안 얼마나 힘들게 공부했는지 기억이 떠올랐다.

텐트를 치고 잠자고 있을 때였다. 너무 추워 깨어나 보니 장마 때문에 비바람이 몰아닥쳤던 것이다. 텐트는 빗물에 다 무너졌고, 빗물이 한꺼번에 온몸에 쏟아졌다. '이렇게까지 살아야 하나'라는 설움에 그 자리에서 그대로 무너진 텐트 밑에 누워 밤새도록 비를 맞으며 울었다. 1주일 동안 숙박을 하다 보니 짐이 많았다. 이불이며 옷가지, 취사용 냄비와 가스버너. 한 살림 가득 차려 도서관에 비치해두었는데 어느 학생의 신고가 들어왔다. 도서관장이 나를 크게 혼냈다. 집도 없는 거지냐면서 이것은 너무 하지 않느냐고, 이렇게까지 살아야겠냐고 호통을 쳤는데 할 말이 없었다. 그런 굴욕과 수모를 견디고 이 자리에까지 탈없이 와준 자신이 고맙고 사랑스러웠다.

하지만 마냥 좋아할 수만은 없었다. 2년 전에도 1차에 합격했지만 2차에 떨어졌으니까. 다음날부터 시험일까지 다시 소파 숙박을 시작했다. 아론이는 육사에 합격해서 합격의 기쁨을 누리고 있었기 때문에 홀로 감행했다. 일어나면 목이 얼얼할 정도로 추웠지만 참고 버텨내야 했다.

서울대 시험일에 어머니와 함께 새벽에 KTX를 타고 올라갔다. 2년 전과 많이 달랐다. 2년 전에는 한 문제 전체가 180분에 2,500자였는데 이번에는 1교시, 점심, 2교시, 3교시가 있었고, 각 교시당 한 세트의 문제가 출제되었다. 1교시 시험 시간은 2시간, 2~3교시는 총 3시간이었다. 문제 유형이 완전히 새로웠다. 그러나 2년 동안 이 순간만을 기다렸던 나였다.

다음날 면접을 보았다. 문제는 '자유의지냐 숙명론이냐'였다. 나는 자유의지를 선택했고, 그 이유를 적극적 자유(자율) 개념을 들어 뒷받침했다. 각종 사상가들이 펼친 주장들의 공통성을 끌어내고, 그것이 일제히 인간의 자율을 강조하는 점으로 귀결된다고 결론을 이끌어냈다. 교수님이 칭찬을 했다. 정답을 빨리 맞춘 탓에 시간이 남아 내 인생 얘기를 털어보라고 했다.

— 나중에 서울대 합격하면 나한테 인사할 거지?

— 당연합니다. 붙여만 주신다면 인사뿐이겠습니까? 제 목숨도 드리겠습니다.

이런 어이없는 대답으로 분위기는 좋아졌고 면접장을 나왔다.

서울대 최종합격 날이었다. 집에 가는데 어머니와 마주쳤다. 어머니가 순간, "난 사실 네가 떨어졌으면 좋겠다. 그냥 경찰대에 가게." 뭔가 불길한 조짐을 보았다. 집에 들어가 컴퓨터 앞에 앉았다. 정확히 2년 전과 1년 전 두 번이나 탈락의 고배를 마셨다. 마음을 가다듬고 주민등록번호와 이름을 적고 엔터를 눌렀다.

"구본석. 서울대학교 자유전공학부 인문계열. 최종 합격."

순간 번개를 맞은 것처럼 어안이 벙벙했다. 막상 합격을 하니 기분이 오묘했다. 좋아서 미칠 줄 알았는데 생각보다 덤덤했다. 실감이 나지 않아 합격을 한 건가 싶었다.

그날 어머니는 드러누우셨다. 그날부터 어머니와 나는 보이지 않는 사투를 벌였다. 어머니는 경찰대에 가기를 바라셨고, 나는 서울대에 가고 싶었다. 결론이 나지 않다가 드디어 결전의 날이 왔다. 경찰대 가입교 날이 다가왔다. 보통 청람교육이라고 불리는 예비 훈련 기간이었는데 그때에 등록하지 않으면 자동 탈락이었다. 그날 밤 고등학교 1학년 이후 힘들 때마다 내 옆을 지켜주신 이병매 선생님과 3자 대면을 했다. 나는 두 분께 큰절을 올리고 무릎을 꿇고 고개를 숙였다. "미친놈 한 번만 믿어주십시오." 결국 자식 이기는 부모는 없다고 어머니는 서울대에 등록을 해주셨다.

4월이 되었다. 이제 어엿한 서울대생이 된 나는 과제 때문에 새벽 2시에 서울대 중전(중앙 전산원)에서 컴퓨터를 하고 있었다. 어머니에게서 전화가 왔다. '공신'에서 연락이 왔는데 전화를 해보라는 것이었다. 내가 꿈에서만 그리던 형일 형이 받았다.

— 필패(이렇게 하면 필패한다)님 맞으시죠? 어떻게 되셨어요?

— 서울대 다니고 있어요.

— 얌마. 너 왜 공신 신청 안 했어?

— 이래저래 바빠서요.

— 지금 당장 인터넷 공신 지원해.

그렇게 해서 나는 인터넷 공신이 되었고, 공신으로서 '구본석의 N수 상담실'이라는 전용 상담실도 생겼다. 약속을 이룬 나는 많은 사람들에게 희망을 전해줄 수 있었다. 나는 나와 비슷한 처지에 있거나 나보다 더 힘든 처지에 있는 사람들도 결코 포기하지 않고 끝까지 덤비면 해내지 못할 일은 없다는 것을 알려주고 싶었다. 그래서 많이 부족하고 보잘것없지만 부끄러움을 무릅쓰고 2009년 5월 13일에 '이렇게 하면 필패한다'의 뒤를 이은 '이렇게 하면 필승한다'를 전국 수험생들에게 바쳤다.

부록 1

자극충전 100%
이렇게 하면 필패한다

프롤로그

성공한 여러분의 성공 수기나 좋은 글을 적는 신성한 공간에 제가 이렇게 더러운 실패 수기를 적는 것에 대해 우선 상당한 양해를 부탁드립니다. 그럼에도 불구하고 실패 수기를 적는 것은 여러분에게 성공 수기 못지않게 도움이 될 것이라고 확신하기 때문입니다. 공자께서도 앞에 세 사람이 지나가면 그중 하나는 반드시 스승이 될 것이라고 하셨기 때문에 제가 하는 말을 흘려듣지 마시고 반드시 상기하여 주십시오.

서론

간단한 자기 소개

우선 전 예비 3수생입니다. 대한민국에서 3수 이상은 일명 장수라고 하여 사회적 냉대와 자기 불신감에 절어 사는 그러한 계층입니다. 전 고등학교 시절 3년 내내 거의 1등을 놓치지 않았던 괴수라 불리는 인간이었습니다. 특히 고3 시절 제 몸을 헌신하는 투혼을 발휘하여 현역 시절 수능에서 기대 이상의 점수를 맞았습니다(일명 480점대라고 하죠). 하지만 수능에 비해 논술 공부가 취약했던 저는 서울대 법학과 1차 합격이라는 성과에도 불구하고 2배수에서 정원을 가리는 2차 시험에서 떨어졌습니다.

문제는 여기에서부터 불거져 나왔습니다. 저는 서울대 법대 아니면 죽는다는 오기로 공부하였기에 당당히 재수라는 출사표를 던졌고, 사람들은 저의 그런 도전정신에 박수를 쳐주셨습니다. 그러나 그 순간 이후 저는 정신적으로 심각하게 타락하기 시작하였습니다. 그러한 불량 정신 상태로 오만과 편견 속에서 재수 실패라는 고배를 마시게 된 것입니다. 재수 때 수능 점수는 고3 시절 점수에 비해 턱없이 부족한 점수였습니다. 한 가지 말씀드리고 싶은 것은 사람들의 기대를 한 몸에 받고 있는 누군가가 그 기대에 배신을 하게 되면 세상에서 버려진다는 사실입니다.

본론

1. 수험생에게 있어 인간다워지고 싶다는 생각은 자살 행위와 같다

저는 중3 때부터 공부를 시작했습니다. 그렇기에 남들보다 뒤처졌다는 생각에 한마디로 미치도록 공부했습니다. 그렇게 고등학교 3년 내내 저는 인간 이하의 생활을 하였습니다. 그리하여 저에 관한 전설 시리즈가 생기기도 하였습니다. 하지만 수능을 마치고 사회를 경험하게 되면서 인간답지 못하게 살았던 제가 너무나도 억울했습니다. 학교에 관한 드라마나 영화에서는 낭만이 피어나는데 저는 낭만은커녕 책과의 결투나 형광등 아래의 글자에 관한 기억밖에 없었으니까요.

우선 전 잠을 늘리게 되었습니다. 고3 때 평균 3~4시간밖에 자지 못한 저는 한동안 집중력 부족으로 고3 때 위기를 겪기도 했고, 심각한 다크 서클로 몰골도 말이 아니었습니다. 저는 이제는 집중력 싸움이라고 생각했기에 잠을 7~8시간은 족히 잤고, 그이상 넘게 잔 적도 많았습니다. 그러면서 죄책감은 자기 합리화에 자리를 내주게 되어 저는 마냥 행복했고, 일종의 특권의식조차 가지게 되었습니다. 남들은 4시간을 자야 성적이 고득점이 나온다는데 저는 두 배 이상을 자도 그들보다 점수가 잘 나오니 말입니다. 잠이란 것은 정말 신기합니다. 자면 잘수록 늘고, 줄일수록 그에 맞게 줄어듭니다.

더욱이 수험생이 전략 의도 외로 잠을 늘리는 것에는 반드시 게으름이 따라오게 됩니다. 그 게으름으로 인해 저는 학원에 가는 것이 점점 귀찮게 되는 지경에 이르렀습니다. 그리하여 결국엔 지각, 조퇴, 결석을 한 번도 안 한 제가 지각, 조퇴, 결석을 밥 먹듯이 하는 불량 학생으로 거듭나게 되었습니다.

한편 저는 이제 낭만의 꽃인 이성에 눈을 뜨게 되었습니다. 여자 보기를 돌같이 하던 저는 이 여자 저 여자를 저울질하며 공부하는 것 이상의 재미를 두었습니다. 이성과 낭만적인 사랑을 해보겠다고 외모를 꾸며가며, 옷을 멋있게 입어가며 제 눈에 맞는 여인들에게 접근도 해봤습니다. 그러면서 '아! 드디어 나는 사랑의 아름다움과 아픔을 겪는 어엿한 로망의 남자구나!'라는 생각을 하면서 은근 자랑스럽기도 했습니다. 일전에 저는 사람들이 왜 그렇게 공부에 열광하는가 라는 보고서를 얼핏 본 적이 있는데, 그 핵심이 남들에게 사랑받고 싶은 욕구의 발현이라고 하더군요. 남들에게 풍족하게 사랑받는 저는 더 이상 공부할 하등의 이유가 없었습니다. 결국 막판엔 육체만 공부하고 있고, 정신은 연애의 맛에 빠진 상태에까지 이르게 되었습니다. 한 마디로 집중 상태 제로인 거죠.

또 하나 짚고 넘어갈 것은 오락 문화에 맛을 들였다는 것입니다. 고등학교 시절 저는 TV는커녕 컴퓨터에 전혀 손을 안 댄, 한 마디로 머리부터 발끝까지 공부로 무장된 인간이었습니다. 그런 제가 TV도 즐겨보고, 컴퓨터 게임에도 맛을 들이게 되었습니다. 한 마디로 정말 미친 거죠. 특히 토요일 새벽에 밤새도록 게임을 해본 적도 있을 정도예요.

이렇듯 인간다워지고 싶은 욕구는 그 좋은 의도와는 반대로 역설적으로 오히려 인간답지 못한 쓰레기 같은 삶을 살게 하는 결과를 가져오더군요. 여러분도 이 점을 항상 경계했으면 합니다. 재수를 결심한 분도, 대학에 합격하셔 여유를 가지게 되신 분들도 이 점을 명심했으면 해요.

2. 어설픈 자만은 나의 영혼을 잠재우는 마약과도 같다

제가 이렇게 망가진 이유의 핵심에는 자만심이 있었습니다. 불운하게 수능에서 고배를 마신 다른 여타 재수생들과는 달리 저는 수능 합격, 논술 실패라는 것에 지나칠 정도의 자만심이 싹트기 시작했습니다. '난 최고야, 난 엘리트야, 난 감만 유지해도 올해 꼭 성공하게 되어 있어, 난 놀아도 돼. 왜냐하면 난 이미 공신의 경지에 올랐으니까'라는 어설픈 생각, 저는 작년 한 해 자만심이라는 마약을 복용하고 있었습니다. 정신 상태는 해이해질 정도로 해이해지고, 공부는 이미 제 관심에서 멀어져갔습니다. 공부 이외의 삶이 너무 즐거웠기 때문이죠. 더구나 이렇게 놀면서도 성적이 올라가는 저는 막나가기 시작했습니다. 잠, 놀이, 여자…… 등등. 수험생 본연의 자세를 벗어난 것이죠.

어설픈 자만에도 그 뿌리가 있다고 생각합니다. 바로 끊임없는 자기 합리화입니다. 말도 안 되는 자기 합리화는 천상천하 유아독존이라는 착각에 사로잡히게 합니다. 제가 노는 것은 진 2보를 위한 퇴 1보로 항상 그럴듯하게 포장되었습니다. 지금 당시의 자기 합리화를 정의해본다면 저는 자기 기만이라고 하겠습니다. 자기 자신을 속이는 거죠. 저 자신을 속이고, 부모님을 속이고, 선생님들을 속이고……, 거짓말의 연속인 거죠. 여러분도 자기 합리화에서 헤어나오지 못하신다면 자기 자신에게 솔직해져 보세요. 자신을 객관화해보세요. 나는 지금 전략적 휴식을 취하고 있는지, 나태와 게으름으로 무장된 삶을 살고 있는 건지. 난 오늘 하루 과연 정말 하늘을 우러러 한 점 부끄럼 없을 정도로 열심히 공부했는지. 끊임없이 자기반성과 성찰을 하세요.

실패의 아픔을 겪어 본 입장에서 자만과 자기 합리화에 대한 처방을 내린다면 부단한 자기반성, 자신을 제3자의 입장에서 바라볼 줄 아는 객관적 시각(일명 자아의 객관화), 그리고 자신에게 주어진 본분과 실제 현실 삶과의 부합을 따져보는 계속된 노력이라고 생각합니다.

3. 시간 관리의 실패. 자신의 생명을 단축시키는 중금속

여러분은 지금 시간 관리를 제대로 하고 계신가요? 저는 이 시간 관리의 실패로 결국 수능 실패를 맛보게 되었답니다. 이미 알다시피 잠자는 것에서부터 시간 관리에 실패했습니다. 여기에 더해 저는 식사 시간을 엄청나게 늘렸습니다. 극단적인 예를 들면 주말에 친구들과 점심을 먹는 데 무려 4시간이 걸렸습니다. 점심 먹고, 수다 떨고, 잠깐 놀고, 후식 먹고, 이러다 해가 저물기 일쑤였습니다. 참고로 저는 고3 때 밥 빨리 먹기로 유명했습니다. 공부 시간 확보를 위해 한 번도 5분을 넘기지 않았습니다. 심지어는 점심 굶기를 밥 먹듯이 했구요. 시간이 아까워서요. 그리고 저의 자투리 시간 활용은 전설 시리즈를 빛나게 했던 트레이드 마크였습니다. 예를 들면 저는 자투리 시간마다 단어를 외우기 시작하여 한 달 만에 단어장을 독파하고, 화장실에서 볼일 볼 때 간단한 연산연습, 가령 '78 × 123, 96,578/32의 몫과 나머지 구하기' 등을 했어요.

그런 제가 재수 시절엔 자투리 시간 활용률이 제로에 가까워지는 경지에 이르렀습니다. 자투리 시간이 생기면 친구들이랑 매점 가고, 여인들에게 작업 걸고, 집에서는 TV 보고 게임하고…….

정말 이렇게 쓰고 있는 제가 한심할 정도네요.ㅠ.ㅠ

여러분은 과연 시간 관리를 제대로 하고 있는지 묻고 싶네요.

4. 아마추어 정신은 나의 가치를 평가절하시킨다

먼저 들어가기 전에 프로 정신과 아마추어 정신에 관해 설명하도록 하겠습니다. 프로 정신은 자신의 삶 1분 1초에도 투혼을 발휘하여 치열하게 사는 것을 말합니다. 이것은 성공에 대한 열망과 집중, 그리고 자신에 대한 진정한 사랑의 산물이죠. 쉽게 비유할게요. 혹시 '킹 오브 파이터즈'라는 게임을 해보신 적이 있나요? 거기서 게이지가 올라 기를 발산하면 온몸에 반짝반짝 불이 들어옵니다. 그 상태가 바로 프로 정신의 발현입니다. 그 상태가 되어야만 소위 말하는 초 필살기를 구사할 수 있습니다. 그것과 마찬가지예요. 그런 상태여야만이 성적이 급상승하고, 진정한 자아를 실현할 수 있는 거랍니다.

예를 들어볼게요. 송창식이라는 가수 아시나요? 이분은 자신의 콘서트를 성황리에 마치기로 유명하신 분입니다. 이분이 이렇게 성공할 수 있었던 이유는 자신의 무대가 열리기 2시간 전부터 정신집중을 하며 말 한마디 하지 않고 생각을 비운 데 있답니다. 드디어 그 집중 상태가 최고조에 이르렀을 때 무아지경에 빠지는 거죠. 또 이승엽 선수가 최고의 경지에 오르기 위해 하루에 수천수만 번 타구 연습을 했다는 것은 너무 유명합니다.

그의 반대가 바로 아마추어 정신이에요. 현재의 순간에 치열하지 못하기 때문에 일을 해도 공부를 해도 하는 둥 마는 둥 하는 것입니다. 정신은 온데간데없고 육체만 그 장소에 있는 거죠.

저는 고3 때 프로 정신에는 훨씬 못 미치지만 그와 유사하게 되기 위해 항상 노력했습니다. 제 좌우명도 '프로가 되자'였으니까요. 공부 시작 전에는 항상 공부에 방해가 되는 환경을 제거했습니다. 그리고 공부 전에 명상을 잊지 않았고요. 머리를 비워두는 거죠. 일화로 고1 때 학원에서 자습을 하는데 학원 문이 닫힌 줄도 모른 채 공부하다가 세콤에 걸려서 경비원에게 크게 혼난 적이 있었습니다. 그런 제가 재수 때는 1년 내내 아마추어 정신에 사로잡혔습니다. 하루하루를 그냥 아무 목적 없이 살아가는 거죠. 제 기억에 작년 한 해에는 공부할 때 항상 다른 것에 정신이 팔렸던 것 같아요. 그러다보니까 공부에 재미를 잃고 계속 시계를 쳐다보기 일쑤였죠. 1년 동안 제 정신이 어디 멀리 여행 갔다온 기분이에요.

5. 초심을 잃는 순간 나를 잃는다

프로 정신의 다른 일면을 볼 수 있는 것은 자신과의 약속 시행 여부에서 판가름 납니다. 프로들은 자기 자신과의 약속은 철저하게 지킵니다. 그들은 절대 자기 변명을 하지 않고 묵묵히 자신과의 약속을 실천하기 위해 목숨을 겁니다. 자기 자신에게 누구보다도 엄격하면서도 자신에 대한 신뢰와 사랑에 충만한 거죠.

전 재수하기 전 약속을 단 한 번도 지켜본 적이 없습니다. 그 이유는 초심을 잃었기 때문이죠. 프로들이 자신과의 약속을 그렇게 굳건히 지킬 수 있었던 것은 초심을 잃지 않아서입니다.

항상 초심으로 돌아가십시오. 자기가 처음에 굳게 다짐했던 각오와 신념을 잊지 말고 각골난망하십시오. 초심을 잃는 순간 여러분 자신을 잃게 됩니다.

결론

세상 모든 일에는 원인과 결과가 없는 것이 없습니다. 현재 자신의 삶에 대해 만족하지 못한다면 그것에는 반드시 원인이 있기 마련입니다. 손자도 '적을 알고 나를 알면 백 번 싸워도 위험치 않다. 적을 모르고 나만 알면 승패가 없다. 적을 모르고 나도 모르면 그 싸움은 반드시 위험하다'라고 했습니다. 나도 모르는데 적만 알면 뭐합니까?

실패한 입장에서 봤을 때 세상에서 가장 무서운 상대는 단연 자기 자신이라고 할 수 있겠습니다. 주위의 라이벌은 두렵거나 중요치 않습니다. 자기 자신을 이겼을 때 성공을 할 수 있는 것이고, 자기 자신에게 졌을 때 필패하는 것입니다.

저의 실패 원인이 혹시 여러분도 겪고 있는 문제라서 해결에 도움이 되셨다면 그것만큼 바랄 게 없겠습니다. 제가 마지막으로 당부하고 싶은 말은 저처럼 실패한 후에 후회하면 이미 늦는다는 것입니다. 그 덕분에 제 인생은 2년 늦어졌으니까요. 그렇다면 이 글을 읽고 계신 여러분은 지금 이 순간 당장 자기 자신을 돌아보십시오. 그래서 제 전철을 밟지 마시고 미리 경계하여 반드시 성공하길 기원합니다.

에필로그

작년에는 실패했지만 올해는 반드시 성공하겠다는 각오로 부끄러움을 무릅쓴 채 이 자리에 섰습니다. 제가 이 글을 쓰게 된 이유를 2가지로 요약하려 합니다.

첫째, 60만 명에 육박하는 여러분께 걸고 하는 약속임을 분명히 하고 싶기 때문입니다. 여러분께 이렇게 단연코 맹세합니다. 올해는 진짜 열심히 공부하여 내년에 성공 후기로 다시 찾아뵙겠다고. 저를 잊지 말아주세요.

둘째, 여러분과 함께 성공하고 싶기 때문입니다. 제가 겪은 실패 요인들은 아마 여러분도 겪는 문제가 아닐까 합니다. 그래서 여러분께 조금이나마 도움이 돼서 내년에 이 글을 읽으신 여러분과 함께 성공하기를 기원합니다.

추신

급하게 이 글을 작성하여(알바 중) 여러 부분에서 미약한 점이 많습니다. 그래서 잘못된 부분이 있거나 더 필요한 부분이 있다면 계속 수정하여 업그레이드 판을 올리도록 하겠습니다.

부록 2

자극충전 100%
이렇게 하면 필승한다

안녕하세요?

1년 전의 약속을 드디어 이루고 이렇게 여러분 앞에 나서게 되니 감회가 정말 새롭네요. 우선 간단한 제 소개부터 하겠습니다.

저는 현재 서울대학교 자유전공학부 09학번인 구본석이라고 합니다. 공신으로도 활약하고 있구요. 2009 입시에서 저는 놀랄 만한 성과를 거두었습니다.

가군: 대전대학교 한의예과(최초합)

나군: 서울대학교 자유전공학부(최초합)

특목대: 경찰대학교(최초합), 육군사관학교(최초합)

저를 기억하시는 분들도 있을지도 모르겠네요. 사실은 전 3수해서 이 자리에 와 있거든요. 전 3수를 시작하기 전에 공신에 글을 하나 올려놓은 적이 있습니다. '자극충전 100% 이렇게 하면 필패한다.'

고등학교 시절

이 글을 읽으면 아시겠지만 전 고등학교 3년 내내 전교1등을 빼기지 않은 괴수 같은 존재였습니다. 저는 전설 같은 존재였고, 신화적 인물이었습니다. 저희 학교는 신설 학교(제가 7회 졸업생)이었는데 처음부터 이 학교에 계셨던 선생님들이 하나같이 지금까지 교직 생활하면서 저보다 열심히 공부한 사람을 본 적이 없다고 늘 말씀하셨습니다. 사실 그랬습니다. 공부를 잘하고 못하고를 떠나 노력 하나만큼은 이 세상 그 어느 누구보다 자신이 있었습니다.

야자를 끝나고 집에 와서 자면 밤 11시. 새벽 1시에 부모님이나 동생들에게 부탁해서 잠에서 깨어났습니다. 1시에 깨서 씻으면 대략 1시 반. 1시 반에서 6시 반까지 5시간 동안 남들이 자는 그 시간에 저는 저만의 공부 시간을 가졌습니다. 언어, 수리, 외국어 개념 공부를 한 번씩 쭉 돌리고, 부족한 부분은 인강도 들었습니다. 6시 반에서 6시 45분까지 아침을 먹고 7시까지 학교에 도착하였습니다. 학교에 도착하면 조금 졸렸어요. 그래서 대략 15~30분 정도 잠깐 자고, 아침 영어듣기 하고, 0교시에 새벽에 공부했던 것을 쭉 정리했습니다.

1교시부터 4교시까지 수업을 들었습니다. 저는 그 시간까지 단 한 번도 자리에서 떠나지 않았습니다. 친구들이 저보고 화장실도 안 가냐고 놀려댔습니다. 네. 저는 화장실도 안 갔습니다. 생체 리듬을 그렇게 맞추어 놓았어요. 아무리 급해도 절대 안 간다라는 식으로요. 진짜 가고 싶으면 수업 시작하기 바로 전 아이들이 산

만할 때 재빨리 다녀왔습니다. 점심시간 되기 직전 저는 여느 아이들처럼 재빨리 점심을 먹으려고 재빨리 준비했습니다. 그러면 첫 번째나 두 번째 정도로 밥을 탑니다. 밥은 반찬 별로 골라서 먹는 게 아니라 한 곳에 모아서 밥, 국, 반찬 모두를 다 비벼 먹었습니다. 어떤 반찬들이라도……. 왜냐면 제게 주어진 점심 시간은 15분이었거든요(저 자신과의 약속 말입니다). 옆에서 지켜보는 친구들은 제게 걸신들렸냐고 미쳤다고 했습니다. 그 정도였어요. 그 15분은 양치질까지 해서 모두 15분이었어요.

그리고 학습실(상위권을 위한 자습실) 문을 열고 사탐 한 과목을 공부했습니다. 점심시간을 그렇게 보내고 오후 수업을 들었습니다. 저녁시간도 마찬가지였고, 저녁 이후에도 사탐 외 다른 한 과목을 공부했습니다. 그리고 7시부터 11시까지 이어지는(전 10시 30분까지요) 야자 시간.

그 야자 시간 동안 하루 동안 했던 개념 공부를 머릿속에 완벽하게 체화시키는 트레이닝을 하고 문제를 풀었습니다. 이렇게 고등학교 시절을 보냈습니다.

2007년 수능

저는 수능을 상당히 잘 본 편이었습니다. 대전에서 3~5등권이었으니까요. 그리고 서울대 법대 1차 합격이라는 성공을 거두었습니다. 하지만 논술 공부를 체계적으로 받지 못한 저는 서울대 2차 논술, 면접 시험에서 완전 망쳤습니다. 그래서 재수를 결심했습니다. 서울대 법대 아니면 차라리 죽는다는 생각이 있었거든요.

중3

중3은 제 인생의 전환점이었습니다.

초등학교, 중학교 때 저는 남들이 흔히 말하는 불량아였습니다. 피시방을 전전하고, 오락실을 제집처럼 드나들었습니다. 친구들이 나쁜 짓을 하는 동안 망을 봐주는 짓도 했습니다. 수업 시간에 선생님들께 덤비고, 쉬는 시간에는 아이들과 싸우기 일쑤였습니다. 그래도 저는 제가 좋아하는 일만큼은 끝까지 놓지 않았습니다.

어려서부터 어머니는 제게 한자를 가르쳐주셨습니다. 엄마의 품속에서 배운 한자는 기억 속에 맴돌아 엄마 품에 안기는 심정으로 한자 공부를 시작했습니다. 제가 점점 비뚤어지고 외로워질수록 저는 한자 공부를 했던 것입니다. 그래서 중3 때 한문 사범에 최연소 합격했습니다.

그리고 저는 어려서부터 몸이 매우 약해 어머니는 있는 돈 없는 돈을 다 들여 검도를 시키셨습니다. 검도도 꾸준히 해서 4단 자격증도 취득하였습니다. 이렇게 저는 패러독스 같은 삶을 영위했습니다. 그러던 어느 날 아버지께서 갑자기 건강이 악화되셔서 가정 형편이 급격히 기울기 시작했습니다. 어머니는 원래 집안일을 하시던 분이라 저희 집 생계가 막막한 상황에 치달았습니다. 저는 여동생을 둔 장남이었습니다. 어머니의 눈물을 보았습니다. 어머니의 눈물을 본 순간 저는 그날 하루 종일 밤새도록 울었습니다. 저는 완전 부모님 등골을 쪽쪽 빼먹는 개망나니 같은 존재였거든요.

다음날 제 이웃이 밀린 임금을 받지 못해 소송했다가 오히려 패소하는 억울한 일이 벌어졌습니다. 그날 TV에서는 「홀리데이」라는 영화가 나왔습니다. '유전무죄 무전유죄', 저는 그날 인권 변호사가 되어야겠다고 결심했습니다. 집안을 위해, 이웃을 위해, 사회를 위해……. 친구들에게 물어보니 서울대 법대가 대한민국 최고 학교, 최고 학과라더군요. 그날부터 제 목표는 서울대 법대였습니다.

공부 잘하는 아이들 가방을 들어주며, 심부름을 하며 공부를 배우고, 공부를 밤새도록 하기 시작했습니다. 그해 겨울은 정말 따뜻했습니다. 50일가량, 정말 하루 평균 30분만 자는 정신으로 공부만 했습니다. 고등학교 배치고사에서 저는 난생 처음 전교 1등을 했습니다.

재수

재수 생활을 한마디로 정의하면 Pride & Prejudice(오만과 편견)이었습니다. 학원에 입학한 날 아이들은 패배감에 젖어 있었습니다. 아이들과 동병상련의 심정으로 이야기를 나누었습니다. 그러나 아이들과 저는 실력이 달랐습니다. 아이들의 수능 점수는 그때 제 기준에서 봤을 때 한참 떨어지는 수준이었습니다. 그랬습니다. 아이들은 수능에서 실패했지만 저는 수능에서는 성공했던 것입니다. 그날부터 제 마음속에는 자만심이 스멀스멀 기어오르기 시작했습니다. 안하무인의 건방진 재수생이었습니다. 그런데도 정말 아이러니컬하게 모의고사 498점이

연달아 나오고, 만점도 맞았습니다. 저는 학원에서, 아니 대전에서 엄청 유명인이 되었습니다. 그때 많은 여자애들이 저를 동경의 시선으로 쳐다보기 시작했습니다. 저는 그것을 저를 좋아하는 것으로 착각하고 이성에 눈을 뜨기 시작했습니다. 누구라고 할 수 없지만 제가 정말 진심으로 미치도록 저 자신보다 사랑한 여학생이 있었습니다. 그 학생을 위해 손에서 공부를 놓았습니다. 그 여학생과 옆에 있기 위해서……. 그 이외의 여러 재수 생활의 안 좋은 모습들은 제 글을 참고해보세요.

수능 성적표를 받은 순간 자살 충동에 휩싸였습니다. 온갖 회한들이 밀려왔고, 부끄러움과 수치심, 자괴감 등이 저를 괴롭혔습니다. 부모님을 실망시켜 드리고 싶지 않아 부모님께는 성적표를 잃어버렸다고 했고, 잘 나왔다고 속였습니다. 부모님은 매우 기뻐했습니다. 드디어 아들이 그토록 원하던 서울대를 간다는 사실 때문에……. 혼자 끙끙 앓았습니다. 어느 누구에게도 말하지 못했습니다. 그렇게 재작년 겨울을 보냈습니다. 혼자 마음 아파하며, 우울증과 불면증에 시달리며.

그러다 제 안에 꿈틀대던 날개의 존재를 확인했습니다. 저는 사이렌 소리를 듣는 순간 다시 한 번 날갯짓을 하기로 마음먹었습니다. 그리고 이 초심을 잊지 않으려고 공신 사이트에 들어가 실패수기를 작성하고, 전국 60만 수험생에게 약속했습니다. 내년엔 꼭 돌아오겠노라고.

2009년 수능 이후

수능을 보고 와서 엄마에게 달려가 확 안겼습니다. 눈물이 펑펑 쏟아졌습니다. 나중에 알았지만 엄마는 그때 제가 또 망한 줄 알고 가슴을 쓸어내렸다는 것입니다. 집으로 돌아와 방문을 잠그고 인터넷을 켜서 채점을 시작했습니다. 예상대로 수능은 잘 보았습니다. 이제 제 꿈이 눈앞에 실현되는 순간이었습니다. 경찰대와 육사는 합격 100%라고 확신했습니다. 채점을 하고 나서 부모님께 큰절을 올렸습니다. 부모님께 안겨 사랑한다고 백 번 넘게 얘기했어요.(징그럽죠?)

수능 성적표를 받던 날의 햇살은 정말 눈부셨습니다. 이 세상 그 어떤 햇살보다도 따스하고 아름다운 햇볕이었습니다. 다음날 육사 합격했다고 연락이 오고, 그 다음 주에는 충남 경찰서에 전화하니까 충남 지방 경찰청장이 직접 전화를 바꾸어서 합격 축하한다고 전해주시더라고요.

문제는 서울대학교였습니다. 12월 29일 인터넷에 '구본석-서울대학교 자유전공학부 인문계열 1차 합격'이라는 문구가 뜨더군요. 그날 정말 기분이 좋았습니다. 3시간 넘게 소리를 질렀습니다. 하지만 기쁨도 잠시 다시 불안에 휩싸였습니다. 2년 전에도 같은 상황에 직면해 있었고, 그때도 실패를 겪었으니까요. 그래서 그 다음날부터 다시 미친 듯이 초열공 모드에 들어갔습니다. 그리고 논술 면접을 봤고, 1월 30일 저는 드디어 해낸 것입니다. '서울대학교 자유전공학부 인문계열 최종합격'.

4월 어느 날 중전(중앙전산원)에서 과제를 하고 있었습니다. 그런데 갑자기 전화가 걸려왔습니다. 어머니 말로는 서형일 공신님이 저한테 전화를 걸었다는군요. 전화를 했더니 저보고 어떻게 됐냐고 묻더군요. 저는 무슨 상황인가 어리둥절하고 있었는데 알고 보니 형일 형이 제가 작년에 쓴 실패 수기를 보고 결과가 궁금해 전화했던 것입니다. 저는 그 약속을 이루었고 드디어 여러분 앞에 나서게 된 것입니다.

3수

3월

3월 2일, 전국의 모든 고교생들이 개학하는 날, 그날 저도 공부를 하기 위해 도서관에 나갔습니다. 오랜 침묵 끝에 공부를 시작해서 그런지 정말 공부가 안 되었어요. 한참 후 문득, 이게 뭐하는 짓인가 싶어 참 비참해졌습니다. 그 암울함이란……. 허나 워낙 의욕이 앞서 있었기 때문에 정말 오기로 버텼습니다. 3월에는 아직 실패의 경험이 생생하게 남아 있었죠…….

4월

4월에는 그 정신도 차츰 희미해지기 시작했습니다. 점점 예전의 모습으로 돌아가고 있었습니다. 3수생이라는 사실을 아무렇지 않게 받아들였고, 재수생 때처럼 다시 나태의 늪으로 빠지기 시작했습니다. 일례로, 6시 기상이 목표였는데 점차 7시, 8시, 10시, 끝내는 오후 1시…… 이렇게 하염없이 기상 시간이 늦어지는 저를 발견했습니다. 늦게 일어나다 보니 모든 계획이 다 흐트러져 엄청난 스트레스를 받기 시작했고, 그 중압감으로 공부에 점점 흥미를 잃기 시작했습니다. 늦게 일어나면 그냥 집에서 공부해야겠다고 자신을 정당화했고, 결국 하루를 날리는 일이 부지기수였습니다. 이제는 차마 생각하고 싶지 않은 비참한 4월을 보냈습니다. 패배감과 나태, 자기 합리화, 회한, 자괴감의 연속이 4월을 장식했습니다.

5월

生卽必死 死卽必生

5월이 되니 정신이 번쩍 들더군요. 이래서는 안 되겠다. 이러다가 다시 망한다. 난 다시 망하면 죽는다. 이 무렵…… 유서를 작성했습니다. 3수에 망하는 순간, 미련 없이 이 세상을 떠나기로. 더 이상 살 이유가 없었거든요. 그런데, 그렇게 유서를 작성하고 나니 살고 싶은 충동이 마음속에서 꿈틀대더군요. 전 대학 생활을 누리고 싶었어요. 정문을 지나 서울대의 아름다운 캠퍼스를 거닐고, 미팅도 하고, 소개팅도 하고, 헌팅도 하고, 클럽도 가고 싶고, 여자 친구도 만들어서 목숨을 다 바쳐 사랑도 하고 싶었습니다. 더 나아가 법정에 서서 정의를 수호하고, 청중들에게 우레와 같은 박수를 받고 싶었습니다. 그래서 제 모든 삶의 변혁을 꾀했습니다. 제가 평소에 다니던 대학 도서관은 집에서 조금 먼 산골짜기에 있는 대학교였어요. 마치 관악산의 서울대처럼. 제가 생각한 것은 그 도서관 바로 옆에 텐트를 치고 생활하는 것이었습니다.

정말…… 모두 미쳤다고 했습니다. 정신 나갔느냐고. 예, 저는 당시 정신이 나가 있었습니다. 살기 위해, 단순히 성공의 욕구가 아닌 생존본능으로. 그때부터 저의 새로운 삶이 시작되었습니다. 새벽 6시가 되면 청소 아저씨가 청소를 하러 오시기 때문에 절로 일어나게 됩니다. 그럼 텐트를 걷습니다. 그리고 아침을 먹습니다. 문제는 주변에 아침을 하는 식당이 없었다는 것입니다. 매일 편의점 음식을 먹기도 그렇고, 그래서 직접 집에서 가스버너를 가져와 라면을 끓여 먹었습니다. 일주일 치 라면을 미리 사갔습니다. 정말 눈물의 라면이었습니다. 라면을 먹다 보면 정말 맛있게 먹다가도 내가 이렇게까지 사는구나 라는 생각에 눈물이 뚝뚝 떨어집니다. 그리고 마음이 강철처럼 단단해집니다. 화장실 세면대에서 머리를 대충 감고, 세수를 하면 약 7시, 공부를 시작합니다. 12시 반이 점심시간이었으니 그때까지 한 번의 미동도 없이 공부만 팠습니다. 하나의 잡념도 들지 않았습니다. 이유는 너무 당연했습니다. 외부와 완전히 차단되어 있었기 때문입니다. 친구는 물론 가족과도 만나지 않은 채, 관심을 가질 대상조차 없었습니다. TV는 물론 인터넷도 사용하지 않았으니 바깥세상이 어떻게 돌아가는지도 몰랐죠. 하루 24시간, 단 두 마디의 말이 전부였습니다. 점심, 저녁 때 "식권 주세요." 단 한 마디뿐. 관심을 둘 곳은 오직 나뿐, 스스로에게 완전히 집중할 수 있었습니다. 그렇게 따사로운 5월의 봄이 지나갔습니다.

6월

6월에 들어서자마자 모의평가를 치렀습니다. 정말 어려웠던 시험으로 기억되던 모의평가였습니다. 7차 교육 과정의 하이라이트라고 불렸습니다. 전 490점대를 찍었습니다. 그 어렵다는 수학도 100점 만점을 맞았고, 다시 옛날의 영광을 되찾았습니다. 모의평가를 본 후 자축하는 기념으로 혼자 몰래 서울대 구경을 다녀왔습니다. 마침 그날은 촛불 시위로 동맹 휴학일이었고, 캠퍼스는 한산했습니다. 그리고 그해 대학생으로서 시위에 참여하지 못해 못내 아쉬웠습니다. 전 시청에 나가 대대적인 촛불 시위에 동참했습니다. 집으로 돌아온 저는 정말 대학교에 가고 싶어 미치는 것 같았습니다. 그래서 예전에는 숙박(?)을 3일 단위로 했는데 이후 1주일 단위로 늘렸습니다. 일요일 저녁에 생활비를 받아 토요일까지 집에 가지 않고 대학교 도서관에서 숙박하며 공부했습니다. 토요일 오후까지 열심히 공부하고 집에서 일요일 점심까지 푹 쉬었습니다. 저만의 달콤한 휴가였죠. 전 그날을 위해 힘든 하루하루를 버텨나갔습니다.

7월

거기는 한 번 뜬 백일(百日)이 불사신같이 작열하고
일체가 모래 속에 사멸한 영겁의 허적(虛寂)에
오직 알라의 신만이
밤마다 고민하고 방황하는 열사(熱沙)의 끝.

유치환, 「생명의 서」

7월에는 본격적인 시험 체제에 들어갔습니다. 8월에 육사와 경찰대 시험이 있었기 때문입니다. 수능을 한 달 남겨 놓은 수험생처럼 철저하게 시험 체제에 맞춰 공부했습니다. 시험의 부담감은 끊임없이 날 자극했고, 전 미친 듯이 달려나갔습니다. 수험생들이 가장 힘들어하는 것은 더위와의 싸움입니다. 하지만 전 고3 여름을 무려 3번째나 맞이한 것입니다. 당시 하루 18시간 공부를 강행했던 저로서는 제정신이 아니었고, 더위는 차라리 저를 더 자극했습니다. 이희승의 『딸깍발이』를 보면 이런 구절이 나옵니다.

> "요놈, 괘씸한 추위란 놈 같으니! 네가 지금은 이렇게 기승을 부리지만 어디 내년 봄에 두고보자."

저도 마찬가지였습니다. 더위가 절 제압하면 할수록 오히려 심장은 뜨거운 열기로 요동쳤습니다. 몸이 열기로 뒤덮였고, 땀방울이 송골송골 맺히는 순간, 전 쾌락을 느꼈습니다. 물론 저는 변태가 아닙니다……. 극한의 상황을 견디는 나 자신이 그냥 대견스럽고 자랑스러웠습니다. 더위가 기승을 부릴수록 날 더욱 극한의 상황으로 몰고 갔고, 그 극한의 상황 속에서 공부하는 나는 실존을 찾아 헤매는 사막의 구도자 같은 느낌을 맛볼 수 있었습니다.

8월

본격적인 시험 시즌이 다가왔습니다. 첫째 주, 육군사관학교 시험. 정말 오랜만에 실전 시험을 치르게 되었습니다. 감독은 군

인들이라 그런지 수능보다 훨씬 철저했습니다. 1교시 언어, 2교시 영어, 3교시 수학. 모두 다 맞았을 것 같은 예감으로 시험을 치렀습니다. 집에 와서 채점해보니 언어에서 하나 미스. 아쉬웠습니다. 채점을 마친 순간, 전 육사는 따 놓은 당상이라고 생각했습니다. 육사 시험을 너무 잘 본 저는 자만심이 다시 뭉클댔습니다. 하지만 그럴 겨를이 없었습니다. 2주 후에는 무시무시한 경찰대 시험이 기다리고 있었기 때문입니다. 2주 동안 공부의 극한점을 찍었습니다. 하루 20시간 공부, 잠은 3시간. 인간이 할 짓이 아니었습니다. 나중에는 구토까지 했습니다. 공부 중에 갑자기 구토가 나오는데 초록색 위액이 나왔습니다. 갑자기 코피도 벌컥벌컥 쏟았습니다. 생각했습니다. 드디어 내가 죽는구나. 하지만 행복하다. 이렇게 죽을 수 있어서. 난 내 인생에 최선을 다했고, 전혀 부끄럽지 않다. 죽어도 후회는 없으리라. 그러나 전 죽지 않고 경찰대 시험을 치렀습니다. 1교시 언어, 2교시 영어, 3교시 수학, 언어 시험을 마치고 쉬는 시간에 저는 눈물을 흘렸습니다. 너무 행복했습니다. 인생에서 이렇게 행복한 적은 처음이었습니다. 갑자기 모든 것이 다 감사했습니다. 그렇게 울고 카타르시스가 되었는지 영어와 수학에서 큰 성공을 거두었습니다. 집에서 채점을 해 보니 언어와 영어는 100점, 수학은 80점대였습니다. 커트라인은 238점. 입시 사이트를 통해 알아보니 거의 수석권에 육박하는 점수였습니다. 아는 경찰대 선배가 있었는데 그분은 교수에게 욕만 안 하면 무조건 합격이라고 했습니다. 엄청난 쾌거를 올린 것입니다. 2주 후 경찰대학교 1차 합격자 명단에 당당히 이름을 올렸습니다.

9월

9월 초반, 다시 슬럼프가 찾아왔습니다. 아무도 부인할 수 없는 큰 성과를 달성한 탓에 마음이 너무 편해진 것입니다. 마음속으로도, 앞날이 보장되는 경찰이 될까 라고 생각했고, 주변에서도 경찰대 합격이 거의 확실시된 것처럼 저를 깍듯이 대해주었습니다. 그동안 연락이 두절된 친구들도 연락을 주었고, 친지들도 거의 매일 집에 무언가를 들고 오셨습니다. 9월에 육사와 경찰대 2차 시험이 연이어 있었습니다. 시험을 치르는 데만 1주일 이상이 걸렸습니다. 그러다가 경찰대에서 어떤 친구를 만났습니다. 그 친구도 저와 같은 대학교 도서관에서 공부를 했더군요. 정말 반가웠습니다. 이후 그 친구와 의기투합하여 공동 숙박을 강행했습니다. 점점 날이 추워져 텐트만으로는 무리였고, 우리는 복도에 있는 소파를 이용하기로 했습니다. 소파에서 이불을 깔고 잤습니다. 둘이다 보니 남의 시선은 전혀 괘념치 않았습니다. 둘은 완전 미친 듯 공부를 시작했습니다. 선의의 경쟁자로서 서로 가차 없이 채찍질을 가하였습니다. 그때는 정말 행복했습니다.

10월

우리는 한 달 내내 수험 생활 중 가장 알찬 시간을 보냈습니다. 아침에 일어나 서로 번갈아 라면을 끓여주었고, 눈물의 라면을 맛보았고, 누군가 졸면 따끔히 깨웠고, 점심과 저녁 시간은 결코

30분을 넘기지 않았습니다. 새벽 2시가 넘을 때까지 서로 지지 않으려고 꼼짝 않고 공부했습니다. 그 누구에게도 남부럽지 않은 한 달을 보냈습니다. 그 즈음 보통 문제 풀이를 많이 하는데 우리는 끝까지 의연하게 개념 공부를 놓치지 않았고, 기출문제만을 풀었고, 분석했습니다.

11월

슬슬 수능 한파가 시작되면서 우리의 숙박도 드디어 철수를 맞이하게 되었습니다. 숙박 마지막 날 우리는 남들이 보든 말든 우리의 기억을 남기기 위해 여기저기 사진을 찍으러 다녔습니다. 서로 온갖 포즈를 취하면서 사진을 찍었고, 이어 마지막 날 깊은 이야기를 나누었습니다. 서로를 격려하고, 서로의 인생을 감싸주는 그런 대화였습니다. 그렇게 수능 전날까지 단 한 번의 흐트러짐 없이 우직하게 공부했습니다. 집으로 돌아와 방 안에서 혼자 눈물을 펑펑 쏟았습니다. 자신이 너무 사랑스러웠습니다. 처음으로, 수능을 망쳐도 좋다고 생각했습니다. 처음으로, 결과보다 과정이 중요하다고 생각했습니다. 그렇습니다. 1년의 3수 과정은 이후의 그 어떤 결과보다 제 인생의 값진 것이었습니다. 저 자신에게, 미래의 배우자에게, 자식들과 손자들에게 하나의 부끄러움도 없을 것입니다. 그 누구에게나 전 이 세상에서 가장 열심히, 가장 치열하게 살아왔다고 자부할 수 있었으니까요.

제 성공 수기를 넘어 인생 이야기를 담으려고 하다 보니 두서가 없었네요. 여러분, 여러분도 진정으로 성공하고 싶으시다면 지금 여러분이 자기 자신에게 최선을 다하고 있는지 자문해보세요. 단 10%라도 그렇지 않다면 항상 실패의 가능성은 존재하는 법이니까요. 자기 자신에게 100% 최선을 다한 순간, 여러분은 무슨 일을 해도 성공할 수밖에 없는 운명을 맞이하게 될 것입니다.